Edmundo Paz Soldán (Cochabamba, Bolivia, 1967) es escritor, profesor de literatura latinoamericana en la Universidad Cornell y columnista en medios como *El País*, el *New York Times* o *Time*. Durante los años noventa se convirtió en uno de los autores más representativos del grupo McOndo gracias a *Días de papel*, su primera novela, con la que ganó el Premio Erich Guttentag. Sus obras se han traducido a ocho idiomas y ha recibido galardones tan prestigiosos como el Juan Rulfo de Cuento (1997) y el Nacional de Novela Alfaguara (2003), otorgado anualmente en Bolivia.

D1637356

LOS DÍAS DE LA PESTE

EDMUNDO PAZ SOLDÁN

LOS DÍAS DE LA PESTE

MALPASO

BARCELONA   MÉXICO   BUENOS AIRES   NUEVA YORK

A Liliana

A mis hijos, Gabriel y Joseph

Todo, hasta lo más pequeño, muestra un orden, un sentido y un significado, todo en el mundo biológico es armonía, todo melodía.

JACOB VON UEXKÜLL,
Cartas biológicas a una dama

UNO

[EL GOBERNADOR]
Lucas Otero se dirigió a la Casona escoltado por dos guardias, chicote eléctrico en mano. Llevaba el uniforme azul recién planchado, las relucientes botas negras con punteras de metal. Se desplazó con aire marcial por el camino de piedra pulida por el que se iba de la casa a la cárcel, ignorando a la gente que venía de visita y peleaba a gritos su lugar en la fila, los vendedores de artesanías y juguetes hechos por los presos, las caseras de los puestos de comida que ofrecían pollo asado y anticuchos. Cruzó el portón y el arco de la entrada bajo la mirada reverente de sus oficiales, en la explanada de palmeras de hojas alicaídas y verdeamarillas tres niños corrieron hacia él, uno con una lagartija moteada en la mano. Otero los saludó, Duque, Timmy, Ney, se estarán portando bien, sí Gober, estarán yendo al colegio, sí Gober, si no ya saben qué pasa, una carcajada violenta, cómo le gustaba esa sensación.

Una anciana de pelo ajustado en un moño con cinta verde le pidió con voz quebrada que la ayudara, mi hijo se muere en la Enfermería, quiso tocarlo y un guardia la golpeó con la culata del rifle. Otero se acercó a la anciana y la abrazó, atenderé tu pedido, mamita, ella se echó a llorar, que Ma Estrella se lo pague. Otero ordenó al Jefe de Seguridad Hinojosa que castigara la torpeza del guardia. Cómo no, jefe.

Krupa, el segundo de Hinojosa, le preguntó cómo estaba, jefecito, ¿durmió bien? Lo normal, el calor me despertó varias veces. Lo que mata es el calor, jefe, eso y otras cosas. Otero apoyó las manos en la hebilla metálica del cinturón, alzó la vista y descubrió bajo el sol destellante a los presos aglomerándose en el pri-

11

mer patio, en los escalones y en las galerías del segundo piso del edificio ante la vista de los guardias en posición de apronte, una multitud pendiente de él, almas dispuestas a cualquier gesto con tal de que escuchara sus penas y les diera mendrugos para tranquilizarse por unas horas. Ahora sí, estaba en casa. Era un rey de ese espacio finito, por más que cualquier rato llegara un comunicado del Ministerio de Gobierno recortándole el presupuesto y haciéndole ver que no pasaba de simple administrador de una prisión en Los Confines. De hecho lo que iba a hacer esa mañana provenía de una sugerencia del Juez Arandia, el cerebro de la administración provincial. Una forma de ganarse puntos ante él y el Prefecto Vilmos, porque si no lo hacía pronto llegaría la orden conminándolo a hacerlo. Ah, pero algún día verían.

Se detuvo a un costado del edificio e hizo una señal que llamaba a formarse a los prisioneros. Gritos, movimientos rápidos, empujones. Alrededor de mil quinientas personas buscaron sitio en el patio que antes parecía un mercado, con sus puestos improvisados para la venta de comida, papel higiénico, jabón. Pasar revista era una tradición iniciada con la fundación del penal, más de un siglo atrás. Una forma de contar a los presos, aunque nunca se llevaba bien la cuenta, pues no faltaban los privilegiados que negociaban quedarse en sus celdas y cuartos. Se pasaba lista todas las mañanas a las seis, pero también podía ocurrir a cualquier hora, cuando a Otero se le antojaba.

Los murmullos se acallaron. Se escucharon las campanas de la capilla católica, que el cura Benítez hacía repicar cada vez que Otero visitaba el penal. La ceremonia era una versión abreviada de la original. El Gobernador iba pronunciando nombres como al azar. El preso al que se llamaba debía romper filas y acercársele, inclinar la cabeza y esperar hasta que se le diera permiso de volver a su sitio. La ceremonia duraba todo lo que quería el Gobernador, a veces dos horas, otras cinco minutos. Si era mucho no faltaban los desvanecidos por el calor.

Hinojosa hizo una señal y de un costado surgieron dos guardias llevando un pesado arcón de hierro. Lo depositaron a los pies de Otero. El Gobernador esparció los contenidos en el suelo. Imágenes de la Innombrable en estampas y escapularios, cráneos de cerámica —de animales y de seres humanos— conocidos como santitas. Polvo amarillo, hongos laminados, frascos de sustancia violeta. No le interesaba pelearse con el culto de Ma Estrella, de hecho lo ayudaba a gobernar mejor el penal, pero tampoco quería que las autoridades dudaran de su lealtad.

¿Quiénes son los dueños de todo esto?

Alzó una efigie de cerámica de la Innombrable, una rajadura en la cabeza le atravesaba un ojo. Una mosca verde zumbó sobre la diosa. Nadie dijo nada.

Nadie es el responsable. Nadie, nadie, nadie. Nadie puede levantar la mano porque no hay un solo culpable. Todos ustedes lo son. Esto ha sido confiscado en la última revisión. Estaba a la vista, en mesas y altares. Bajo sus camastros, en huecos en las paredes y entre las piedras del piso. En las esquinas de los baños y los techos, ¡qué imaginación!

Un preso levantó la mano. Le faltaba un brazo y le decían el Niño. Chinelas y shorts, el tatuaje de un pulpo en el pecho.

¿Qué quieres, Niño? Anda, di algún comentario tonto.

Hay libertad de culto. Que sepamos, nada de eso está prohibido.

Otero jugueteó con el chicote eléctrico. El Niño tenía razón pero no podía dársela en público. Se sintió incómodo ante el papel que había elegido, de fiel guardián de las sugerencias del Juez Arandia.

Libertad pero sin exagerar. No permitiré que la Casona se convierta en una cueva de la Innombrable.

Injusto, dijo el Niño.

A quejarse a los Defensores del Pueblo. Vamos a ver si te hacen caso. ¿Cómo fue descuartizar a tus papás? ¿Qué sentiste?

El Niño iba a hablar cuando el chicote eléctrico se marcó entre sus costillas. Hubo olor a carne quemada, gritos, y un intento de abalanzarse sobre Otero, que retrocedió y esperó a que los guardias agarraran al Niño con firmeza para continuar hablando. Una semana de confinamiento solitario, gritó, molesto consigo mismo por lo que acababa de hacer, un impulso que debió haber controlado. Llévenselo. Quemaremos las imágenes y habrá peores castigos si las vuelven a obtener. Nadie, nadie. ¿Van a seguir diciendo eso?

El guardia Vacadiez se aproximó a las efigies y escapularios, los juntó en forma de pirámide y los roció con alcohol. Acercó el chicote eléctrico al montón, dio una descarga y las llamas crepitaron. Se levantó una columna de humo, formando espirales en las que Otero creyó ver rostros de prisioneros ya desaparecidos, sus huesos pudriéndose en un cementerio de leyenda en las entrañas de la Casona. Ordenó que volvieran a sus celdas. Se persignó mientras a sus espaldas se desvanecían en el fuego las imágenes de la Innombrable.

[RIGO]

Nos habían metido a la Casona y no sabíamos el porqué. Por la noche nos arrestaron en la estación, a punto de tomar la flota después de haber predicado en plazas y parques de Los Confines, como se lo prometimos a Marilia mientras se moría, y de nada sirvieron los gritos de inocencia ni los pedidos de explicación. Traspusimos el portón de entrada y fuimos llevados a una oficina con una foto enmarcada del Gobernador y afiches de películas de zombis, donde nos quitaron el carnet y confirmaron que nos llamábamos Rigo, como decía en el parte de detención. Se burlaron del nombre, le falta algo pues, una sílaba delante o atrás. Fuimos arrojados a un patio y un tal Krupa, piel cobriza y aires de oficial responsable, nos informó que dormiríamos allí a menos que pagáramos. Nuestra voz le dijo

es su deber darnos una celda y él se rio, por lo visto no conoces
este lugar.

Tuvimos que quedarnos en el patio porque no había quivo y
ya debíamos el peaje que se cobraba a los arrestados cuando ingresaban a la prisión. Unas treinta personas arracimadas contra
las paredes, algunas en los escalones que conducían al segundo
piso. Ronquidos, llantos, gruñidos, ayes. El cuerpo se recostó
contra una fuente de piedra agrietada, demasiado inquieto
como para intentar dormir. De un corte manaba sangre sobre la
ceja izquierda, producto de los zarandeos con los polis. Los
murciélagos sobrevolaban el patio, zumbando agitados con su
patagia cerca de nuestra cabeza. Grandotes y hocicudos, recor-
daban a los del hospital de aves, que los doctores a veces opera-
ban pese a que no eran aves. Eso sabíamos, los murciélagos
eran mamíferos. Entre vuelo y vuelo descansaban en las paredes y aleros del techo del edificio principal, incomodándose
entre ellos, creando un manto negro que se alargaba sin descanso y se movía y respiraba. No nos dimos cuenta cuando el
cuerpo se durmió, rogando que el arresto no tuviera nada que
ver con el hecho irrevocable de que habíamos sofocado a Marilia con una almohada antes de partir rumbo a Los Confines. Sus
gemidos eran compañía. Debíamos tranquilizarnos, lo ocurrido
en una provincia no se sabía de inmediato en otra.

Despertamos, la sangre del corte reseca en torno al ojo. Temprano por la mañana, el sol limpiaba el patio. Caminamos medio mareados, descubrimos a un hombre alto y flaco con un
mandil de enfermero.

Doctor, doctor, llamó la voz, y el hombre respondió, sí, el
mismo. Señalamos el corte, y nos pidió que lo siguiéramos por
pasillos estrechos a un segundo patio de baldosas resquebrajadas y luego a un cuarto en el segundo piso. Los ojos vieron a una
mujer cambiando los pañales de una wawa en un camastro.
¿Qué hacían ellos en la cárcel?

15

El hombre sacó una venda de un cajón, la puso sobre la herida y la pegó con cinta aislante. Ya está, se puede ir. ¿Es todo? Es todo, sí. ¿No hay que desinfectar la herida? No se enrolle, es poca cosa, ¿Cómo me dijo que se llamaba? Rigo, pero no le dijimos nada, ¿y usted? Me llaman Flaco por aquí. ¿Y en otras partes? También. No supimos si reír.

Tuvo una mala noche, el Flaco habló al ver que no quitábamos la vista de la wawa. Se la pasó vomitando y con diarrea. Un rato le salían líquidos por todos los orificios. Le he dado remedio para que se le pase y nada. Por suerte se ha dormido. Gotas de sangre seca en las sábanas. La wawa pálida.

No se ve bien, dijo la voz.

Ya volverá su luz. Carito es resistente.

¿Qué hicieron ellos para estar aquí?

Nada. Queríamos seguir viviendo juntos. Con un poco de quivo se puede todo en la Casona.

La cabeza no le entendió. El cuerpo cansado, la voz prefirió no preguntar más.

Los pasos se alejaron del cuarto y la luz del día golpeó, intensa. Nubes deshilachadas salpicando la serena inmensidad azul del cielo.

Un gemido y nos sobresaltamos, seguros de que Marilia estaba detrás de nosotros.

Nada, solo la puerta de un cuarto que se abría.

La mirada se posó en una imagen en la sombra proyectada en la madera. Desapareció de inmediato. Travesuras del Maloso. Nos atragantamos. Lo hicimos por su bien, para aliviarla de su dolor. Lo cual no quitaba que habíamos hecho algo buenomalo y que por eso la piel no estaba del todo tranquila.

[EL FLACO]

Esa mañana el Flaco salió a hacer sus rondas por los patios de la Casona. Los arrestados de la noche anterior estarían durmiendo en el primer patio y en las escaleras que daban al segundo y tercer piso, y los pacos rogarían entre bostezos que alguno tuviera billete, para exprimirlos y justificar la larga noche de turno. Arrestados de los que ni siquiera se enteraba el Gobernador, que entraban y salían por el portón principal después de pagar el peaje y estarse unas horas sin hacer nada. Había quienes se quedaban para siempre porque no tenían billete o nadie los reclamaba o descubrían que el lugar no estaba mal. El Flaco también conseguía unos pesos y así lo hizo con los dos primeros que se le acercaron, brutalmente golpeados, con rasguñaduras en las mejillas y moretes en los brazos. El tercero que le tocó atender tenía un corte leve sobre un ojo y lo curó rápido porque quería volver a sus rondas pese a que Carito lo preocupaba. Su mujer se haría cargo, él no podía permitirse una mañana libre. Había llegado a la prisión hacía un par de años, sin saber nada de medicina, y aprendió a atender a los presos a la fuerza, para ganarse la vida. Un recluso que era su vecino le vendió un estetoscopio antes de partir, y él se lo colgó al pecho y eso le dio seriedad. A veces se inventaba diagnósticos, confiado en que unas palabras bastaban para tranquilizar a sus pacientes, aunque no faltó la golpiza propinada por el hermano de una mujer a la que no reconoció a tiempo una peritonitis, con la amenaza de matarlo si seguía ejerciendo de médico. Por eso trataba de meterse solo con los nuevos.

[SABA]
Despertó esa mañana con el cuerpo adolorido, abrazada a Carito. La garganta le raspaba, las articulaciones estaban hinchadas y una debilidad general le impedía ponerse a hacer cosas en el cuarto, atarearse como le gustaba. Cualquier rato caería enferma si no lo estaba ya. Quizás Carito le había contagiado algo. Tanto vómito por la noche, de no creer. El Flaco minimizó el asunto, es un poco de temperatura, se le pasará, pero a ella le parecía que empeoraba desde que aparecieron los primeros síntomas, dos días ya. ¿Y la

sangre qué? Ah, apenitas. Sí, un poco, pero también diarrea, temblores y un llanto de esos que pegaban las ánimas intranquilas. Debía ir a El mapache sin botas, faltarse sin permiso le podía costar el trabajo. Aunque no sabía. El otro día los corderos destazados que trajo la dueña del restaurante le parecieron sospechosos. Corrían rumores de que en un lote cerca de la prisión se había encontrado un montón de colas de perro y que negociantes de mala conciencia hacían pasar perros como corderos para venderlos a restaurantes. El mapache sin botas era el mejor restaurante de la Casona, pero últimamente había habido quejas de los clientes acerca del sabor de la carne. Desde entonces Saba soñaba con perros con cabeza de carnero y borregos que ladraban.

Volvió a hundirse en el colchón, envuelta entre las sábanas, creando un hueco cálido y protector para Carito. No quería despertarla, por fin había caído dormida en la madrugada, después de que los vecinos vinieran a quejarse, que al menos cerrara la ventana. Le tocó el lunar debajo del ojo izquierdo. Más que lunar una verruga, pero ella lo pintaba con un lápiz negro y eso escondía el defecto.

Qué ganas de quedarse. El Flaco no le tendría pena. La acusaría de floja, debía ayudarlo a ganar tela. Tenían ahorros y con un poco más podrían cambiarse a una mejor sección, un cuarto más grande con baño privado, quizás un departamento de dos habitaciones en el primer patio, demasiado esfuerzo por las noches para que sus vecinos no escucharan nada a la hora del ñaka, a ella que le gustaba gritar tanto.

Saba no quería un cuarto más grande, decidió esa mañana entre dolores, mirándose en el espejo desconchado que colgaba en una pared, aunque reconocía la tentación de un baño privado. En el primer patio hasta agua caliente tenían, mientras ellos debían ir al baño público de la sección y comprar baldes de agua para lavarse. Ni qué decir de las suciedades nocturnas. Ya que estaba, para qué soñar con un mejor espacio en la prisión si se podía imaginar más fácilmente la libertad. Quería salir de la Casona y llevarse a su hija. No había hecho nada, solo estaba ahí para acompañar al Flaco. Él también decía no haber hecho nada, pero todos sabían que sí. Había envenenado al primer marido de Saba por culpa de la locura de amor que los enterró. Esa locura que ya no los visitaba. Ella estaba convencida de que nunca llegaría a irse con el Flaco porque a él le faltaban seis años de su condena y además no tenía ninguna intención de pagar para que se la acortaran. Tampoco se acercaba a los Defensores del Pueblo que venían los domingos y ofrecían hacerse cargo gratis de ciertos casos. De hecho al Flaco le gustaba la vida en la Casona.

Mientras se vestía y arrullaba a Carito, que había despertado y agitaba los brazos desconsolada, Saba concluyó que, a diferencia del Flaco, ella odiaba la Casona. Carraspeó, y una tos metálica la sorprendió. Una tos que no parecía de ella. ¿Qué sería? No, no había hecho nada y el Flaco no la había inculpado. Era consciente de que afuera podría tener más opciones. Carito, por ejemplo, podía haber sido mejor atendida esa mañana. Tranquila, nena, todo estará bien. Ahora, en cambio, debía pedirle a su vecina que se quedara con Carito mientras ella iba a trabajar. Saba misma podía haberse quedado en cama. El dolor de cabeza le nublaba la vista.

[KRUPA]
Después de que se fuera el Gober, Hinojosa me pidió que llevara a los del cuarto patio a sus celdas. A sus órdenes, jefe. Los acompañé junto a tres de mis audaces. 43 caminaba con la cabeza gacha y los ojos cerrados porque la luz le hacía daño dizque. Apenas entramos al patio donde estaban las celdas del confinamiento solitario, Oaxaca se puso su manopla y le dio uno bien dado. 43 se arrodilló llevándose las manos al estómago y Oaxaca lo tiró al piso de un empujón. Déjenme solo con él,

gritó, y lo encerró en su celda cric crac le dio con el chicote
eléctrico, uyuyuy. Vacadiez se puso a sacarle fotos y filmarlo
por entre los barrotes y 43 se quejó del brillo de la cámara, el
flash le nublaba la vista, sus ojos bien sensibles estaban. Sensibles, mis pelotas. Cómo gritaba. Ayer yo había encontrado a
Oaxaca meándolo. Esta basura se merece esto y más, exclamó.
No le respondí porque tenía razón. 43 tenía los días contados. El
padre del chico abusado me acababa de dar el adelanto para que
me encargara de limpiarlo.

Estaba en esas ensoñaciones cuando el Gringo se desplomó al
entrar a su celda. El Niño se acercó a verlo y yo lo aparté de un
empujón.

Levantate campeón, te voy a dar un dulce de premio. ¿O te la
meto doblada? Alegrate que me agarrás sin ganas de ñaka,
Gringo.

No puedo más, Krupa.

Le di la vuelta jalándolo de su melena rubia.

¿Cómo que Krupa, carajo? Para ti soy señor Krupa.

Éramos tan amigos, me lloró, hasta socios.

Esto te pasa por hacerte el vivo, carajo.

Tenía una cara de susto que me hubiera dado pena en otro
momento. Devolvés el billete que nos has robado y charlamos,
dije. Se quedó callado. Anudé un alambre en torno a su cuello y
se lo apreté hasta que se puso bien rojo. Lo dejé tirado y Vacadiez le sacó una foto, la garganta morada, la marca del alambre
como un collar en la piel. Lo ayudé a levantarse, dio un par de
pasos y se dejó ir chas chas la cabeza contra el piso.

Déjeme, señor Krupa, se acarició la mejilla rasmillada, que
vengan a comerme los buitres.

No hay buitres por aquí.

Sabe a qué me refiero.

Te vas a joder bien entonces.

Mis campeones y yo salimos del cuarto patio.

[LYA]
Lya entra al cuarto con Luzbel en brazos y haciendo sonar sus pulseras.

Luzbel se le escurre, husmea en el basurero de la cocina, hace caer la tapa con su hocico y saca una pata de pollo con su garra afilada.

Suelta eso, te vas a morir.

La gata se mete bajo la mesa llevándose la pata.

Después no te quejes, carajita.

El Tiralíneas mira a su sobrina molesto por su lenguaje, cuántas veces te he dicho, modales, modales, y deposita diez bolsitas sobre la mesa.

Lya se cambia de blusa y alza las bolsitas.

No quiere seguir en el bisnes con su tío pero es más fácil que cuidar wawas.

Dos noches atrás se hizo cargo de Carito, la wawa del Flaco y Saba, y juró no volver a hacerlo.

Qué manera de llorar-cagar-vomitar, terminó bien manchada y oliendo a pis y caca.

Le dice a su tío que se cambie, todo el día con su buzo mugroso, si no se hace cortar el pelo ella misma se lo cortará, y sale del cuarto.

La brisa la refresca, ese vientecito que llega sin aviso es lo mejor del otoño.

Una lágrima el verano, el aire pesado y caliente se estaciona en la prisión y hay insomnios y dolores de cabeza.

Busca a Glauco, que a cambio de unas monedas la acompaña a cruzar sin incidentes los pasillos que separan el segundo del tercer patio.

Lo encuentra asoleándose en la esquina donde los presos se ofrecen a trabajos de varia invención, sudoroso, la papada prominente, el gancho de metal bajo los labios, un cuchillo tatuado en una mejilla.

21

Lya lee los letreros de cartón que cuelgan de sus cuellos, plomero serrajero limpio pizos.

¿Limpian pizos los serrajeros, son de plomo los que limpian pizos, usan sierras los plomeros?

Glauco no tiene un letrero y Lya imagina que debe ser difícil escribir guardaespaldas extorsionador ajustador de cuentas.

¿Lo mismo de siempre, niñita?

Lo mismo, señor Glauco.

Ya pues, no me digas señor.

Okey, señor.

Se encaminan a un pasillo telarañado y laberíntico, cruzan al lado de celdas estrechas conocidas como Chicles, donde viven hacinadas entre quince y treinta personas.

Se escuchan gritos provenientes de un Chicle, Lya se asoma y ve coger a dos hombres, un grupo en torno a ellos ríe y aplaude.

Glauco no para de insultar a Hinojosa y a Krupa, Lya no entiende el porqué, él habla rápido, las palabras se pierden en medio de sus resuellos, y tampoco importa, ¿no?

Lo deja desahogarse, hipócrita, qué te haces, si ellos te buscan cuando necesitan ayuda con sus cochineras.

En el tercer patio los ataca el loco de las bolsas.

Glauco es más fuerte que él y le lleva una cabeza, pero el loco lo toma por sorpresa.

Coge del cuello a Glauco y lo rasguña.

Glauco se recupera, empuja al loco y lo hace caer.

Se abalanza sobre él y le rompe la polera.

Lo agarra a puñetazos, partiéndole un diente, y le grita a Lya que corra.

Ella solo se siente a salvo cuando llega al tercer patio.

Trata de recuperar el aliento y descubre que ha dejado caer un par de bolsitas.

¿Volver, no volver?

Será para nada, Glauco ya ha debido levantar las bolsitas y dirá yo no fui.

O quizás se las llevó otro, en la cárcel todo se pierde y cuando alguien pregunta por algo la respuesta es yo no fui, fue la Casona.

Se resigna, fue la Casona, ¿y ahora?

Está jodida, el Tiralíneas no le creerá.

La hará trabajar horas extra para compensar la tela perdida.

Es más lo que debe que lo que gana, él la multa si se retrasa en las entregas.

La furia se le acumula, electriza todo el cuerpo y pugna por salir.

Aprieta los puños hasta que la sangre se agolpa.

Aprieta los dientes hasta que le duelen.

Cree odiar en ese instante, aunque no está segura.

Lo llama odio por nombrar lo que siente, pero qué sabe.

El impulso no se dirige a nadie en especial, ni siquiera a la imbécil de su madre, que la dejó sola en la estacada, o a su tío, a pesar de los méritos que hace.

Los ruidos de la Casona se van desvaneciendo, uno por uno.

Se va el griterío de los presos cuando juegan al fútbol en el segundo patio.

Se van las órdenes de los pacos llamando a detener una pelea, las voces de las mujeres ofreciendo sándwiches en los puestos que improvisan cerca de la entrada, el murmullo de los chiquillos cuando cruzan el portón y van al colegio, el crujido de las murallas, que hace creer a muchos que el edificio habla, el canto de los pájaros que se posan en las palmeras de la entrada y en los palos borrachos de los patios, el zumbido de los mosquitos, el ladrido cansino de los perros.

Todo ruido rebota contra una campana de vidrio que la protege, y ella no oye nada. La escena se paraliza, y puede comenzar a moverse en torno a esa escena.

23

Volver sobre sus pasos, descubrir que las bolsitas no están más, fijarse en esos hombres que están a punto de pelear, y extrañar la vida en casa del Gobernador.

Como Saba, Lya vivía en la prisión sin haber cometido ningún delito.

El del delito es su tío, que hace un año, cuando ella se escapó del cuarto que compartía junto a su madre, Usse, en la casa del Gobernador, le dio cobijo en su celda.

Solo por un par de meses, rogó ella, hasta que me componga.

Quizás Lya no se compondría nunca, quizás estaría mal de la cabeza para siempre.

Glauco le dará una golpiza al loco de las bolsas.

Es como para tenerle pena, el loco jode pero no tiene fuerzas para defenderse.

Es un enclenque, se le ven las costillas, el cerebro quemado por tanto tonchi, sus músculos bazofia pura.

Pobre loco de las bolsas.

Pobre Glauco.

Pobre ella, suspiró.

La campana se quiebra, regresan los ruidos, todo vuelve a moverse.

[EL LOCO DE LAS BOLSAS]

Lunita, dame platita, lunita, dame chiquita. En un baile la chiquita lo extrañó. La luz fugaz, la historiación, un melón, qué dolor. No te escapes, lindura. Qué rápida. No me pegues, cabrón, Glauco, te dije que no, ya verás, mierdita. Ahora me voy, no me lo repitas. ¿Cómo no saberlo yo? Voy a dar las órdenes en la Casona y ellos no serán más los jefes, porque no tengo compromisos ni con ellos ni con el Gober ni con el Prefecto, que está últimamente hecho el tigre dando las órdenes, que es el más capingo, y menos con el presi, que vive tan lejos, casi en otro país. Basta, basta, plis, soy mano sellada, te puedo matar de un puñetazo. ¿No sabes quién soy? También me he cansado de tantas mentiras, de no serte fiel. El loco de las bolsas da las órdenes por aquí. En la cara no, carajo, y sin escupir, ya tranquilo hermano, no es pa tanto. Mis dientes, mi lengua, ¿me la mordí? Ay, me zumba todo. El loco hace mucho que vive de coimas. Andate nomás, mierdita, me tienes miedo. Voy a llamar al Ejército y la industria, las acciones criminales indígenas han resultado de cierta perversidad congénita en complicidad con el medio ambiente, la transformación de los indígenas en bestias de carga. Me has roto un diente, hijo de las mil putas. Soy mi qué, figura y alma de la ira. Me has roto una bolsa, bien caras son, me las has manchado de sangre. Te jodiste, Glauco. Te voy a buscar. Ya no te puedo querer, no, no, mi cariño se acabó, sí, sí. Culpa mía. Porque a mí me encalabozaron por asesinato. Se pagó harta tela por lo mío. Cuarto patio, cuarto patio. Solo la Jovera me comprende. Viene por las noches y se echa a mi lado, se quita sus zapatillas de ballet bien mugres y sus anillos de latón y me lame la oreja y el cuello, se está bien así, y más abajo me hace otras cosas hasta chisguetear, además me compra tonchi, no lo probé nunca antes de entrar aquí, hace tanto ya, ni siquiera era el loco de las bolsas cuando llegué, y fue porque en las noches no quería mojarme cuando llovía y como se me habían roto los zapatos y andaba patapila una vez me cubrí los pies con bolsas y santo remedio, y luego bolsas para las manos, porque también se mojaban cuando llovía, y a veces una bolsa para la cabeza, que se mojaba aún más, pero me quedaba sin respiración y entonces hacía agujeritos a la altura de la nariz los ojos la boca. Ay, qué dolor. Cuando lo veo jugar. Niña, tu culpa. Te jodiste, Glauco. Ya no te puedo querer, no, no, mi cariño se acabó, sí, sí. Porque el Tatuado se contentó con pasearse por todas las calles y plazas de la población y su gente le lanzaba vivas, risibles por la entonación y por el modo de pronunciar las palabras, gritos guturales de esas fauces secas y alcohólicas resultaban, en vez de expansiones de contento, insultos, y las familias no podían considerarlo como su salvador, era un enemigo jurado de la raza blanca, por temor arrojaban flores desde los balcones. Cuando no era yo fui el loco y amé a Zulema Yucra antes de que se hiciera famosa con sus canciones de a luca, no, no, pero nadie me cree, sí, sí, gran circo gran señores, con la famosa cabra hipnotizadora, funciones para toda la familia, no deje de asistir. La mantera de felicidad. Gran circo gran señores. Cansa ser el jefe, señores. Cansa aceptar coimas. Con la famosa cabra hipnotizadora. Mi persona necesita medicina, funciones para toda la familia, haré trámites con los excelencias, no deje de asistir, pero dirán que yo soy el jefe, gran circo gran señores, que yo mismo me consiga la medicina, ilegal.

[RIGO]
Estábamos sentados en un banco del primer patio, tratando de entender qué era lo que acababa de pasar con la visita del Gobernador, preguntándonos si podíamos hablar con él para pedirle la libertad, cuando los ojos vieron a un grupo de presos atacar a un rengo que pedía limosna con un mono mecánico que tocaba el tambor. Una gorda sacó un cuchillo. Amenazaba con usarlo si el rengo no le entregaba una lata con monedas. ¿Una presa con cuchillo? ¿Dónde carajos estaba?

La voz preguntó qué pasaba.

¿Y tú quiencito eres?, habló uno del entorno de la gorda, las orejas dilatadas.

Rigo. Somos nuevos aquí. Váyanse, por favor.

¿Somos? Solo veo una persona.

Cada uno de ustedes también son muchos. Solo que no lo saben.

No me vengas con huevadas. Cobramos una deuda, eso pasa.

Una deuda que no existe, señaló el rengo. No provoquen a la Innombrable.

La Innombrable mis pelotas.

La gorda se dio la vuelta y dijo quién te crees tú, protector de los inocentes, y se nos abalanzó. El cuerpo la eludió con un movimiento rápido. La herida sobre la ceja ardió de dolor. El dilatado se rio y alzó el mono mecánico.

Mi mono no, gritó el rengo.

Al menos no le pongas falda. ¿Qué es eso, carajo?

No queremos pelear, dijo la voz. Está bien, han ganado. Ahora déjenlo en paz.

La tela y nos vamos.

Roban, y como están en la cárcel no se los puede enviar a la cárcel. El fin del mundo no tendrá piedad de ustedes y los enviará a un anillo del infierno.

La gorda nos puso el cuchillo en el cuello. Mencionó que la llamaban la Cogotera, que estaba en la Casona por robar a taxistas y degollarlos, fueron más de quince. A partir de ahora debíamos pagarle un seguro de vida, cinco monedas cada día.

Todas las mañanas pasaré a buscarte y si no tienes el quivo verás lo que te pasa.

La Cogotera y su grupo se fueron con las monedas. El dilatado tiró el mono contra la pared. Nos acariciamos el cuello mientras el rengo revisaba su mono.

Más vale que cumplas, dijo, está hablando en serio. Gracias por la ayuda pero no te debiste meter. Me dicen el Tullido, bienvenido.

Extendió la mano. Hubo un saludo y una despedida. Buscamos a un paco para hacer la denuncia y que al menos decomisaran el cuchillo.

[EL TULLIDO]

Maldijo la aparición de la Cogotera. La lata vacía, sus monedas idas, su mono con desperfectos, una pena, esa mañana era bien. Buen tipo el que lo había ayudado. Pero igual, lo que necesitaba era todos los días un poco de ahorro, tela y más tela para salir del Chicle, tela y más tela para salir del bote, bien difícil es, como subir una cuesta empinada empujando una roca. A punto de llegar alguien me empuja, alguien me roba, a comenzar de nuevo.

Su sueño: el cambio de la pierna coja. Entre pacos y presos montaron un negocio clandestino de compra y venta de prótesis ortopédicas. En el cuarto de Solange en el tercer piso del segundo patio podías escogerte piernas y brazos metálicos de segunda o tercera mano, te los instalaban ahí mismo. Algunos clientes se quejaron, las operaciones no eran buenas, los cuerpos a veces rechazaban esos brazos y piernas, el remedio peor que la enfermedad pues, pero los pacos, presos y médicos metidos en el bisnes deslindaban responsabilidades. Bien bonito, el deslinde. El Tullido había visto a Sisinia, a la que le insertaron un brazo nuevo, convulsionar y quedar convertida en un estropajo, había que llevarle comida a la boca. Eso le dio tembleque. Igual lo ganaba la tentación de una mejor pierna. La de ahora le dolía mucho. Cansado de su renguera, de arrastrarse por la Casona con una muleta a cuestas. Quería caminar bien y para eso debía ahorrar pues. Arriesgarse a otro robo de la Cogotera. A que saliera mal la operación. Le iría de maravilla, estaba seguro. Ma Estrella lo acompañaría. Para eso debía cumplir con su promesa de ofrendarle la estatua más grande del penal. Debía insistir con Antuan, era de lejos el que mejor tallaba la madera. Antuan le pediría un adelanto, pero el Tullido no tenía para la estatua y para reemplazar su pierna. De una en una, de una en una. El asunto: cuál primero. Ya vería cómo solucionarlo. Propondría una colecta entre los presos de su sección. Eso para la estatua y no para su pierna. Sus ahorros para su pierna. Ay, pero qué bien quedaría.

[VACADIEZ]

Vacadiez acompañó a los presos del confinamiento solitario a sus celdas y una vez que entraron a los empujones y chicotazos, se fue sin dirigirles la palabra a Krupa y Oaxaca. Golpeaban a los reclusos, hacían su agosto en el cuarto patio. Eso no lo había aprendido en la Escuela de Policías. Cuando llegó a la Casona lo obligaron a picanear a un reo, su bautizo, decían. Desde entonces fingía que formaba parte del apaleo. A ratos quería renunciar. Otros, jugar a héroe: estuvo tantas veces a punto de pedir una cita con el Gobernador y denunciarlos, tenía pruebas, fotos en su celular. No lo hacía porque sospechaba que el Gobernador también era cómplice y porque, había que aceptarlo, la indignidad solo persistía hasta que le entraba el billete de sus negociados con la Enfermería y con Lillo. De modo que lo mejor era aguantar todo lo que fuera posible, hacerse de buen quivo y luego pedir su traslado o renunciar, no sería el primero, nada desgastaba tanto como ser paco. Bueno, probablemente ser preso desgastaba más, hizo una mueca burlona.

En el trayecto se le acercó el loco de las bolsas. Fuking loco revirado con caca en la cabeza. Lo conocía de antes, de cuando iba por calles y plazas anunciando las funciones teatrales, ¿y eso con qué se come? Iba bien vestido, era de familia billetuda y su mamá le planchaba las camisas y lustraba los mocasines. Decían que era actor y lo llamaban Mil Caras por su habilidad para encarnar a personajes famosos e imitar acentos. Mil caras mis huevos, quizás seis o siete a lo más. Cuando Vacadiez era un simple varita le daba pena verlo deambular por las calles del centro, cada vez más maltrecho, adicto al pegamento, y le compraba pan y plátanos, pero en la Casona odiaba que no lo reconociera, que no tuviera el más mínimo respeto al uniforme. No solo él, casi todos los presos mascalmohadas. Cualquier rato se iría, maricas, todo el día ñakeando, vomitivo.

Uyuyuy, le gritó el loco de las bolsas. No me jodas, loco de mierda, yo no soy ellos. Fuera de aquí hasta contar tres. Tres uyuyuy. Uno. Uno uyuyuy. Dos. Dos uyuyuy. Tres. Tres uyuyuy.

Vacadiez quiso darle uno pero se contuvo. La Casona no lo ganaría. Le dio la espalda. El loco mascullaba insultos.

[SABA]

Había salido al patio después de dejar a Carito con la vecina y se dirigía rumbo a El mapache sin botas cuando se le aflojaron las piernas y se desplomó.

Tirada en el suelo, entreabrió los párpados heridos por tanta luz, tanto cielo desnublado. La gente se agolpó en torno a ella, escuchaba voces pero no podía hablar, tenía la garganta atenazada y le costaba respirar.

Vio la cara de un paco y se tranquilizó. Era Vacadiez. Se echó sobre ella y le golpeó el pecho, cuál sería su cara para que él tuviera el ceño tan fruncido.

Dónde se escondía el Flaco cuando se lo necesitaba.

Vacadiez dijo que había que llevarla a la Enfermería y ella quiso gritar allá no, pero las palabras se negaron a salir de la boca. Circulaban tantas historias nefastas de la Enfermería. Decían que los que entraban allá jamás salían vivos. Que la gente rica del pueblo pagaba para conseguir los cráneos humanos que requería el culto de la Innombrable porque eran más efectivos que los de animales, y que un mercado negro manejado por los doctores se encargaba de conseguir y vender a las santitas. Si se trataba de una muerte natural o por accidente o asesinato dentro de la prisión no había problema, se sabía que los cuerpos que eran enviados al crematorio a las orillas del río nunca llegaban intactos, les faltaba el cráneo. Otra cosa era, sin embargo, matar a una persona para hacerse con su santita. Eso contaban de la Enfermería.

Saba sintió que su estómago explotaba y una sustancia aguanosa evacuaba su cuerpo por el culo.

[GLAUCO]
Con los nudillos adoloridos de tanto golpearlo, Glauco se desentendió del loco. Por suerte ya tenía las monedas de Lya. Fue al tercer patio y ella ya no estaba por ahí. Se metió en la carpintería de Antuan y se sentó en un taburete al lado de él, que trabajaba limando sus trompos de colores vistosos y con círculos de pedrería refulgente. Por las tardes, Antuan se acercaba a venderlos al portón de la Casona, donde una cola viboreante de gente lo esperaba: querían regalos para sus hijos, adornos para la casa, una efigie en miniatura de la Innombrable. Los pacos se ganaban una comisión no solo de la venta de los trompos sino de los camiones de juguete, las sillas, los armarios que fabricaban otros presos. Antuan andaba tan concentrado que ni siquiera lo saludó. Glauco se distrajo con el abarrotamiento de objetos en el recinto, los tablones apoyados en una esquina, el suelo alfombrado de aserrín con cajas y trabajos a medio hacer, entre los que sobresalían las efigies de la Innombrable de diversos tamaños y colores que le encargaban los reclusos y la gente del pueblo. Apoyados contra las paredes, los muebles con vitrinas en las que relucían los trompos de Antuan. De cada modelo nuevo que hacía se quedaba con uno para su colección. La Cogotera le había ofrecido a Glauco aprovecharse de su amistad con Antuan para robar esos trompos y venderlos en la ciudad. A Glauco lo tentaba. Krupa también le había dicho que le tenía un bisnes. A ver qué se traía entre manos ese malagüero.

¿Me regalas un trompo? Me encantan.

Antuan torció el labio con desinterés, sin quitar la vista del trompo que lijaba.

¿Qué hiciste con el que te di la otra semana, Glauco? Bien abusivo eres.

Lo he vendido. De algo hay que vivir pues.

Antuan sacó un trompo negro de un cajón de madera a sus pies y se lo entregó.

31

Uno más colorido, plis. Este te ha salido un cualquiera.
Tampoco es todas las semanas hasta que aprendas.
Glauco metió la mano en la caja hasta encontrar un trompo
de colores atigrados.
Ese es para un contrato, Antuan estiró la mano y quiso dete-
nerlo. Se pasó la lengua por los labios, nervioso.
La Cogotera me ha dicho que no has donado esta semana,
mejor no me jodas.
No pienso volver a donar. Ya he hablado con las autoridades.
Las autoridades. Cómo me río. Yo que tú me preocuparía.
Glauco se llevó el trompo atigrado.

[ANTUAN]
Terminó de pulir el trompo que le había encargado el Flaco para su
hija Carito, tan wawita, no le serviría de nada, y se reafirmó en
su convicción de que no volvería a pagar la cuota semanal que
pedía la Cogotera para la seguridad, a pesar de los riesgos. Pagaba desde que los guardiolas de la delegada lo metieron a una celda y lo picanearon. Lo retuvieron durante dos días, y después no
lo dejaron dormir durante una semana y lo forzaron a lavar la
ropa de la delegada a punta de batazos. Fue cumplido con las
cuotas abusivas del seguro de vida, hasta que no pudo más y en
una de las reuniones de la sección se quejó entre lágrimas de los
robos constantes. Como pagaba e igual les robaban a él y a los demás, les pidió que se pusieran fuertes y denunciaran los asaltos y
no dieran más tela. Un gordo que había cumplido cinco años en
la sección le dijo que le fallaban las neuronas, cómo pues denun-
ciar a la Cogotera a los pacos si ellos reciben su comisión. Antuan
se fue sin haber logrado que nadie lo apoyara. Igual no cedería.
Compró carne para el almuerzo en un quiosco. Llevaba un
sobretodo negro, sucio y raído. No se lo sacaba ni en los días
más soleados desde que durmió con él bajo el puente junto a un
grupo de cogoteros. Antuan se había ido de casa después de

una pelea con su padrastro, y tomó un tren y al tercer día llegó a Los Confines y lo atrajo el río serpenteante que lo atravesaba. A la cuarta noche de dormir bajo el puente se puso a temblar y el sobretodo encontrado en un basural lo salvó. Poco después lo arrestaron en el mercado, por intentar robarle un reloj a un paco. Así había terminado en la Casona. Estaba por cumplir su condena y no sabía qué hacer cuando le tocara irse. Para qué tentar al destino, decía, si todo es bien aquí. Afuera puede ser muy duro. Aquí es duro pero al menos conocido.

El mal humor se le fue pasando. Contagiado por el esplendor de la mañana, con un sol que alegraba el patio, una brisa fresca y la visita temprana de un pájaro azul que se posó en su ventana, se dijo que cumpliría con el pedido del Tullido aunque no le pagara. Tallaría una estatua enorme de Ma Estrella para la capilla, de cedro.

Antuan suspiró, abrumado por la decisión que acababa de tomar. Sería la estatua más grande de la Casona, y todo en honor a Ma Estrella, que lo había salvado desde el primer día en prisión, cuando se le apareció en lo profundo de la noche y le dijo que si se dedicaba a ella sobreviviría. Esa Ma Estrella que le habló no era invención de nadie sino la verdadera. Él le hacía caso y ella lo ayudaba. Ahí estaba él, prosperando incluso. Sin quejarse. Quejarse no era para él, no debía ser para nadie. Ni siquiera para ninguno de esos cleferos y adictos al tonchi que dormían en el tercer patio, maloliente por culpa de su orín y de su mierda, sin dinero para alquilarse un cuarto.

Debía trasladar la carpintería al segundo patio, así se libraba de tanto drogo cerca. Quizás al cuarto donde vivía con su mujer y sus hijos, aunque también ese le estaba quedando chico. Era la naturaleza de su trabajo, la acumulación de objetos que hacía nacer de la madera.

No le costaría conseguir un buen anticrético, debía pensarlo. Sí, eso haría.

[RIGO]

Krupa, el oficial al que debíamos el peaje de entrada, nos buscaba por entre el gentío en el patio, o al menos eso creíamos, y la voz dijo que no le tuviéramos miedo. Presos apoyados en las barandas de los pasillos del segundo piso, cantidad de gente bajo el sol húmedo, una multitud que era un desperdicio, casi todos con tatuajes y piercings, descalzos y el torso desnudo, cuerpos sudorosos que no se bastaban para decir lo suyo por sí mismos, usados para símbolos y mensajes a veces obvios, una cruz, una flor, un extraño la libertad, y otros intrascendentes y herméticos, un mapache, un huevo con bigotes, un dirigible, uno de ellos tatuado de la cabeza a los pies y llevando entre sus manos un pizarrón, LOS FUTUROS escrito en tiza y abajo palabras y números, se le arremolinaban, ¿apuestas? Igual que las abigarradas paredes de la Casona, con dibujos inocentes de campesinos celebrando cosechas y rostros sangrientos de esa Innombrable que la piel rechazaba, porque la religión debía inculcar amor y no venganza, y sobre esos rostros y dibujos una serie de grafitis coloridos con proclamas de amor e insultos a los pacos y al Gobernador.

Tanto ornamento aturdía. ¿Dónde estábamos? Edificios que eran conventillos, rodeados por galerías en torno a un patio, y unidos a otros edificios a través de pasillos con nombres desalentadores, el del Desconsuelo y el del Desengaño y el de los Lamentos. Paredes de ladrillo, techos de calamina, cuartos y puertas sin barrotes. Carpinterías, quioscos, bares y restaurantes. Niños y mujeres junto a los hombres, incluso ancianos. Olor a frituras en el aire, puestos de comida rodeados de comensales. Una cárcel que no lo parecía, excepto por las torres de vigilancia, los pacos de mirada a veces hosca y otras cansina, y las murallas que la separaban de la ciudad, con rollos de alambre de púas y vidrios de botellas rotas en su parte superior. Cada uno de esos yos deambulantes, ¿sabían que eran un nosotros, una comunidad?

¿Cada uno de esos nosotros, sabían que al juntarse con los demás creaban una gran comunidad? Triste el espectáculo del mundo.

Queríamos salir, el arresto un error. Queríamos volver a la paz de nuestro pueblo, la luz tibia y cristalina del amanecer, las visitas silenciosas por la mañana al monasterio de la Transfiguración, el voluntariado en el hospital de aves por la tarde. No éramos milagreros como para haber conseguido tela en tan poco tiempo, y sufríamos por su ausencia. No hubo forma de ingresar al baño porque tres malencarados insistieron en una donación en la puerta. Un negro con un balde pestilente ofreció que hiciéramos allí las suciedades por unos pesos. La voz le dijo que era nuevo y el negro aceptó que usáramos el balde a cambio de pagarle el doble en el plazo de una semana.

No nos esconderíamos de Krupa. Lo enfrentaríamos y le exigiríamos una rendición de cuentas. Todavía no sabíamos el porqué del arresto, nadie explicaba nada. La muerte de esos muchos que eran Marilia no tenía nada que ver. Y si había una acusación, ¿qué? No nos esconderíamos. Les contaríamos del cáncer que la consumió durante meses, desprendiéndola primero de un pecho y luego del otro. Una agonía no deseada a nadie. Un día una mariposa se posó en la mano y la sacudimos y ella no se movió. La voz susurró:

Aunque la corran,
no se pone nerviosa
la mariposa.

El cuerpo entendió el mensaje. No había que correrse del destino. Debíamos acabar con la agonía de Marilia y así se hizo, con una almohada. Cuando la mano le cerró los ojos hubo la promesa de continuar solos con el trabajo e ir a predicar al lugar donde ella había nacido. Por eso estábamos en Los Confines. Porque al hacer lo hecho el mundo se había desequilibrado y debíamos equilibrarlo nuevamente. La vida no sería la misma mientras continuara el desajuste, lo decía la Exégesis.

En Los Confines no fueron receptivos a la prédica. Tu religión es demasiado estricta, dijeron. No nos rendimos, y en plazas y calles la voz contó del hospital de aves. Nada permitía más felicidad que esas horas ayudando a que loros y tucanes superaran sus heridas provocadas por cazadores infames, accidentes y otros animales. La dedicación era a ellos porque ese era el llamado. Nuestra religión predicaba la palabra de la transfiguración de los hombres en animales y de los animales en insectos y de los insectos en hombres. El nuevo reino sería de insectos y pájaros y humanos en pie de igualdad, porque la primera ley de la Exégesis es clara: *Todos los animales tienen la misma perfección.*

Y la segunda: *Lo admirable en los seres humanos es precisamente lo inhumano, aquello que los declara elementos del reino animal o vegetal.*

El dios Mayor tenía cara de simio y pico de águila, cuerpo humano y ojos de mosca, así debíamos imaginarlo. No podíamos comer más que arroz y otras verduras a las que no se las hería cuando se las cosechaba. Debíamos caminar con sigilo, para no pisar arañas y hormigas, y no abrir mucho la boca, para no comer ningún bicho por accidente. Aprendíamos a disolver el yo en el nosotros, el yo era un pueblo y debíamos cuidarlo: billones de bacterias en la boca y la nariz y los intestinos y el pelo, cada una en su mundo y viviendo en simbiosis, ellas sí, con el nuestro.

Recordamos eso y nos visitó el arrobamiento en medio del gentío, bajo alambres donde los presos colgaban ropa para secar. La sangre subió en oleadas a la cabeza, calor en el pecho, mejillas enrojecidas. Un éxtasis que sacudía la piel y hacía sentir que esa vida terrenal era solo de paso. Las tribulaciones terminarían pronto.

Entonamos:

Dios mosquito, sálvanos. Dios ruiseñor, sálvanos.
Dios yacaré, sálvanos. Diosa pulga, sálvanos.

Una costumbre que costaba perder, esos ruegos, porque la religión de la Transfiguración enseñaba que los dioses no estaban ahí para escucharnos, de hecho no lo hacían, y por ello jamás respondían a las plegarias. Debíamos valernos por nosotros mismos. No debíamos tener miedo a ese encierro, porque el corazón estaba libre. El dios enviaba pruebas y se las afrontaba. El Maloso coqueteaba pero no era más. Hambreábamos pero eso también un desafío. No sería la primera vez. Como aquel viaje de peregrinación con Marilia, en el que durante veintitrés días hubo que vivir de hierbas y de lo que la gente nos daba. Porque tampoco se podía limosnear. Recibíamos lo que se nos ofrecía, pero era la gente la que debía tomar la iniciativa.

[LA JOVERA]
Le dio billete a Lya y a cambio recibió una bolsita, ¡no me enojo si me das una más! Lya le dijo que le quedaba bien su blusa de seda, ay gracias, y ni qué decir de los pantalones ajustados. Ella le preguntó si sabía dónde comprarse un bolso de cosméticos barato, yo te lo consigo niña. Le dio un beso en la mejilla, jugó con sus trenzas negras, qué bonitas. Era su mejor proveedora, lo que le conseguía era bue-ní-si-mo, nunca le fallaba. Pepas no, ¡una pena!, hubiera sido ideal, era lo que más le gustaba, pero en la Casona la gente era de tonchi y ni qué hacerle, ya le había encontrado el chiste. Además qué lujo, el tonchi de la Casona tenía fama de ser el mejor del país, para torcis como ella llegar allí era El Dorado.

La vio irse, qué linda, tan señorita. Delante de la Jovera habían querido violarla y Lya se resistió a mordidas, si ella fuera

Lya no se quedaría en ese lugar. Se dirigió a la capilla, estaría vacía, ideal para subirse a un tren hasta que le estallara una vena, ¡qué ganas! Lo había hecho en el mismo patio, a la luz del día, de-ses-pe-ra-da, pero luego se le acercaban a pedirle que les invitara y no quería compartir, se le acababa rápido. En cambio en la iglesia lo podría hacer ¡sola!

La Jovera se persignó delante de la efigie de la Innombrable. No había dejado de ser católica, de hecho había visitado por la mañana la capilla del cura Benítez, que quedaba cerca, pero Ma Estrella la atraía porque era una re-bel-de que prefería acostarse con muertos y con animales, ¡atrevida!, a acostarse con otros dioses, por eso el templo dedicado a ella en el pueblo solía estar lleno a todas horas. A veces pagaba a los pacos para que la dejaran salir por unas horas a visitar el templo. Uno la acompañaba, Krupa casi siempre porque buscaba cualquier excusa para salir, la última vez un jovencito bien dable. Krupa caminaba a un metro de ella, ni se te ocurra intentar escaparte, repetía bien noico, en vano porque la Jovera no quería escaparse. Lo único que ansiaba era agradecerle a Ma Estrella por ser tan buena con ella, por cuidarla. A la vuelta, Krupa la metía a empujones en un cuarto de trastos al lado de la sala de los pacos y la obligaba a chupársela. Un problema Krupa, pero qué podía hacerle, casi todos eran iguales.

Hincada, la Jovera aspiró el tonchi hasta agotarlo. Se le había ido la mano. No importaba. Vería cómo conseguir tela para comprarle más a Lya. Se vendería un par de noches, pero no estaba tan fácil. Todos querían metérsela gratis, su culpa por ser tan generosa. A partir de ahora pediría que se res-pe-ta-ra la tarifa. Hizo una mueca. Ni ella se lo creía.

Extrañaba a 43, que era su cafisho y la protegía, pero el imbécil había abusado de un niño y los pacos lo tuvieron que meter a una celda del confinamiento solitario. Hasta que se calmen las cosas, dijeron, pero la Jovera sabía que no se calmarían.

¿Qué diría la Casona? Era la pregunta que flotaba en la cabeza de todos antes de cada acto. Nada bueno. Los códigos de la prisión debían respetarse, y los abusamenores estaban en el último es-ca-la-fón. 43 no duraría mucho si lo devolvían al tercer patio, los presos lo matarían. Pero tampoco duraría mucho ahí donde estaba, los pacos le darían canela hasta reventarlo. Estaba bien jodido 43.

Pronunció los cincuenta y ocho nombres de Ma Estrella de corrido, como era costumbre, hasta perder la noción de lo que estaba diciendo y entrar en trance. Se fijó en el vestido rojo, en la falda larga que le llegaba a los pies, con rostros de carachupas bordados con hilo amarillo y serigrafías de personajes populares de telenovelas y de la vida real. En esas serigrafías no encontró la cara de Barbi, la asesina confesa. Sugeriría que la incluyeran, había hecho méritos suficientes.

Los ojos vidriosos cambiaban de colores y fosforecían en la penumbra. Ojos que se abrían más y más e intentaban tragarla y zas, se la tragaban. ¿Eres la estatua o eres la diosa?, preguntó, mientras daba vueltas por el espacio exterior, empujada por una corriente de viento danzarina. ¿Creaste al hombre que te hizo y al hacerlo le diste un conducto para crearte como diosa? ¿O eres una simple estatua y es mi fe la que te convierte en otra cosa?

Se deslumbró con las estrellas y los planetas que cruzaban a su lado y estuvo a punto de agarrarse de la cola de un cometa. La vida: agarrarse de la cola de un cometa.

Y ella, ¿lo había hecho? Y si sí, ¿estaba bien agarrada?

En el fondo del cielo distinguió a Ma Estrella, parada sobre una nube y con una corona de cartón en la cabeza, ¿o de latón?, y un punzón entre los dientes de vampiro, ¿o un estilete? Quizás era el momento de pedirle que usara sus poderes para deshacerse de algún enemigo. Pero en verdad su corazón estaba en paz y no le deseaba el mal a nadie, ni siquiera a los que abusaban de ella.

De pronto vio algo que solo podía describir como una curvatura en el tiempo y el espacio, en la que se hundió Ma Estrella y no salió más.

¿Entonces qué? Pues, vivían en un mundo de cuatro dimensiones. Quizás. Cuando saliera de la capilla contaría a todos esa verdad. Quizás. Pero quizás no era una verdad para ser contada. Quizás solo servía para ella, para su iluminación personal. Quizás. Dejó de tener pena de 43. Dejó de tener pena de su vida. Estaba dispuesta a enfrentar el nuevo día.

[SABA]

Saba tuvo un ataque de pánico cuando ingresó a la Enfermería, le habían contado tantas cosas, pero luego vio a las enfermeras y se relajó. Había olor a rosas, de aromatizador usado en exceso. Otros pacientes esperaban en sillas o camillas, todo normal. Un calvo con un problema de insomnio decía que solo los antialérgicos lo hacían dormir, aunque poco, y una enfermera le sugería valeriana o camomila o alguna otra planta medicinal.

Le tomaron el pulso y la temperatura, le hicieron abrir la boca, escucharon los sonidos del pecho, le sacaron una muestra de sangre. Les contó que le dolía la garganta, también los músculos, todo el cuerpo, se sentía debilucha. Estás volando en fiebre, dijo una enfermera pecosa y de sonrisa desubicada.

Saba se sumió en la negrura. La fiebre le traía malos recuerdos de la infancia, cuando eran frecuentes sus enfermedades. Había tenido paperas, sarampión, malaria, viruela. Incluso la extracción de unas muelas terminó con ella en el hospital, por una mala reacción a la anestesia.

La dejaron sola en un cubículo por una hora hasta que vino el doctor. Sus pasos sonaban desde lejos y eso la estremeció. Le impresionaron sus manazas y el hecho de que su delantal blanco estuviera recién lavado y planchado, a diferencia del de las enfermeras, tan sucio. Se preguntó si ese era a quien conocían como el Forense. Él le hizo una broma y luego fue directo:

Todavía no sabemos qué tiene, los resultados de la muestra no son concluyentes. La enviaremos a un laboratorio de la ciudad y en unas horas le haremos más exámenes. Se quedará en observación.

Saba sentía la garganta reseca y le pidió que le alcanzara un vaso de agua del velador. El doctor lo hacía cuando ella se sacudió en toses y no pudo parar. Él le dio unas palmadas en la espalda y ella tosió en su cara. Él retrocedió con un gesto de asco y se limpió la cara con un klínex. Hizo anotaciones en un papel, se lo dio a una enfermera y salió sin decir nada.

[EL GOBERNADOR]
Otero visitó al Juez Limberg Arandia por la tarde, en su casa en el distrito del Punto Alto, rodeada de palos borrachos de flores rosadas y ramas retorcidas que la escondían de las miradas de la calle. Jamás se le hubiera ocurrido que la afición compartida por los juegos de guerra y estrategia lo llevaría a esa situación de privilegio. Arandia era un asesor informal importante del Prefecto Vilmos, y él se había convertido en su confidente. En esas tardes en que se reunían para enfrentarse en juegos de guerra, Otero se sentía parte importante de la maquinaria de la administración provincial. No decidía nada pero al menos era tomado en cuenta.

El Juez lo condujo a su escritorio; saco y zapatos de charol, elegante incluso para reuniones informales, y en los labios un cigarrillo negro sin filtro que hizo toser a Otero. Pasaron junto a terrarios con dragones barbados, salamandras verdes y varanos de ojos escurridizos. En un terrario con el vidrio manchado por deyecciones había más de diez camaleones enanos. Alguna vez Otero se preguntó por qué el Juez coleccionaba esos reptiles malolientes y de costoso mantenimiento. ¿No podía comprarse un acuario? Arandia le había explicado que de niño su papá lo llevaba a una feria ambulante y que a él no le interesaban los juegos y las suertes sin blanca que fascinaban a sus amiguitos sino un puesto donde vendían camaleones diminutos. Ahorraba para comprarse uno y esperaba la feria con ansias. El vendedor lo ensartaba a un alfiler y lo colocaba en su camisa, con instrucciones para alimentarlo. El Juez llegaba a casa emocionado y seguía las instrucciones pero era inútil, el camaleón no vivía

43

más de tres días. Lloroso, le pedía dinero a su padre y volvía a intentarlo con otro camaleón al día siguiente, y nada. Con los años se enteró de que esos bichos ni siquiera eran camaleones. Tener hoy esos reptiles en terrarios era una forma de hacer lo que no había podido hacer de niño. Preservarlos, cuidarlos, lograr que sobrevivieran.

Mandé requisar todas las efigies de Ma Estrella en el penal, dijo Otero. Santitas incluso. Una forma de adelantarme a lo que sugirió que se viene. Sincérese, ¿decidió el Comité o decidió usted?

Es lo mismo, Arandia dio una pitada a su cigarrillo. Hay novedades.

El Juez procedió a contarle que Vilmos, siguiendo recomendaciones del Comité contra la Superstición, había tomado la decisión de prohibir el culto a la Innombrable en la provincia, y que la haría oficial pronto, quizás hoy mismo o a más tardar mañana. Lucas Otero se acarició la barbilla tratando de asimilar la información.

Esto complicará las cosas, dijo. Al pueblo no le gustará nada.

Es un culto salvaje y usted lo sabe. No se haga el populista. Podrá serlo en su Casona, pero la Casona no es ni la ciudad ni la provincia.

Es un microcosmos representativo. No estoy seguro de lo que se logrará y si se justifica.

La Innombrable ha crecido mucho. La gente siente que ya no necesita depender de la administración. Todo se lo puede pedir directamente a ella. El Prefecto piensa que son formas simbólicas de liberarse del partido. Necesitamos afirmar la intermediación. No está mal ser independiente siempre y cuando eso no se vuelque contra ti.

Es que de eso se puede aprovechar el Presidente. Es en su masa de votantes donde más se extiende el culto. Si se posiciona a favor de la Innombrable descolocará a Vilmos.

No lo creo, el Juez dio una pitada nerviosa. Al Presidente no le importamos. Para él somos una provincia lejanísima dominada por regionalistas recalcitrantes.

La más grande de las que perdió en las elecciones. Querrá ganarla la próxima.

Ya verá que tengo razón. Concéntrese en lo que pasa aquí, no en las reacciones de la capital. Así nos ha ido bien. Pero eso no es todo. Hay otras novedades.

El Juez le contó que el Secretario General Santiesteban, el segundo hombre más importante de la provincia, había sido detenido por un grupo de choque de las juventudes del partido y se hallaba en una casa en las afueras. De eso no debía enterarse el Gobierno nacional. Debía tener todo preparado para que por la noche se dispusiera su traslado a la Casona, al quinto patio. Los guardias sospecharían que se trataba de un prisionero especial, pero no podían saber que era Santiesteban.

Es quien más lejos ha llevado el culto, dijo Arandia. Lo ha hecho oficial, en cierto modo. Ha dado permiso para que nadie lo vea como algo malo.

Otero se preocupó. Su mujer le hablaba bien de Santiesteban, lo admiraba por dar la cara y aparecer por el templo de la Innombrable y el crematorio durante el día, a la vista de los medios, mientras que otros altos cargos preferían esperar a la medianoche o la madrugada para hacer sus ofrendas. Santiesteban decía que su conversión había ocurrido un par de años atrás, después de la muerte de Delina, su hija menor, en un accidente mientras hacían refacciones en la casa de su exesposa en la capital; para curar su depresión había comenzado a tomar la sustancia violeta, central en el culto de la Innombrable, y eso lo había llevado directamente a abrazar la fe. Otero reconocía el poder de la sustancia para calmar sus ansiedades. Solo por eso me entregaría al culto, pensó.

Parece que lo he dejado mudo, Lucas.

No es para menos. Apenas se sepa será un escándalo.

No se sabrá. Confío en usted.

Otero vislumbró otras razones más terrenas para suspender el culto. Quizás todo solo era una lucha de poder. Santiesteban era un político carismático, un independiente que se había aliado al partido del Prefecto para llegar al poder. Quizás el ataque a la Innombrable era la forma que tenían Vilmos y el Juez de neutralizar a Santiesteban y sus seguidores.

No se preocupe, nadie se enterará. La mayor parte de los guardias ni siquiera conoce de la existencia del quinto patio.

A los presos enviados al quinto patio no se los registraba en la lista. No compartían nada con el resto, se hallaban aislados, en una prisión dentro de la prisión. El quinto patio era un territorio invisible, donde, a través de los años, habían ido a dar, y desaparecer, los prisioneros políticos, los rebeldes al Prefecto Vilmos, los que tenían ambiciones de soliviantar a las masas y, por supuesto, los enemigos personales del Juez Arandia y del Gobernador Otero. Los directivos del Régimen Penitenciario Nacional sabían de la existencia de ese patio y alguna vez habían querido hacerlo cerrar, pero los del Régimen Provincial, aliados de Otero, se habían opuesto.

Otero miraba los diseños ajedrezados de la alfombra, trataba de recomponerse de la noticia. Levantaba la vista y se encontraba con los ojos sibilinos del varano recostado sobre un tronco en el terrario más grande de la sala. Parecía tan pacífico, pero lo había visto devorar ratas en segundos. A veces el Juez congregaba a sus invitados enfrente del terrario y procedía a alimentarlo con ratas diminutas. Algunos se daban la vuelta, escandalizados, pero no tardaban en volver a mirar.

Otero no había tenido problemas en usar antes el quinto patio, pero Santiesteban era otra cosa. Un hombre instalado muy arriba en las estructuras de poder, demasiado riesgo. Audaz lo del Juez. Diminuto, pero qué voluntad. Era a él a quien años atrás se le había ocurrido crear el quinto patio, para encerrar allí a un abogado rival que se entrometía en sus asuntos. Así lo hizo Otero, incapaz de decirle no a Arandia, sin sospechar en qué se convertiría esa sección de la Casona.

Los últimos movimientos de Santiesteban me han llevado a concluir que es verdad su deseo de recomponer el poder aliándose con la Asamblea, el Juez hizo volutas con el humo del cigarrillo. La Asamblea querrá investigarnos y eso no nos conviene. La Innombrable es una excusa para Santiesteban, una forma de aliarse con el pueblo que debe ser combatida. Hasta parece que ha estado con ese panada del Alcalde.

Los medios removerán todo en busca de Santiesteban, dijo Otero confirmando sus sospechas de que la diosa podía ser tan solo una excusa para Vilmos y el Juez. Si alguien habla saldremos perdiendo. Ni qué decir si se entera el Gobierno. Será un búmeran.

Confío en usted. En Hinojosa. En sus guardias.

Otero miró a Arandia, molesto consigo mismo por su incapacidad para hacer frente a esa voluntad inexorable. Con razón jamás lo habían considerado para un puesto más importante, por más que se esforzaba. Tantos años ya de Gobernador de la Casona daba para que le ofrecieran hacerse cargo de una prisión de máxima seguridad en otra provincia, o en su defecto algún puesto importante en la Prefectura de Los Confines.

Me haría bien una partida, dijo. A manera de relajar la tensión.

Una cosa más, dijo el Juez. No diga que no se lo advertí. Recomiéndele a su mujer que no haga ostentación de sus creencias por un tiempo.

Celeste es muy independiente. Juguemos.

Usted sabrá. Juguemos.

[EL GOBERNADOR]
Antes de la cena Otero y su esposa Celeste rezaron en la capilla de la casa, rodeados de vitrales luminosos de vírgenes y santos. Un rezo apurado delante de ese hombre sufrido en la cruz, las manos llagadas de estigmas, los pies ensartados con clavos. Según Otero, ese hombre, esas vírgenes y santos, no estaban haciendo un buen trabajo. Debían protegerlos de la Innombrable, pero ella respiraba en todas partes en Los Confines. Así había sido al principio, cuando llegaron. Era diferente hoy. Difícil estar todo el tiempo en contra de la diosa del lugar. Él estaba en paz con esa verdad, pero la administración provincial no.

Otero rezó un padrenuestro en silencio. Leía diez páginas de la Biblia todas las mañanas y se dejaba seducir por cualquier predicador que encontrara en plazas y mercados. El domingo anterior había escuchado a uno de ojos protuberantes gritando sobre el fin del mundo cerca de la estación, y lo contrató para que oficiara una misa a los prisioneros, con la consiguiente molestia de Benítez, el cura oficial. Es que, reverendo, le dijo, su infierno no asusta. Quiero más imágenes de llamas de fuego quemando la piel, demonios extrayendo la lengua de los condenados con un alicate. Benítez le dijo que lo intentaría, quizás sospechando que correría la suerte de tantos otros curas a los que el Gobernador había despedido sin miramientos.

[CELESTE]
Me apoyé en la pared del fondo de la capilla, me mordí las uñas, un santo azulverdoso en un vitral. Al menos disimula, dijo Lucas al salir. Incapaz, muchos santos no míos un Dios no mío. Rogué en silencio un terremoto el fin de Los Confines, ay el momento en que accedí a que Lucas aceptara el puesto, con el argumento de que en la capital, donde llevábamos una vida tranquila, nunca seríamos más que del montón, mientras que en esa provincia lejana seríamos de la realeza al menos por algu-

nos años. Esa que es esta. Sí, cierto, qué días qué meses qué años qué fiestas, tanta tanta libertad. Adquirimos amantes, incluso los compartimos, qué tiempos. Lucas escogía presos para que vinieran a la habitación, nos enamoramos de Volta hasta que en un ataque de celos lo mandó al cuarto patio, apenas quince años. La fiesta se terminó, al menos la mía. Lucas siguió en la suya, su fiesta particular, las noches que se quedaba en el penal, que se queda. No debí aceptar una. Quisiera saber que alguna vez me opuse a sus planes, sería ideal, pero no, de mí también la ambición. Ahora ya no. No quiero ese Dios, quiero el crematorio, la quiero a ella, la única, la Innombrable, Ma Estrella.

[USSE]

Entró a la sala a levantar los platos. Por la tarde se había teñido el pelo (verde y violeta) y maquillado con un tono anaranjado zanahoria en las mejillas que la hacía parecer bronceada. Celeste la miró con sorpresa (no comentó nada). El Gobernador fue el único que dijo algo: cada vez con un look más freak (sonrió).

No podía echarle nada en cara. Hacía un par de semanas ella había presentado su renuncia pero Otero no la dejó ir (te necesitamos, por lo menos hasta fin de año): le subió el sueldo, le dijo que le daría más libertades (es que eres de la casa, no la imagino sin ti).

Usse no quería ser más de la casa. No era la primera vez que decidía irse (le costaba mantener su decisión). El sueldo era bueno aunque le pagaran con meses de retraso y mejoraba cada vez que anunciaba partir. Se le pedía menos que antes: le sería difícil conseguir algo del mismo nivel. No lo conseguiría, pero al menos sería diferente (buscaba eso). Ya no quería seguir cocinando y limpiando para otros (igual no era fácil dar el paso).

Usse notó durante la cena que el Gobernador había estado bebiendo nuevamente. Movía las manos con torpeza (hizo caer un vaso al apoyarlo al borde de la mesa). Celeste lo miraba desdeñosa: Marius dormido en su regazo (un sueño eléctrico erizaba sus pelos). La señora también tomaba: a veces más que él (esa noche no). Semanas ya que la señora dormía en uno de los cuartos del corredor que separaba las dos alas de la casa: allí se había llevado incluso su ropa. Usse no sabía por qué había sido la pelea esta vez (tampoco le sorprendía). Su mejor recuerdo de ellos: un domingo las llevaron a ella y a Lya de excursión a la selva negra, donde pasaron las horas caminando por senderos que se perdían entre los árboles. Del Gobernador le quedaban los gestos de payaso cuando aparentaba oficiar de guía, de la señora las lágrimas de risa después de haberse resbalado en un charco y ensuciado su falda. A veces los veía revisando videos antiguos en busca del gesto delator: el instante en que las cosas habían dejado de ser como eran: las cámaras captaban cosas que el ojo no (no encontraba nada).

Tonto lo que estás haciendo en el crematorio, Usse escuchó la voz del Gobernador.

¿Ofrecerme de voluntaria, limpiar el lugar?, dijo la señora.

La gente habla (el tono de quien tiene la última palabra).

Ella: sé quién es la gente para ti.

La señora se levantó sin haber probado nada y se encerró en su cuarto (tiró la puerta tras de ella). Marius la siguió pero se detuvo a medio camino (buscó su lugar preferido en la alfombra). Usse se secó las manos con el mandil: se preparó para los gritos. La señora sabía enfrentarse al Gobernador. Lya también. Ella, en cambio, no (qué decirle, cómo evitar su furia). Era por eso que su hija se había ido: no la culpaba. Podía haber defendido a Lya (no tuvo el coraje). Esa falla le importaba mucho más que el hecho de no poder solucionar su propia situación. Esa falla era la que podía remediarse si tenía el valor de irse: de decir no: de aprender de Lya.

Terminó de levantar la mesa, ordenó el comedor y la cocina. Antes de retirarse dio una vuelta por la casa, asegurándose de que todo estuviera en orden. La puerta del cuarto de la señora estaba entreabierta: se asomó a ver si necesitaba algo. La descubrió recostada en la cama, su rostro iluminado por la luz de la lámpara, las mejillas carentes de firmeza desde que la doctora que le inyectaba líquidos rejuvenecedores hubiera dejado de venir por la casa (quiero volver a ser natural, decía la señora).

En una repisa las santitas pintadas de rojo que conseguía de cadáveres de prisioneros en la Enfermería del penal, antes de que fueran enviados al crematorio, y que la Innombrable exigía para llevarle ofrendas a su templo. Velas encendidas en el interior de cada cráneo, un resplandor que danzaba sombras en las paredes.

¿Dónde estaría la señora en ese instante? Cada vez más errática. La semana pasada se había perdido durante tres días y la encontraron durmiendo en una choza en el crematorio al lado del río. El Gobernador le dio un sopapo cuando apareció en la casa. Ella le gritó que sus días estaban contados.

Usse fue a su cuarto (una foto de Lya en el velador, una pintarrajeada cruz de madera en la pared: un regalo que el Gobernador le había traído a la señora de uno de sus viajes: los objetos que a ellos no les gustaban solían terminar con ella). Se echó en la cama esperando que la dejaran tranquila. Estaba libre después de cenar, hasta las seis de la mañana, pero a veces él o la señora la despertaban para que les hiciera un sándwich.

Se puso los audífonos: buscó la música de un grupo que la exaltaba. Rock gutural, lo llamaban. Los tambores comenzaron a atronar. Repercutían en su corazón anhelante, furiosos (las guitarras entraban y salían). La letra era sobre un atardecer en un planeta desierto. Ella hubiera querido vivir en ese planeta.

[EL FORENSE]
En el baño, mientras se sacaba los guantes y se peinaba frente al espejo haciendo mohínes, observando con cuidado si la última inyección había logrado borrar del todo sus patas de gallo, como se lo habían prometido, el Forense se preguntó si lo que tenía la mujer recién ingresada pudiera tratarse de un nuevo brote de malaria. Los síntomas apuntaban en esa dirección. El diagnóstico rápido había sido negativo, pero no era definitivo. Había que esperar a que un técnico viera la muestra de sangre bajo el microscopio y sacar nuevas muestras para descartar del todo la infección. En la Casona lidiaba de tanto en tanto con el cólera y la malaria, plagas impredecibles que asomaban su cabeza histérica y se marchaban dejando una lluvia de muertos pese a los esfuerzos del Gobierno para erradicarlas. La Enfermería y la Casona incubaban todos los virus habidos y por haber, bueno, exageraba pero a veces lo sentía así. No era un lugar esterilizado, no estaban preparados para combatir plagas. Tenían camas para el cólera, con un hueco al medio donde el paciente podía hacer sus necesidades sin levantarse, pero no era suficiente. Los presos no ayudaban: se les donaba mosquiteros nuevos rociados con insecticida y se les pedía que los usaran, pero ellos preferían venderlos a los pescadores.

Eso lo nervioseaba. De uno en uno era fácil lidiar con los pacientes. En grupo cualquier cosa podía pasar, comenzando porque él mismo se enfermara. No había nada que lo asustara más. La mujer que acababa de ver lo había escupido en la cara. Si tenía malaria no había problema, no era contagiosa, pero ¿y si otra cosa? ¿Cómo saber? Probablemente no era nada, pero igual la ansiedad lo trabajaba.

Se sacó selfis para revisar con detalle las arrugas. Amplió las fotos en su celular, las miró con cuidado. El doctor Barranco no había hecho un buen trabajo. Decía que su bótox era mejor que el de la competencia pero las pruebas no lo corroboraban. Le dijo que debía esperar cuarenta y ocho horas y las patas de gallo desaparecerían, pero no era así. Borrosas pero pertinaces, seguían ahí. Tenía incluso una vena ligeramente explotada bajo un párpado, señal de que la inyección con el compuesto de ácido hialurónico para corregir los surcos de marioneta tampoco había sido certera. Hablaría con el doctor, amenazaría con hacerle mala propaganda.

Llamó a Robert desde su oficina y le dijo que llegaría tarde a casa. Robert le pidió que se apurara. El Forense estuvo a punto de decirle que todo era por culpa de él. Solo desde que salían juntos sentía la necesidad de verse más joven. Eso le pasaba por meterse con alguien diez años menor.

En eso tocaron a la puerta. Era el guardia Vacadiez. El Forense le dijo que los dos muertos de la noche anterior estaban listos para ser enviados al crematorio. Solo una santita podía ser ofrecida en venta, porque el otro cráneo se lo había quedado la mujer del Gobernador. Vacadiez asintió y se dirigió al depósito de cadáveres en la parte posterior de la Enfermería.

[LYA]
Lya inicia el camino de regreso preocupada, buscando excusas para que su tío no le quite nada de su comisión.

Quiere comprarse zapatos nuevos, unos deportivos, pero no los que venden en la prisión porque la suela no dura.

Zel, hijo de uno de los oficiales, la coquetea y le ha ofrecido regalárselos, pero ella no quiere aceptar nada de él, mucho compromiso pues.

Lya se rebelaría si el Tiralíneas no le daba su comisión, le diría que si no le creía que había sido un accidente entonces dejaría de trabajar para él.

Él respondería que debía ser más cuidadosa, gracias a las bolsitas de tonchi no vivían en el tercer patio, bastaría que durmiera una noche en el Chicle y lo comprendería.

Suspira: no imagina al Tiralíneas durmiendo en el Chicle.

Ni él ni ella son para el tercer patio.

Bueno, nadie lo es.

Las construcciones en torno suyo se sostienen por obra de una estática milagrosa.

Un edificio se balanceaba sobre la tela de una araña, canta, *como veía que resistía fue a buscar otro edificio, dos edificios se balanceaban, tres edificios, cuatro*.

A veces sueña que la Casona se desploma sobre ella.

Familias enteras burbujean en cada piso, y sin mencionar siquiera a quienes viven a la intemperie porque ni siquiera disponen de lo necesario para hacerse con una celda.

Temblorosos adictos al pegamento, desahuciados durmiendo al sol en colchones manchados de orín, ratas gordas y malencachadas que asoman el hocico por los huecos en los rincones, murciélagos agolpados en las paredes mirando el mundo al revés.

Se estremece ante el recuerdo del tercer patio, de aire tan enrarecido.

Le da pena pero nunca evita ir por allí, a pesar del peligro.

Le recuerda que, para vivir en una cárcel, lo tiene relativamente fácil.

No se niega a ascender y comprende los esfuerzos ahorrativos de su tío, los del primer patio tienen muchos privilegios.

Pero no solo ellos sino también el Gobernador y su mujer, y los pacos y los oficiales y sus familias, que viven en la plazuela Ciega, el barrio en torno a la Casona, ese afuera que ella visita cuando va a clases o a jugar con Zel y sus amigos, con esa facilidad para entrar y salir de la cárcel gracias a que está allí de forma voluntaria.

A veces, muy raras veces, extraña la casa del Gobernador, pero más vale vivir pobre que en ese lugar que le trae tan malos recuerdos.

Lya se apura, el Tiralíneas le llamará la atención, ¿por qué carajos tardaste tanto?

Ay, qué miseria, vendría el silencio y se lo llevaría.

Todo se detendría, y ella le metería la mano en la boca y le jalaría la lengua.

No va a pelearse con él, quiere ir a casa de Zel después del cole y necesita que le dé permiso.

Yerbeará con Zel y su grupo.

Qué bien perderse, aunque sea un ratito.

A lo lejos ve a la Cogotera abusando de un par de presos, qué asco.

En su última visita Zel, que lleva su cámara a todas partes, le contó que soñaba con hacerse poner un ojo biónico para poder filmar con su cuerpo, para no tener que llevar una cámara a todas partes, ser él mismo la cámara, el Ojo que lo registra todo.

Ella también quisiera tener un ojo biónico para filmar todo lo que ocurre a su alrededor.

Eso la haría sentirse más segura, demasiados criminales cerca.

Las cámaras de la Casona no funcionaban, o si lo hacían los capos se hacían los desentendidos.

Sí, demasiados malosos se le acercan con su mierda encima.

No ha ayudado su actitud de los primeros meses, cuando nada le importaba y era más fácil decir sí que no, cuando solo quería vengarse de lo que le había ocurrido, vengarse de su madre y del Gobernador, cuando creía, tonta, que eso era vengarse.

En fin.

Luzbel está recostada en el marco de la ventana.

La alza, revuelve su pelaje marrón, la escucha ronronear y la devuelve a su sitio.

Es el lugar favorito de Luzbel, donde la alcanzan los rayos del sol, y se molesta cuando el Tiralíneas viene a cerrar la ventana al atardecer porque entran los mosquitos.

Siendo sincera, Lya no cree que esté mal lo que tiene.

En el cuarto de su tío hay conexión a la red y eso es suficiente.

A veces sube descalza al techo de la Casona con un telescopio de juguete, dirige la vista al cielo invadido de nubes grises y delgadas como alambres y se pierde en ensoñaciones.

En el futuro ella, armada de valor, meterá las cosas que más quiere en una mochila, entre ellas su ornitorrinco de peluche y la vieja radio donde escucha música, y se irá de la Casona, del pueblo, del país, y cruzará la frontera en camión, para llegar así al otro lado con el que sueña.

[EL TIRALÍNEAS]

Recibió la explicación de Lya y le dio un sopapo que le hizo doler la mano. Te voy a devolver donde Usse, mierda. Se acercó a la ventana, acarició a Luzbel, y luego se sintió mal y le pidió disculpas. Entiendo, dijo, estos accidentes ocurren. Ella se tocaba la mejilla, asombrada. No deberías ir por allá, es peligroso, pero es donde tenemos más clientes, entiendo. Entiendo, entiendo. Pero ¿qué es lo que entiendes? Ese es el problema. No entiendes que no entiendes. Jugaba con sus chinelas, se las sacaba y se las ponía, hurgaba entre los dedos del pie con sus manos, olía la mugre acumulada. Le dijo que podría pagar el sobre que faltaba en cuotas mensuales, o si quería pagaba de golpe y se quedaba sin comisión hasta completar lo adeudado.

Lya estrelló un vaso contra la pared. Abrió una alacena y tiró las ollas al suelo. Desconectó el microondas y lo metió en el canasto de la basura. Rompió el calendario sobre el refrigerador, en el que el Tiralíneas anotaba, obsesivo, las semanas de detención cumplidas, y dibujaba aviones y cohetes que surcaban a destinos desconocidos.

El Tiralíneas no intervino mientras se desataba la cólera de Lya. Creía estar acostumbrado a los estallidos de furia de su sobrina, y no. Cuando terminó, dijo no entiendo y se subió al altillo. Debió encorvarse para entrar, su cabeza chocaba contra el techo. Se sentía mal cada vez que le levantaba la mano a Lya. Hubiera querido animarse a decirle que se fuera, el cuarto les quedaba chico a los dos, él le cedía la cama y debía echarse en un sleeping en el suelo, no era lo ideal. Los toques femeninos en la decoración, los afiches con las caras de los cantantes y actores favoritos de Lya, la lámpara rosada en el velador, eran motivo de burla de sus visitantes.

No se animaba a sugerir nada. Ya bastante mal lo había pasado Lya. Igual, ella le había dicho que sería por poco tiempo, y aquí seguía, mentirosa, dejándolo sin privacidad. Cuando quería coger debía esperar a que ella fuera al cole por las mañanas, cuando iba, tres horas en las que se apuraba para gastar sus ahorros en los que se le ofrecían.

Contó hasta diez varias veces, un conjuro que le servía para tranquilizarse. Lya lo ayudaba con el bisnes y debía disculparse. Hacía muchas cosas por él para tener tranquilo a Lillo, iba de aquí para allá. El Tiralíneas no quería salir de su habitación. Había luces azules dispuestas a electrocutarlo apenas pisara el pasillo fuera de su cuarto. Luces que llegaban del espacio exterior, que se quedaban flotando en el calor de la Casona, prisioneras ellas también. Luces enviadas por una inteligencia abismal que los había creado a todos y también a Ma Estrella y los otros dioses del panteón e incluso a quienes no eran del panteón, todos, todo, y cuando decía todo era todo. Luces que eran entidades demoníacas y reverberaban en la calamina de los techos. Querían comunicarse con él pero no entendía su lenguaje. Las atisbaba desde su ventana, a veces un descuido, una puerta entreabierta, un resquicio en el techo, hacía que ingresaran en el cuarto. Aparecían en el baño mientras se duchaba, y él, desnudo y enjabonado, se ovillaba en un rincón hasta que desaparecieran. La Entidad ha venido, le decía a Lya cuando ella lo veía acurrucarse en la cama azorado. Vienen tanto, se burlaba ella, que quizás viven en este cuarto. Puede que sí, decía él, serio, por eso mejor me voy al altillo. Se subía con su sleeping y no bajaba hasta el día siguiente.

Una cucaracha se escurrió por entre sus piernas. Grande, de color marrón y patas largas, con antenas curiosas. La aplastó con su chinela. Demasiadas en su cuarto, y ratas, lagartijas, arañas, hormigas, ciempiés y putapariós. Debía alquilar un mejor cuarto. Inútil, no había cuarto ni patio que se librara de alimañas. Imaginaba un ejército de ratas construyendo túneles bajo los cimientos de la Casona, túneles que comunicaban con el centro de la Tierra, tanto suelo horadado que algún rato la prisión colapsaría y de entre los escombros aparecerían, orgullosas, invencibles, las patitas y los bigotes de las ratas.

Un portazo. Ya volvería. Lya era su contacto con el mundo exterior, sin ella qué haría. La otra opción sería conseguir tonchi más fino. Ese lo podría vender a los del primer patio, que tenían más tela y no eran gente violenta. Pero ellos les compraban directamente a los pacos y sería difícil romper ese bisnes. Los pacos habían sido claros, no debían meterse con su zona. Además su proveedor, Lillo, prefería vender en el segundo y tercer patio porque ese tonchi barato le rendía mayores ganancias por gramo. Entonces a él, que ahora se tocaba la cara porque sentía que alguien le estaba claveteando alfileres en las mejillas, no le quedaba más que hacerlo con ayuda de Lya. Debía bajar y esperar que regresara y disculparse. Lo haría apenas la luz mala que le clavaba alfileres en ese instante lo dejara en paz.

[KRUPA]

No era el mediodía y yo ya bien feliciano. Estuve de turno en la
madrugada, cuando un jeep de la policía dejó a la entrada a esos
dos a quienes se les hizo pagar buen billete, mi ley hermanitos,
mi ley, uno era representante de una organización de derechos
humanos, no quería que se hiciera público su arresto, zip zap
un escándalo, el otro preocupado por qué diría su pareja, tan
yuca el pobre, el peaje, entrada por salida. Me quedó un monto
interesantoso después de darle su tajada a Hinojosa, ay el jefe,
ay el jefazo, tan hecho el bueno pero igualito a todos nomás.
Aparte estaba el otro, que dijo no tener quivo y al que dejé entrar nomás, mis valientes me miraron feo, Vacadiez osó insistir
que debía pagar, es mi ley carajos, no me emputen gramputas,
si no su cabeza cric crac. Le hice un favor, ya le cobraría, así se
forman los lazos indisolubles entre ellos y nosotros. Estamos en
lo mismo, en cierta forma. Pasamos todo el día en la Casona,
debemos aprender a convivir, zip zap, zip zap. Juntarnos cada
tanto para un ponchecito, unas cartitas, un jalecito. Compartir
putas y putos, qué risa. Una larga risa para pasar estos años lentos. Pero llegan al cuarto patio y el baile es otro. El quinto, ni
qué decir.

Rigo, así firmó el que dejamos entrar por la madrugada. En el
parte decía que era un médico que había matado a alguien en
una operación hace casi diez años, el estatuto de limitaciones
estaba a punto de acabarse y zas, no lo salvó la campana. Lo
acababa de ver, con una venda sobre un ojo, sentado en un
banco en torno a la glorieta del primer patio, al lado de changos
que jugaban básquet y niños que hacían carreras con autitos.
Me acercaría a cobrarle aunque seguro todavía no habría tenido
forma de conseguir naranjas. Una manera de presionarlo, re-
cordarle la deuda. El peaje no era mucho y quizás al final hasta
se lo perdonara, pero a cambio vendrían cosas más interesan-
tosas.

Sí, feliciano. A la hora del desayuno, en el pabellón donde entregamos a los presos una taza de té y un pedazo de pan diarios, se me acercó Rafa, el papá del chico abusado por 43 un par de semanas atrás. Después de dar muchas vueltas me dijo: Krupa, he logrado recolectar la tela que me pidió para deshacerse de 43.

Le dije que pasaría por su celda. Nosotros podíamos encargarnos pero luego era todo un lío borrar las huellas por si los Defensores del Pueblo pedían una investigación, y además había que repartirse el billete. Lo haría como se suelen hacer estos trabajitos. Se lo encargaría a un preso. Glauco podía ser, andaba angurriento.

Ni modo por 43. Lo socapamos harto porque nos cedía gratis a sus cueritos. Pero se le fue la mano. O mejor, se le fue el pito. Ay, bien chistoso soy a veces.

[LA DOCTORA]

Una mujer había traído a una wawa a la Enfermería. Dijo que no encontraba a su vecina, Saba, que le había pedido que la cuidara y se había ido a su trabajo pero en su trabajo no sabían de ella. La mujer en la recepción llamó a una enfermera. La que vino le dijo que, efectivamente, Saba había sido ingresada. Recibió a la wawa, anotó su nombre, Caro, en una planilla, y le agradeció que la hubiera traído.

La doctora Ilse Tadic –robusta, piel aceitunada, zapatos de taco bajo, vozarrón– vio a la wawa pálida e irritable. Le llamó la atención que no parara de hipar y que hubiera manchas de sangre en su tenida de una pieza. Carito vomita todo el rato, dijo la mujer antes de partir. Comprobó que tenía fiebre. La dejó a cargo de una enfermera, que le administrara fluidos y le pusiera compresas frías, y fue a ver a otros pacientes.

Por la tarde un joven interno que hacía sus rondas notó que a la wawa le había salido sangre por la nariz. Parecía dormida, no reaccionó cuando la tocó. Le abrió la boca y constató para su sorpresa que tenía las mejillas heladas.

¿No estaría...?

Le puso el estetoscopio en el pecho. Sí, estaba.

Trató de reanimarla, sin suerte.

Le cerró los ojos y se persignó. De un cajón extrajo un escapulario con la efigie de la Innombrable y le hizo un rezo apresurado.

Le contó lo ocurrido a la doctora Tadic. La doctora fue a ver a la wawa. Tarde, demasiado tarde. La blusita manchada de sangre, los ojitos cerrados, la pena, que jamás se le agotaba. ¿Debía haber hecho algo más de lo que hizo cuando la vio?

Insultó en voz baja a Hinojosa y al Gobernador, les había advertido que la Enfermería no estaba preparada para atender bebés y que por eso la Casona no era el sitio ideal para familias con niños. Mierda, mil veces mierda.

Todo había sido demasiado violento. Debía interrogar a la mujer que la había traído. Entender qué había ocurrido.

Una enfermera llamada Yandira, la cabellera pelirroja recogida en un moño, la interrumpió para decirle que el Forense quería que fuera a ver a la madre de la bebé, admitida a la Enfermería hacía unas horas. La doctora la puso al tanto de la wawa y le dijo que se la entregara al doctor Achebi para la autopsia y se contactara con los familiares para los últimos ritos. Yandira envolvió a la wawa y la llevó al sótano.

La doctora encontró al Forense saliendo de la habitación de la paciente. Le contó que la bebé de la paciente que quería que viera había fallecido. El Forense la miró sorprendido.

Llegó muy enferma, dijo ella. A ver qué nos cuenta Achebi.

Complicado, dijo él. Los síntomas de la mamá apuntan a que es malaria pero la muestra rápida ha sido negativa. La he mandado al laboratorio, necesitamos más análisis. Haré sacar otra muestra más tarde.

¿Malaria? ¿Otra vez? ¿De eso habrá muerto la wawa?

No lo sé. Pero mejor que lo sea, es algo con lo que podemos lidiar. Porque si no...

La doctora suspiró.

[43]

Dolorido y humillado en una celda de la sección del confinamiento solitario, en ese cuarto patio tan reducido, tan miserable, 43 contó los minutos que había estado afuera. 81. Tenía 39 más para estar fuera de su celda ese día. 120 era el límite y él, sentado en el borde de un cajón de manzanas en el patio estrecho porque tenía las nalgas rasmilladas, consultaba las nubes, la sombra del sol en las paredes, cualquier cosa para calcular el tiempo con precisión y que no le estafaran minutos. Le habían hecho un gran daño al quitarle el reloj, al quitarle todas sus pertenencias cuando lo enviaron al confinamiento solitario. Solo por eso era capaz de portarse bien. Las primeras semanas le daban 60 fuera de su celda, ahora 120. Quizás en un tiempo más lo devolverían al tercer patio. Ojalá. En el cuarto no había forma de hacer tela. La Jovera y otros se buscarían cafisho. Con lo que costaba.

No debía haber tocado al muchacho. Lo pateaban tanto por eso, todos los días lo mismo. Le habían roto la mano y luego, sádicos, no dejaban que se curara. No querían llevarlo a la Enfermería y cada día venían a arrancarle la venda, doblarle los dedos, sacarle la piel. Estaba todo infectado y llagado, la herida supuraba y olía mal. Era su culpa, pero igual no tenían derecho. Cuando llegó a la Casona le advirtieron que los menores de quince años estaban prohibidos. Esos menores no purgaban ninguna condena, solo estaban ahí acompañando a sus padres, una idea peregrina del Gobernador para mantener a las familias unidas. 43 había cumplido en la medida de lo posible. Las primeras 1440 horas nada, pero luego le ofrecieron uno por abajo, por una buena suma. Eso despertó sus instintos dormidos, creía. Uno de ellos, Wuly, tenía carita de ángel y era tan bueno, tan amable cuando se ponía de cuatro. 43 se molestó tanto cuando el cafisho de Wuly le dijo que ya no porque la madre se había enterado. Lo buscó, incansable, hasta que una noche lo encontró saliendo del baño. No pudo controlarse, fue como si una fuerza extraña se hubiera apoderado de él para hacerle hacer lo que hizo. Una fuerza extraña llamada arrechera, le dijo Krupa, ¿crees que somos pelotudos? Quizás la culpa la había tenido el tonchi de la noche anterior.

Se levantó del cajón. 37 minutos. Le dolía todo. Se deprimió pensando que ya había estado 2880 horas ahí y todavía faltaban 840. Decían que era por su protección, para que los presos no lo violaran, para que la familia del menor no se vengara. Había cosas que no se hacían ni siquiera en la cárcel. ¿Pero qué protección, si los pacos se turnaban para violarlo y torturarlo? No sabía si Oaxaca o Krupa eran los peores, a cual más sádico. La celda no ayudaba. Era fría y no tenía ventanas y tampoco un camastro, mucho menos la radio y tele de las que disponía en su cuarto en el segundo patio, la estufa y la cocinita que costaron tantas horas de ahorros. Se congelaba por las noches, pero lo peor era estar tanto tiempo solo con sus pensamientos. Los putapariós le hacían escocer el cuerpo y lo dejaban con ronchas en las piernas y el estómago, un camino de puntos rojos, como si esos piojos invisibles se hubieran entretenido jugando a la rayuela por su piel. Y eso no era todo. Por las noches lo visitaban los ciempiés. Eran muchos, aparecían por el techo, asumía que debía haber una grieta. ¿Se los tiraban los pacos? Capaces eran. Al principio le daban asco, esas patas largas como de arañas, ciempiés diferentes a los que conocía, más tirando a orugas, y los mataba, puré de ciempiés, decía uno de los pacos al ver el estropicio, qué locura, pero eso no impedía que siguieran descolgándose por las paredes. El Gringo le gritó desde una celda contigua que los ciempiés eran buenos porque se comían a las arañas venenosas, así que desde entonces los respetaba. Se echaba en el suelo, tiritando de frío, y dejaba que se le subieran. Sentía su deslizarse sinuoso por la piel, sus patitas cosquillosas. Uno se le metió en una axila y le dejó sus huevos y se le infectó y estuvo así durante 76 horas y gritó cuando se los sacaron. Aparte de eso no hubo más incidentes. Caminaban sobre él mientras recordaba la noche en que mató al hijo de su vecino con un cuchillo de cocina 715 días atrás. Por entonces se llamaba 39. La culpa fue del insomnio. Semanas enteras que podía estar sin dormir y que le habían metido en la cabeza la idea de violar a ese chiquillo morocho de ojos verdes que caminaba por su lado ignorándolo, como si no existiera. Después de eso se acostumbró a ver ojos verdes vigilándolo desde las ventanas. Esos ojos no habían terminado de desaparecer. Estaban ahí, rodeándolo. Gritaba, y alguien de las celdas contiguas le respondía. Eran ocho en total. Ramírez se había suicidado la semana pasada y su lugar lo había ocupado el Niño, de dónde sería, cara de feto pero ya con la muerte de sus viejos a cuestas, ¿habría nacido así sin un brazo? Adanti, a quien los pacos le habían sacado un ojo en una golpiza, apenas salía de su celda, se la pasaba dizque armando estrategias para que el pueblo tomara el poder, como si no se hubiera enterado que el Jefazo hace diez años que ya era Presidente, como si no supiera que Hinojosa y Krupa eran bien de tierra adentro.

Se le vino una imagen vívida de su fuga. Los pacos le trituraban la moral a palos, pero no quería dejarse vencer. Odiaba a esos resignados, casi todos, que decían que en la Casona se vivía mejor que afuera. Mal de muchos consuelo de tontos. La cárcel era la cárcel era la cárcel. Debía ir de a poco. Salir primero del cuarto patio y luego planear su fuga. Pocos se fugaban, apenas cuatro el último año. Él sería el quinto. Con harto billete endulzaría a los pacos. Pero para eso necesitaba fiscalizar a la Jovera y a sus otros muchachos, y desde allí no podía.

Quería su reloj. Estaba cansado de que lo engañaran. Se quedaba 110 minutos en el patio y lo convertían en 120. Pacos gramputas. Qué ardor en la mano. Qué dolor en el culo. Cuánta molestia de la luz al apoyarse en sus ojos. Era salir o salir, porque si no, no duraría mucho.

[RIGO]

Krupa se acercó y la voz insistió en la inocencia: no sabemos qué hacemos aquí. Nos miró, impaciente. A mí no me hable, dijo. Olía mal el hombre, una mezcla de sudor rancio y alcohol. Pelos crispados como alambres, entradas prematuras, labios curvados en un gesto risueño que desentonaba con sus modales bruscos. Nos llevó a una sala llena de trastos, computadoras viejas cerca de los ventanales rotos. Tecleó nuestro nombre en una y salió una ficha. Nos informó de un cargo de negligencia médica. Según el estatuto de limitaciones éramos liberados a los diez años pero habían transcurrido nueve años y siete meses hasta el arresto.

No es nuestra foto. Es un homónimo. Ese no somos nosotros.

A ver a ver, no me haga perder la paciencia y hable como la gente. ¿Cómo es eso de que «ese no somos nosotros»?

Lo dice la Exégesis. El yo es un pueblo. Usted es un nosotros. Y los nosotros, juntos, formamos la gran comunidad. Esa gran comunidad no puede funcionar si cada nosotros no está bien.

No me joda con su trabalenguas. He oído de esa religión. Una secta, más bien, ¿no? Pues aquí se las va a tener que aguantar. La ley de Krupa funciona y punto. Por unos pesos le puedo recomendar un buen tinterillo. Y me debe el peaje. Cinco quivos la entrada.

¿De dónde conseguimos eso si estamos recién llegados?

Se las arregla. No somos una sociedad de beneficencia.

Nos fuimos, furiosos. Así que doctores en el pasado. Con razón nos ofrecimos de voluntarios en el hospital de las aves.

Debíamos tranquilizarnos. No ganábamos nada con tanta mierda adentro. Nos sentamos cerca de las palmeras por la explanada que daba hacia el portón de entrada y la voz se puso a rezar al dios Mayor de la Transfiguración. Cánticos para combatir las presencias nefastas, aprendidos de un predicador en el monasterio:

Han nacido aquellos que se transforman en piedra de sangre
y reconcilian el mediodía del agua
escucha
una carachupa pasa en nuestro corazón
una carachupa que se vuelve verbo
que silencia al muerto que nos posee
vimos el olor del sol anudar a una mosca
vimos al pájaro conjugado volar de espaldas
y como los otros dioses no saben comer
somos nosotros los que comeremos en su lugar dijeron las plantas

El predicador dijo que era un poema traducido de los hongos. Una visión del hongo. El hongo hablaba, el predicador solo transcribía. La voz se puso a cantarlos nuevamente. La piel se sintió protegida. El Maloso retrocedía. Regresaríamos a Marilia. Porque los cuerpos se encontraban, por más que ya no vivieran en la misma realidad. Volvería el equilibrio. Esa era la iluminación a seguir.

[HINOJOSA]
El Jefe de Seguridad de la Casona hizo una ronda por las celdas y departamentos de los reclusos del primer patio después de que el Gobernador partiera. Prometió que en un par de días todo volvería a la normalidad y podrían tener nuevamente sus exornadas efigies. Saben cómo es de impredecible el jefe, chasqueó la mandíbula, tenía la costumbre de jugar con su saliva.

Demasiado, respondió Lillo, uno de sus mejores clientes, un culito blanco al que en otra situación le daría una tunda, dueño de un departamento de tres ambientes en el primer patio, un restaurante y un almacén en el segundo. Se hurgaba los dientes con un palillo, tenía las encías inflamadas, producto de un abceso mal curado, y eso que le habían permitido hacerse ver con un dentista en la ciudad. A veces viene a chupar con nosotros, continuó Lillo, como político en campaña, nos abraza y hasta lo he visto llorar. Otras se arranca a carajazos y castigos. Es su regla de la zanahoria y el chicote, dijo Hinojosa, nada más, aquí no hay ningún felino cautivo. Coco, el pekinés antipático de Lillo, husmeaba sus zapatos, ganas de ahogarlo, darle tonchi como a Panchita, la cacatúa que vivía en la sala de los guardias, linda y pasada de revoluciones la pobre.

Pago mucho cada mes, insistió Lillo, no quiero chicote. Hinojosa trató de calmarlo, no se preocupe, usted está en otra categoría. Respingón de mierda, pensó, sufra, carajo. Solía ocurrir con muchos presos, la Casona los confundía. Buena parte del tiempo vivían como si no estuvieran en una cárcel, si les iba bien en sus bisnes dejaban las celdas compartidas en las que habían transcurrido sus primeras semanas y llegaban a vivir en cuartos y departamentos con sus mujeres e hijos, lograban conexiones pirata a Internet y buena comida, se creaban perfiles falsos en las redes sociales, apostaban a peleas clandestinas entre plumíferos gladiadores y se olvidaban de que vivían en una cárcel. Luego venía una redada dispuesta por Otero, en la que se confiscaban cuchillos, efigies, dispositivos electrónicos y tonchi, a veces incluso pistolas, o un guardia tenía su ataque y se la tomaba con ellos o cometían una transgresión y se los llevaba al cuarto patio, donde Krupa hacía de las suyas, o aparecía el mismo Otero malencanchado y la Casona adquiría una atmósfera elucubrante y los presos temblequeaban. Estaba bien que se desportillaran un poco, esto no era un hotel. Pero los presos eran sus clientes y tenía que ir a visitarlos luego, asegurarles que lo peor había pasado, vendrán días tranquilos, así hasta la siguiente.

A Lillo le dijo que le encargaría la comida para una fiesta de los guardias la próxima semana. Con eso pareció quedarse tranquilo. Antes de partir Coco se enrabietó a ladridos. Tuvo ganas de ahogarlo.

[LILLO]

Después de quejarse con Hinojosa, Lillo encendió el aire acondicionado de su departamento y llamó al Tiralíneas. Era su mejor vendedor, pero tenía caprichos como eso de no querer salir de su cuarto, y a ratos lo enfurecía aceptar tanta paja. Hecho el putas, queriendo arreglarlo todo sin dar un paso. Habló con él mientras caminaba por la sala, con platos sucios y vasos del almuerzo atiborrados sobre la mesa y colillas de cigarrillo tiradas en el piso, y le dijo que por la tarde llegarían los químicos para el laboratorio, que estuviera atento. No se preocupe jefe, me avisarán. Lillo hizo una pausa, golpeado por el dolor en las encías. Hurgó con su lengua en la herida. Había una secreción, quizás pus. Haría que le dieran una paliza a ese dentista.

¿Pasa algo, jefe?

Nada, nada. ¿En qué estábamos? Ah.

Lillo le dijo que los pacos querían que se les aumentara la comisión, que arreglara eso con Vacadiez. Me encargo, jefe. Le preguntó cómo estaba la Malparada. Vivía en una celda en el segundo patio, se hacía pasar por esposa de uno de los presos, era su puta más rentable pero la semana pasada, en una borrachera, la habían golpeado hasta fracturarle la mandíbula. Sigue mal, dijo el Tiralíneas, se quiere ir. Tiene toda la cara vendada, parece una momia. No puede, nos debe mucha tela. Lo sabe, dice que allá afuera tendrá más clientes y nos pagará todas las deudas. No confío en que se vaya así nomás, dijo Lillo.

Dile que se dé una vacación de una semana y regrese. Así lo haré jefe.

¿Cómo está tu sobrinita?

Silencio al otro lado. Lillo cortó un salame en rodajas en la cocina. Según la ridícula regla de Hinojosa el cuchillo no debía estar afilado, pero este sí lo estaba. Cholos de mierda, cero sentido común. Se tocó la panza, esa grasa que apenas asomaba cuando llegó a la Casona y que con los meses había cobrado vida y se movía inquieta bajo la piel, se haría una lipo si no fuera que esas operaciones tenían mala fama. Encendió la radio, escuchó el reporte del tiempo: mucho sol y algo de lluvia. Y mucha humedad, carajo. Lo que mata es la humedad. ¿Qué haría yo sin la humedad de tu sexo? Humedad ardiente, calor oscuro, hierven los cuerpos que se pierden por la mañana, desesperados. ¿Cómo seguía? Su memoria lo hacía sentir como un buzo ingresando a las profundidades del mar en busca de monedas de oro y volviendo con tristes piedras resquebrajadas.

Muy niña para usted, jefe, apenas trece añitos.

Lillo se asomó a la ventana. Nubes inquietas se deslizaban por el cielo. Un brillo intenso sacudía el horizonte. El brillo de la curvatura de los rayos del sol, pensó, aunque quién sabía.

Le costaría con Lya, pero era difícil ahuyentarla de su cabeza. Había maneras, cuestión de encontrarlas. Con el Decídite no fue fácil tampoco pero ahí estaba, de su guardiola y bien dispuesto para el encule. Hinojosa le dijo primero es menor de edad, no te metas, pero habló con sus viejos y les pasó billete para que aceptaran cambiar sus datos en el carnet, y de quince años pasó a tener dieciocho. ¿Eres de quince o de dieciocho?, le decían sus amigos. ¡Decídite pues! De ahí su apodo. Sí, todo se podía. Con Lya su estrategia era otra. Hacer que el Tiralíneas se endeudara tanto con él para que llegado el momento le pidiera algo con su sobrina a cambio. Así había fundado su imperio.

Meterse a vender tonchi a bajo precio, hacer que sus clientes le deban tanto que al final, si bien no podían pagarle con billete, estén obligados a retribuirle con concesiones de todo tipo. Así fue como se metió a hacer bisnes con la Prefectura y vendió chalecos antibala con un sobreprecio de escándalo. Así le vendió una avioneta a Santiesteban, el segundo del Prefecto, un bisnes que lo llevó a la cárcel y que sin embargo no había salpicado a Santiesteban. Prometió no hablar a cambio de que en un tiempo prudente Santiesteban lo sacara de la cárcel. Pero ese tiempo había llegado, y Lillo prefirió quedarse en la Casona. Tenía todo lo que necesitaba y estaba más protegido para hacer sus negocios. Los días que extrañaba su libertad arreglaba con Krupa o Hinojosa para que lo dejaran salir durante unas horas.

Mejor no insistir con Lya y cambiar de tema por ahora. Le dijo al Tiralíneas que le consiguiera un buen dentista para hacerse ver por la tarde y un par de putas por la noche. ¿Un dentista de aquí nomás, jefe? Sí, ese de la otra vez no estaba tan mal, ¿cómo era que se llamaba? Baldor. Ese mismo. Le tiene miedo porque la última vez no lo curó bien y usted hizo que le dieran una picaneada. Para que aprenda, y mejor que no me haga enojar. Las putas que vengan tipo ocho, dijo, a la medianoche quiero estar durmiendo.

Sacó de un cajón de su velador un cuaderno grande y de cubiertas negras, en el que llevaba desordenadamente la contabilidad de sus negocios y la agenda de sus citas. Los últimos días se había puesto a hacer anotaciones más personales y a dibujar en los costados a una niña con decoloraciones en las mejillas y la mirada perdida en el horizonte, como aguardando al hombre con quien compartiría su futuro. El Decidite se rio una mañana al despertar a su lado y verlo escribiendo y dibujando. Jefe, se nos está ablandando. Lillo lo echó de su cama y lo castigó veinticuatro horas sin hablarle.

Anotó:

+ tarde reunion con zel en su casa en la pzla ciega ver lo del bisnes
de las protesis
anoche soñe con lya

[EL FLACO]
Percibió que algo raro ocurría cuando la vecina le dijo que había
llevado a Carito a la Enfermería. Fue a visitar a su mujer y a Carito a la Enfermería y le dijeron que la doctora Tadic vendría a
hablar con él. En la sala de espera trató de hacer bromas y tranquilizarse pero le costaba.

Al rato vino la doctora Tadic. Evitó mirarlo a los ojos y dijo con la
voz entrecortada que lamentaba mucho el fallecimiento de su bebé.

¿Me lo dice así, doctora, sin anestesia? Carajo, el Flaco se
tapó la cara con las manos.

Comprendo su dolor pero hay que pensar en lo que se viene.

¿Lo que se viene?

No quiero alarmarlo pero su esposa tiene síntomas de malaria. No estamos seguros, debemos practicarle más estudios.

No me quiere alarmar pero me ha alarmado.

Los síntomas son parecidos pero puede que no lo sea. Lo sa-
bremos pronto.

¿La puedo ver?

Por lo pronto no, debe esperar. Siento mucho lo de su wawa.

No me diga que a Carito tampoco la puedo ver.

Venga conmigo.

Se limpió los ojos húmedos con la manga de su mandil y
acompañó a la doctora.

[RIGO]
Nos quedamos solos y buscamos la sombra para escapar del calor. La polera húmeda, ganas de quitárnosla. Volvimos al ban-

co, espantamos a dos mosquitos que se posaron sobre una mano. Uno volvió y hubo una reacción refleja, un manotazo. La sangre en la muñeca hizo que se nos cayera el mundo. Recordamos un poema de Marilia:

> *Primer día del verano*
> *entre nubes de humo,*
> *entre nubes de mosquitos*

Ese pueblo que era Marilia nos había enseñado a recibir los poemas como forma de entrega a la vida bullente que nos rodeaba. Quizás nosotros, cuando nos desencarnáramos, podríamos volver convertidos en mosquitos. Quisimos armar un poema y dedicárselo, pero no pudimos. Solo salió:

> *Dios mosquito, sálvanos. Dios mosquito, sálvanos.*

Pero el puto dios Mosquito no escuchaba.

> *Perdón, dios mosquito, por ofenderte.*

No había caso, tampoco escuchaba las disculpas.

El cuerpo agotado y con sueño. Estábamos en la Casona y lo demás palabras. Quizás un castigo por lo que habíamos hecho. Justicia cósmica. O cómica. Desnudos sin Marilia. Nos llevó al monasterio en las afueras y nos cambió la vida. Nos hizo conocer el culto y la Exégesis, descubrir que el yo era un nosotros. Marilia, que desenredaba las horas operando en el hospital de las aves con el santón Mayor, mientras yo, porque todavía era yo, un triste voluntario más, limpiaba los baños y la sala de operaciones, confiado en que algún día ascendería y me dejarían operar. Ahora ella estaba lejos, quizás, si habían hecho caso a su último deseo, enterrada en el jardín de la casa que construimos, rodeada de zarzardientes que en el otoño se volvían de color dorado oscuro, y nosotros no sabíamos qué hacer solos en un territorio hostil.

[LYA]
Lya hace las tareas recostada en el suelo del cuarto penumbroso, Luzbel ronroneando a sus pies y un afiche de Agg observándola desde la pared.

Agg es el descontento, la indignación.

De sus canciones contra los poderosos la que más le gusta es «Puaj», un sonido que remite a un gesto de asco y desdén, acompañado por un gesto que se ha vuelto popular, el de taparse la nariz.

Las cosas huelen mal en el país, puaj puaj,
las cosas huelen mal en el país, puaj puaj.

El estribillo es un gusano que se le ha metido a los oídos y no sale más de ahí.

Se sorprende repitiendo puaj puaj en clases o mientras se ducha.

Es la música que escuchan Zel y los otros chicos de la plazuela Ciega.

Todos le caen bien excepto Fatty, que vive en una mansión en otro barrio, no la baja de indiecita, se burla de las manchas blancas en sus mejillas y se queja de qué hace con ellos si está en la Casona.

Zel le explica que solo vive allí, que no está presa, que por eso puede ir y venir cuando quiere, y Fatty no entiende o se hace el que no entiende.

Gordo de mierda, puaj puaj puaj.

Su tío aparece para decirle que tiene una sorpresa para ella.

La típica, el Tiralíneas se siente mal y luego trata de abuenarse con un regalo.

A veces se pregunta si ha hecho bien en irse de la casa del Gobernador, preferir la vida en la Casona con su tío y abandonar las comodidades que tenía cuando estaba con la idiota de su madre.

Abre una caja envuelta en papel de regalo, una cámara filmadora.

Se emociona, hacía tiempo que quería una, gracias, tío.

Está lista, dice él y lee las instrucciones, aprietas un botón y ya.

Ella echa a andar la máquina, ya le pedirá a Zel que le enseñe sus minucias.

Una mosca gorda y verde revolotea en torno a ellos.

El Tiralíneas le da un manotazo y falla, la mosca se posa sobre la mesa de noche.

Lya se acomoda la falda frente al espejo, se alisa el pelo y sale al patio a filmar.

Quiere escenas con los presos y los pacos, espera que bajen la guardia.

Los guardias bajarán la guardia, dice ella, divertida con el juego de palabras.

Compra dulces picantes en un quiosco, paga al contado y deja propina.

Es el de la Cogotera, la está llenando de quivo a la delegada, y si tiene más quivo tendrá más poder, pero no le queda otra.

Todo está controlado por ella, los altos capos y el Gobernador.

Una mierda, quizás debió haberse fugado a otra provincia, para que sus caminos no se cruzaran más con el Gobernador.

Una soberana mierda, una mierda de colores, una mierda mierda.

En un puesto de comidas en el patio come anticucho de gusanos, que le saben a la grasa crocante del cerdo a la parrilla, y grillos enmelados con un regusto agridulce.

Filma a un grupo de niños jugando al fútbol en el segundo patio, a los presos caminando cerca de la glorieta en el primer patio o descansando bajo la sombra de los palos borrachos, a las mujeres de los presos vendiendo artesanías en sus puestos improvisados, bajo la ropa puesta a secar en los alambres que cruzan los pasillos.

Se deja llevar por la bulla, se detiene en carpinterías y zapaterías, escucha la música que sale de las radios y se difunde a través de las ventanas de las celdas.

Se asoma a cuartos, ve a gente cocinando con anafes, cosiendo, durmiendo.

Todo muy bonito, piensa, lamentando no poder filmar en ciertas zonas, el cuarto patio por ejemplo.

Ha visto abusos entre pacos, entre presos, entre pacos y presos, de todo, pero seguro que es más lo que no ve que lo que ve.

El Gobernador debería poner un alto a esos abusos, pero ¿cómo?

Lo que ella ha vivido en carne propia, esas noches que se esfuerza en olvidar, cuando vivía en su casa y el Gobernador se metió en su cuarto y la despertó, le hace ver que es de los peores.

Sigue filmando, solo por el primer y segundo patio porque no tiene a Glauco para que la acompañe al tercero, donde están los cleferos y los enfermos terminales.

Hay muchas Casonas, más que una esto es todo un barrio, una ciudadela.

Quisiera llegar al cuarto patio, algunos dicen que se puede por un pasadizo después del tercer patio y otros que está en el centro de la Casona y otros en el subsuelo.

No puede ser después del tercer patio, ha visto el mapa.

Se dispone a volver a su cuarto cuando un preso se le acerca.

No sabemos por qué estamos aquí, dice.

Ella se fija la venda en la frente, las aletas nerviosas de la nariz, el mentón firme y pronunciado, y decide que es uno más de esos que se creen injustamente en prisión.

Tantos así, casi todos, si fuera por ellos la Casona estaría vacía.

Van con sus penas a los Defensores del Pueblo y nunca sacan nada concreto.

Por favor ayúdenos a conseguir un cuarto para esta noche, no quisiéramos volver a dormir en el patio, no tenemos un peso y la delegada nos está cobrando la existencia.

¿Para cuántos necesita un cuarto?

Solo nosotros, dice él tocando su propio pecho con la mano.

Debe ser de los valles, piensa ella, allá hablan diferente.

Tiene que trabajar como todos si quiere conseguir algo, alguna habilidad tendrá.

Predicar.

Pues haga eso, seguro que gana algo.

No es tan fácil, no seguimos a la diosa de este lugar, nuestros dioses son lo más opuestos que se pueda imaginar a la Innombrable.

¿Entonces por qué vino a Los Confines?

Hay que predicar en los lugares más desafiantes.

Hay un cuarto vacío arriba, no sé si se animará, muchos han querido quedarse y no han aguantado.

Nos animamos, claro que sí.

Lya lo lleva a un cuarto en el segundo piso, la puerta entreabierta.

El hombre empuja la puerta, Lya entra con él.

Sus ojos tardan en acostumbrarse a la oscuridad del recinto, más densa que las de otros cuartos y celdas, como si desde ese lugar se esparciera la noche al resto del mundo.

Va distinguiendo contornos, manchas en el suelo.

Se desplaza por el cuarto vacío, el piso de piedra irregular.

Se detiene cerca de una ventana cerrada y escucha un silbido que golpea las paredes, parecido al sonido del viento cuando choca contra una puerta de metal o al del mar embravecido golpeando contra las rocas.

Uiiih uiiiiih uiiiiih uiiiiiih.

Provoca angustia, como si cien demonios estuvieran intentando forzar una puerta para escaparse de su guarida.

Lya quiere que el silbido desaparezca pero este sale de las paredes, como si fueran su respiración, y los envuelve.

Apaga la cámara, su instinto le dice que no debe profanar ese lugar de ningún modo, bajo pena de una maldición.

Retrocede espantada y una vez afuera tarda en recuperar la paz.

Le decimos Los Silbidos, dice Lya cuando el hombre sale del cuarto, o, en corto, el uiiiih.

Dicen que hace un siglo un líder indígena conocido como el Tatuado durmió aquí las cuatro noches que estuvo preso antes de fugarse y que lo agarraran en la selva y lo ejecutaran.

Años después un hombre mató aquí a sus compañeros de celda.

Han lavado mil veces las manchas de sangre pero no tardan en regresar.

Ese ruido es el murmullo de los agonizantes.

Debe ser el efecto del viento, dice él.

Pero si ahora mismo no hay viento.

El viento o algo por el estilo, alguna cosa técnica de la arquitectura de la prisión, aunque igual impresiona.

¿Se animará a quedarse?

Cómo no, cómo no.

Está temblando.

Nada que no se pase con un buen té.

Van al cuarto de Lya y ella le prepara un té.

No ve al Tiralíneas por ninguna parte, estará en el altillo.

Estás chaposa.

Se lleva una mano a la frente, tengo algo de fiebre.

El hombre le toca una mejilla, estás ardiendo, hazte ver.

No es nada, así como vino se irá.

El hombre le dice que se llama Rigo y se despide, Lya cree que él todavía está temblando al partir.

[SABA]

Comprendió la gravedad de su situación cuando dos enfermeros ingresaron a su cuarto para trasladarla a otra sala. ¿Cuál?, quiso saber. Una mejor para su situación. Quiso rasguñarlos cuando la alzaron de la cama, tosió y uno se apartó y ella se quedó colgada del brazo del otro. La echaron en una camilla y la llevaron a una sala separada del resto de la Enfermería por una pared de plástico con ventanas. Había varias camas una al lado de otra pero ella era la única paciente. Mi hija, lagrimeó. Mi wawa, Carito. Su verruguita nunca la hice curar. La recostaron en una cama y le explicaron que podía hacer sus necesidades sin levantarse, un hueco en medio del colchón servía para ello, vendrían a limpiarla cuando tocara el timbre. Ella escuchaba sin prestar atención, impactada por la noticia de la muerte de Carito que le habían dado un rato atrás. Le enseñaron el timbre en la pared detrás de la cama, le tomaron la temperatura con un termómetro infrarrojo y se fueron rápidamente, sin decirle nada. Se tocó la frente, ardía.

Se quedó sola. La luz de la sala le lloviznaba en los ojos. Débil y mareada, los huesos doloridos. Lo de Carito era una equivocación. Sí, no debía sentirse bien, sí, había sido la primera en caer, sí, ella la había contagiado, pero ¿muerta?

¿Dónde estaría el Flaco?

Tuvo la visión de un murciélago aleteando en la habitación tres o cuatro noches atrás o quizás cinco. Tan fácil perder la noción del tiempo, todos los días iguales. El murciélago los había despertado con su vuelo rasante. Era enorme con las alas extendidas y su larga cola asustaba. Entró por la ventana abierta en la noche calurosa. La corriente de aire que sintió cerca de su

79

cara la había despertado. El Flaco lo hizo caer con un bate, lo pisoteó en el suelo y lo tiró al basurero. El murciélago, quiso gritar ella en la sala desierta. El murciélago. A la mañana siguiente Saba había visto su sangre en el suelo. Mientras preparaba el desayuno, Carito se había sentado a jugar al lado de la mancha reseca. Ella la había limpiado después. Quizás debió haberla limpiado antes que nada.

Una remezón en el estómago y vomitó nuevamente, manchando las sábanas y el piso en torno a la cama.

[ANTUAN]

Llegó a su cuarto esa noche y se encontró con su mujer, Leo, preocupada. Le dijo que por la tarde había venido un guardiola de la Cogotera para decirle que tenían veinticuatro horas para pagar el seguro de vida o si no se atenían a las consecuencias. Antuan la escuchó mientras alzaba al menor de los hijos y le entregaba un Capitán América de madera, para ti Luisito, lo despeinaba cariñosamente, Luisito tenía los brazos en torno a su cuello, soltó uno para agarrar el muñeco con una mano, lo hizo caer. Leo era alta, una trenza negra descendía por sus espaldas hasta la cintura, parece que no me estás escuchando, dijo.

Te escucho. Pero ya sabes de mi decisión.

Es arriesgado. Nos dejas solos todo el día, no es fácil para mí.

No es fácil para mí tampoco. He hablado con Hinojosa. Dijo que vería qué hacer. Siempre dice lo mismo. No sé, quizás se tengan que ir a la casa de tu hermana por un tiempo. ¿Qué te parece? Hablas con ella y este fin de semana mismo hacemos el traslado.

A Leo no le pareció una mala idea. Antuan suspiró aliviado. La idea se le acababa de ocurrir, una salida que le permitía proteger a Leo y a sus hijos y a la vez mostrarle a la delegada que no le tenía miedo. Se echó en el sleeping, agotado. Su hija mayor se echó junto a él. Escuchó su respiración acompasada, tan tranquila Nayra, era su favorita.

Leo le mostró unos billetes, sus ganancias por haber lavado la ropa de los guardias todo el día. No tanto como tú pero algo es algo. Antuan le contó que haría la estatua más grande de Ma Estrella en el penal, un encargo del Tullido, no sé si me pagará pero confío en la diosa. Yo no tanto, dijo Leo. Ya lo sé, dijo él, no me lo tienes que repetir. Luisito jugaba con su Capitán América.

[RIGO]
Al atardecer el cuerpo más tranquilo porque habíamos resuelto dónde dormir. El estómago crujiente, una casera nos quiso fiar un anticucho pero fue rechazado porque era carne y papa. Hubo ruegos a un paco para que consiguiera algo de comer que no fuera carne, dijo que vería y desapareció. El problema de siempre en una provincia carnívora. Lo esperamos en un banco, cansados, cabeceando. Los murciélagos se despertaban de su sueño en las paredes y aleros del edificio, donde formaban perchas, y se largaban a zumbar sobre las cabezas. El cielo de la Casona se nublaba. Recibimos un poema:

> *Los murciélagos danzan*
> *ya se han ido las aves*
> *cenemos.*

Cada vez que decíamos en voz alta uno de esos breves poemas nos visitaba Marilia, tan hábil para recibirlos. El dedicado a los ruiseñores estaba entre los favoritos:

> *Esta lluvia*
> *y el inevitable ruiseñor.*

Volvimos a recibir unas líneas:

Entre la maleza se oyen
sones sombríos
vuelan murciélagos.

Marilia enseñaba que esos poemas que recibíamos debían ser ofrendados al Mayor, por más que Él no atendiera a las plegarias. La piel se revolvía. ¿Cuál Mayor? ¿El dios, o el santón? Es lo mismo, Rigo, dijo. No lo era. El dios Mayor de la Transfiguración era perfecto e infalible, y el santón que lideraba el culto se había hecho llamar de igual manera, para aprovecharse de la confusión. El Mayor era el hombre a cargo del hospital de aves que había contratado a Marilia gracias a su diploma de veterinaria. En principio un trabajo nada más, pero al poco tiempo Marilia se había convertido y se disponía a hacer lo mismo conmigo. Quiso que leyera la Exégesis, el cuaderno escrito por el Mayor, dizque poseído por las voces de los insectos. *En el Reino hay miles de mundos circundantes de hombres y animales. El todo se llena con pompas de jabón multicolores que surgen y perecen siempre nuevas. En cada una de ellas hay un mundo entero, tan pequeño y modesto como rico y maravilloso. Ningún libro de cuentos se equipara con la fantasía que se realiza en estos mundos.*

El corazón no se resistió mucho, disfrutaba complaciéndola. Costó dejar la carne, las primeras semanas soñaba con trancapechos y churrascos, pero con el tiempo llegó el acostumbramiento. Marilia nos consiguió trabajo en el hospital, nuestra vida marchaba por fin a algún lugar. Más recursos, más ahorros. Todo gracias al culto. Lo único desaprobado era la cantidad de horas de Marilia con el Mayor. Desconfiábamos de él y la voz le decía a ella, solo seguimos al dios Mayor, no al santón Mayor. Ella se reía, ¡es lo mismo!, y decía que no fuéramos celosos, el hospital era trabajo y nada más, pero era inevitable. No ayudaban nada las confianzas de él con ella, la sentaba a su lado en las ceremonias y le tocaba las manos y la enlabiaba al inicio y al final del rito. Lo hace con todas, explicaba ella, es lo que pide la liturgia. Busca el borramiento del yo en el grupo, decía, y le respondíamos: pero solo con las que le conviene. Hubo una escena y la voz le rogó que dejara el culto. No solo no hizo caso sino que decidió dar el siguiente paso. Fardarse. Iniciarse en el camino de los santones. A los fardados se les arrancaba el cabello de la cabeza en la ceremonia, desde la misma raíz, como para que no volviera a crecer. Era muy doloroso y la voz le preguntó si estaba segura. Segurísima. Daba pena ella, su pelo largo, negro y brillante como el alquitrán. El día de la ceremonia el Mayor le dijo que si ella no aguantaba no se preocupara, eso solo significaba que todavía no estaba lista para el siguiente paso. Ella le dijo que procediera. Duró cuatro horas. Lloramos, y ella también. Sangre por todo el cuero cabelludo.

El paco apareció con dos tomates y un pedazo de queso. Te doy una semana para pagarme, dijo. Te estás durmiendo, dijo. Estamos recordando, dijo mi voz.

Cuando Marilia cayó enferma la piel se sintió extrañamente feliz: por un tiempo no tendríamos que compartirla con nadie. No sabíamos lo que nos aguardaba.

[LYA]
Esa noche Lya es enviada por su tío adonde Lillo para entregarle el billete del día.

A ella le gusta ir, la deslumbra el tamaño y el lujo del departamento.

La puerta está entreabierta, al igual que las ventanas, lo ha visto desde el patio, y al subir las escaleras escucha la música.

Dos pacos charlan a la entrada, no llevan uniforme, las camisas remangadas y un vaso de alcohol en la mano.

En un proscenio de la sala una mujer con tatuajes diseminados por el cuerpo y orejas dilatadas muestra sus tetas mientras hace contorsiones en torno a un tubo de metal.

Lya reconoce a dos prostis recostadas en sillón, una vive en el tercer patio y la otra visita la cárcel seguido, lindas en sus zapatos de taco alto y en sus vestidos ajustados, aunque tanto abuso con el maquillaje les da un aspecto de disfrazadas para el carnaval.

Tonchi en la mesa, el parlante de un equipo de música sobre una silla.

Un proyector dispara a una pared imágenes de un partido de básquet.

Lillo, sentado en el sofá y con una fría en la mano, la obliga a sentarse junto a él.

Ella le dice que no tiene mucho tiempo libre, está atrasada en sus tareas.

Observa su cara irregular, asimétrica, una mejilla como si estuviera hinchada, la nariz más grande de lo normal, los ojos muy apartados, las orejas chicas.

¿Qué me miras?, dice él, un dolor de muelas me tiene así.

Nada, nada, le entrega un sobre lleno de tela.

Un paco que acaba de entrar se carcajea al verlo, carajo, me estoy vendiendo bien barato, quiero más comisión.

Lillo revisa el sobre y le devuelve un porcentaje, una mano en la cintura de Lya.

Una mano que no se aparta.

Ella retrocede.

Un alcoholcito querida, no te hará daño.

No gracias, no bebo.

No te hagas la fina, putita, Lillo alza la voz.

Todos los ruidos vuelven a apagarse, y Lillo deja de existir y es solo una mano que se desliza y la soba casi sin querer, una mano que ella agarra y aprieta con todas sus fuerzas.

Crujen los dedos, observa la sorpresa en el rostro, metétela en el culo, dice.

Sale corriendo del departamento, insulta a su tío, por qué

84

carajos me mandó si sabe cómo me mira, por qué carajos acepté, ¿vendrán tras de mí?

Sí, había sido una putita durante un par de meses, aunque nunca había cobrado, cogía con uno y con otro y por el primer y el segundo patio se había corrido la voz, y la buscaban y ella sí sí, la llevaban al baño de hombres para que no se enterara su tío y ella se las chupaba, uno dos tres siete, cuántos, no lo sabía.

Se le anestesiaba la boca, se le cerraban los ojos, todos eran iguales y el sexo no contaba, podía conseguirse en cualquier momento, con un pedido firme o quizás bastara un guiño de los ojos.

A lo lejos la puerta del cuarto de su tío.

No quiere ir a dormir allí, al menos no esa noche, quizás él tiene un arreglo con Lillo y la ha enviado con dobles intenciones.

Cómo culparlo, si ella fue la que se hizo de fama.

Pero eso fue las primera semanas.

No paraba hasta que paró, esa noche en que la Cogotera se la llevó a su celda y uno de sus guardiolas la quiso violar con una botella.

Hasta ahí llegó, porque no quería morir de cosas así.

Nunca más, se dijo, ella saldría de allí, sería una gran actriz, la reconocerían todos, cuestión de tiempo.

El Tiralíneas la recibe con Luzbel entre sus brazos, ¿qué pasó, por qué tan rápido?

Lya le entrega los billetes y se tira en la cama.

Él cuenta el quivo, se asegura de que todo está en orden y la cubre con una frazada.

[EL FLACO]
Después de ver el cuerpecito exangüe de Carito deambuló por los patios de la Casona sin saber qué hacer con su dolor. Maldita doctora, aunque, ¿qué sabía ella?

A veces creía que el dolor era un objeto pesado en algún lugar del cuerpo, un cofre que podía dejarse en algún lugar, por ejemplo cerca de los palos borrachos en el primer patio o de los Chicles en los pasillos entre el segundo y el tercer patio, y se dirigía rumbo a los palos borrachos y se sentaba junto a la fuente, esperando que esa piel anestesiada reaccionara, golpeando la fuente con el estetoscopio como si con ello pudiera obrar el milagro de trasladar de ese modo el cofre en que aguardaba su dolor a otro espacio que no era él. Nada cambiaba, y el cofre seguía ahí, dentro de él, quizás para siempre, sí, para siempre, y se levantaba e ignoraba al loco de las bolsas, a las caseras que le ofrecían anticuchos, a los guardias que le decían qué bicho te picó, bichos, no me hablen de bichos, un bicho había picado a su wawita querida, Carito, seguro un bicho, y también a Saba, malaria, será eso carajo, mosquitos de mierda, calor de mierda, y ella más se iría pero no.

Debía tener fe. La doctora estaba equivocada. Él era el único doctor que las tenía claras. Quiso ir a la capilla católica o a la de la Innombrable pero había presos ahí y él quería estar solo. Mejor, entonces, ir a su cuarto, a rezar allí los infartos del alma.

[RIGO]

El frío se cebaba con nosotros. Trituraba los huesos, y salíamos al pasillo y nos apoyábamos en la barandilla y la vista al cielo y las estrellas titilantes, como si quisieran enviarnos un mensaje en un código desconocido. Luego la mirada abajo y los ojos volcados en las paredes de la galería. El edificio se imponía sobre nosotros, nos envolvía y nos hacía suyo. Habíamos visto a Marilia y a los compañeros en el hospital de aves hacía poco y sin embargo sentíamos que pertenecían a otro mundo ya, donde quizás las constelaciones no eran estas.

Los ojos se distrajeron con el vuelo de los murciélagos en la noche iluminada, dueños de todos los intersticios de la Casona.

Nos sorprendió la cola larga, eran diferentes a los de nuestro pueblo.

Volvimos a la celda y nos echamos y las paredes silbaron. Un ruido sobrecogedor que nos incorporó. Uiiiih uiiiih uiiiih. La piel entendió que era más intenso que lo vivido en la tarde con Lya, y que, como pronosticó ella, sería difícil atravesar la noche.

Dijo la voz, no tengas miedo, piel, es el edificio, que no sabe hablar y habla así. Es el ruido del mundo, que habla a través del edificio. Piel, sé una con ese ruido. Eres el mundo y ese ruido también lo haces tú. Muertes intranquilas alborotan la noche. Hay que hacerles caso, darles su quejoso lugar. Marilia también era esas voces. Marilia inadivinable en esos atardeceres regresada del hospital hablando de la Exégesis del Mayor, diciendo *Son iguales los miles de mundos circundantes de hombres y animales, igual el de unos sujetos que el de las ostras jacobeas, que no acechan en su mundo más que un determinado movimiento, que actúan como una señal a la que responden aleteando los largos flecos olfativos.* Uiiiih uiiiih uiiiih.

Igual era difícil tranquilizarse.

La picazón entre las piernas. El lugar pulguiento. Hubo insultos a las pulgas y luego una mala sensación. Ganas de disculpas. Dijo la voz:

Sálvanos, diosa Pulga.
Que se haga tu voluntad y que algún día entremos al reino convertidos en pulga.

¿Por qué insistíamos en pedir la salvación a los dioses si no escuchaban? Daba lo mismo que la voz dijera lo que dijera. Entonamos, burlones:

Cualquiera cualquiera cualquiera cualquiera cualquiera cualquiera.

Esa tampoco era la manera. Ni ruego ni desafío. Nada. O en todo caso, como Marilia, poesía, si es que no nos dejábamos llevar por la costumbre. La voz pronunció a modo de conjuro:

¡Ah, noches de calor!
Enumerando pulgas
hasta que sale el sol.

Salimos del cuarto, incapaces de dormir. Un murciélago voló en tirabuzón cerca de la cabeza. No debíamos pensar en cosas malas. Teníamos que conseguir quivo. Si la intención era cambiar de celda debíamos pagar un alquiler. No lo entendíamos, un alquiler en una cárcel, pero por lo visto nadie se quejaba. La Cogotera había ordenado que pagáramos el seguro si queríamos vivir. Fuimos a los pacos con el cuento y se rieron, si necesitas resguardo extra debes billetear. Todo en la Casona era billete, quivo, tela, monedas, pesos.

Por lo pronto debíamos ingeniarnos trabajos para pagarle a la Cogotera y conseguir otra celda. Quizás ofrecernos en la Enfermería, en el hospital de las aves aprendimos primeros auxilios. Desinfectar heridas, vendar. No era lo mismo con un pájaro que con un humanito, pero algo podíamos hacer. Bueno, no sabíamos. Pese a los ruegos de Marilia el Mayor no nos dejaba operar, éramos apenas los barrepisos y nos dejaban hacer bien poco y solo cuando no había más. Conviértete y sé un nosotros y hablaremos, decía. Así fue.

Otra opción, predicar en los patios. Ofrecernos para dar misas. Pero con una capilla católica y la otra consagrada a Ma Estrella nos perdíamos. El dios Mayor enseñaba a desprenderse de las glorias terrenas para alcanzar el camino de la liberación. La Innombrable, en cambio, sonaba rastrera. Enseñaba a pensar en venganzas en nuestro pequeño confín, cuando lo necesario era trepar a las estrellas. Quizás en la Casona se necesitaba esa mirada tan terrestre para sobrevivir.

Más silbidos. Uiiiih uiiiih uiiiih. Una presencia negra en la celda.

Pintaba las paredes de ese color y se acercaba a respirarnos en las orejas. Quería alquitranar el corazón. No seremos tuyos, no seremos tuyos.

Diosa pulga, sálvanos. Dios murciélago, sálvanos.

La presencia se fue. Destellos de luz. ¿Nos habían hecho caso los dioses?

No podíamos con el carácter. Marilia hubiera dicho que no aprendimos nada de lo inculcado en el monasterio.

Cualquiera cualquiera cualquiera.

Honda respiración. El Maloso volvería. Cayó una idea: si resistíamos esa noche la credibilidad como predicadores crecería, seríamos escuchados y llovería tela. Debíamos ser flexibles y adaptar la prédica a las creencias de la Innombrable, a pesar de que fueran tan opuestas a las nuestras. El dios Mayor nos daría la venia y también los dioses insectos y los dioses animales. No los negaríamos, solo el corazón se ampliaría para que ingresaran otras creencias hasta salvarnos, hasta alejarnos de la Casona y de Los Confines con la promesa a Marilia cumplida.

Los ojos se cerraron. Hubo el rascarse de la entrepierna. El sueño se resistía. El frío tampoco se iba. Entonces entendimos, y nos visitó el susto.

El Maloso era el Frío. El Maloso, esa noche, había entrado al cuerpo. Nos perseguía desde que nos fuéramos del pueblo, porque él sabía que lo de la almohada con Marilia había sido sin malicia. Estaba pendiente de nosotros, esperando un descuido.

El descuido había ocurrido en esa celda. La piel se protegía de los silbidos, sin sospechar que el Maloso pudiera disfrazarse de Frío para entrar en nosotros.

¿Y ahora? ¿Cómo sacarlo del cuerpo? ¿Qué decía la Exégesis? Tratamos de dormir, sin suerte. El Maloso respiraba dentro del cuerpo. Un vaho helado salía de la boca. Y la celda uiiiih uiiiih uiiiih.

[EL JUEZ]

Limberg Arandia colgó después de hablar con el Gobernador Otero. En el balcón de su casa, trataba de relajarse y disfrutar de la brisa nocturna, del asomo de lluvia. No podía, no del todo. A lo lejos, en las ventanas de las casas del vecindario, resplandecía la luz azulina de las velas al pie de altares familiares. El Prefecto Vilmos lo había llamado, temeroso, dubitativo, pidiéndole que lo reafirmara en su decisión de prohibir el culto de la Innombrable. Está haciendo lo correcto, dijo el Juez, habrá turbulencias pero la gente terminará aceptándolo, ya lo verá.

Se pasó la lengua por los labios. Curioso el rumbo que toman las cosas, pensó. El cargo interino de director provincial de la Procuraduría General del Estado, con oficinas en el Palacio de Justicia, era por un par de años, para después, si todo iba bien, ser enviado a la capital, quizás con suerte a una Subprocuraduría. Luego se abrió un puesto que le daba posibilidades rápidas de ascenso, como Juez en el Consejo de la Magistratura, y se quedó. Un hijo de Los Confines, que había terminado viviendo todos sus días en el territorio del principio. Pocos así. Quedaban intactos los deseos de marcharse, pero se postergaban continuamente, hasta que descubrió que ese deseo de marcharse era el que paradójicamente le permitía quedarse.

Joss ronroneaba en el sofá de la sala, al lado de la jaula del varano. El Juez golpeó el vidrio manchado de la jaula, y el varano abrió los ojos, displicente. Recostado, la cola enroscada en torno a él, constató que no había la promesa de comida y volvió a cerrarlos. Un bicho inteligente, una vez se escapó de la jaula y se escondió en el closet, entre los vestidos de Marina, que él no desalojaba pese a que ya eran dos años desde el día en que lo dejó, cansada de su dedicación a todo menos a ella. Le tomó una semana convencer al varano de regresar.

Se dirigió al sótano, donde estaba la mesa de billar. No dormiría esa noche. No confiaba en los guardias de la Casona, fácilmente comprables. El único que podía liderar una revuelta contra Vilmos era Santiesteban, y mientras Otero estuviera distraído el Juez no se sentiría tranquilo.

En la provincia miraban el culto como una cosa eterna, presente entre ellos desde tiempos inmemoriales, pero él recordaba que hacía un par de décadas apenas existía. Originalmente un culto indígena, que sobrevivió como algo más bien marginal porque su mensaje de venganza no solo se dirigía a los poderosos sino a todos los seres humanos. Fue reinventándose con los años, como se inventan y reinventan todos los dioses, a partir de la necesidad de la gente, sobre todo de los más marginales, los enfermos, los reclusos, que decidieron entregarle su fe. La administración provincial había sido tolerante con las creencias populares, y el pueblo, a medida que veía que los cambios en sus vidas no eran tan revolucionarios como hubiera querido, decidió desempolvar, o mejor crearse profecías que hablaban del descabezamiento de los de arriba. La pobreza en Los Confines era tanta que se necesitaban décadas para transformaciones tan dramáticas como las que ocurrían en el resto del país; esa lentitud en el cambio ayudaba a que la élite en el poder neutralizara el carisma del Presidente en sus intentos por hacerse con la provincia. Eso también permitía entender la aparición de Ma Estrella. A la diosa no la guiaba el deseo de un mundo mejor para los explotados; lo suyo era la venganza pura. El Juez Arandia no entendía cómo era posible que Santiesteban, la esposa de Otero y otros funcionarios de la administración la siguieran. Quizás no la tomaban literalmente, quizás solo la veían como un salvoconducto pintoresco que les permitía vivir en paz en un lugar hostil. No lo sabía. Pero él era de allí y, después de tantos disturbios y revueltas a lo largo de los años, había aprendido a tomar en serio las metáforas religiosas. Una diosa vengativa, representada en todas partes con un cuchillo en la boca, debía ser combatida y extirpada, porque de lo contrario el Juez y los demás encontrarían su fin. Era una idolatría peligrosa, y el poder también debía intervenir en su construcción, no dejárselo todo a la gente. Veinte años atrás Ma Estrella no era representada con un cuchillo en la boca. Tampoco estaba prohibido nombrarla. Quizás podía dejársela existir, pero en una versión edulcorada. Los informes del Comité debían hacerse conocer e influir en la forma futura de la diosa.

La había mencionado por el nombre con el que era más conocida, y técnicamente estaba en pecado, porque la diosa era Innombrable y solo los iniciados podían llamarla por su nombre. No se rio ante lo absurdo de esa patraña. Solo recordó que la diosa se había vuelto Innombrable hacía poco. La prohibición del culto quizás no lograría hacerla desaparecer, pero al menos debía hacerla nuevamente nombrable por todos. Así se perdería uno de los poderes de los cuales derivaba su ascendiente. Una influencia que provenía del catolicismo de los colonizadores. Porque el Juez estaba seguro de que la confusa dualidad de la diosa, el hecho de que Ma Estrella fuera una representante de la verdadera e innombrable diosa, provenía de la idea de la Santísima Trinidad. Tres que eran uno, dos que eran uno. La lucha por el corazón de Los Confines no se libraba solo en calles y templos. También en discusiones teológicas acerca de la naturaleza de Ma Estrella.

Encendió la luz del sótano. Las bolas resplandecían sobre el paño verde de la mesa de billar. Se puso a jugar en dos turnos, en uno era él y en el otro Marina. Trataba de imitar el estilo de ella, la forma en que le pegaba a las bolas, al centro, buscando combinaciones extrañas que no solían funcionar pero que cuando lo hacían desplegaban un extraño virtuosismo, el de los niños cuando apuntan al cielo y sin querer descubren una constelación entre las estrellas. La bola golpeaba a otra bola y se dirigía a uno de los bordes y retornaba hacia el centro como si supiera qué era lo que buscaba, golpeando a otra bola que iba a dar a otra bola y luego adentro. Todo pura casualidad, combinación aleatoria, pero igual maravillaba. Quizás esa era la lección de Marina, buscar lo raro, lo excepcional, lo extravagante. Alejarse de lo terrestre. Pero él no había podido.

Siguió jugando hasta que Marina ganara.

[CELESTE]

En la choza de Mayra a orillas del río, el atardecer de cielo quebrado y rojizo, Mayra bendijo la santita que le acababa de traer, Celeste, ¿es de un suicida?, yo no no no, ¿es de una virgen?, yo no no no, obviamente no es un niño, ¿no?, yo no no no. Mientras más detalles sepamos mejor, Celeste. Le conté lo que sabía, hombre treinta años en la cárcel unos diez por matar a sus padres. Hombre, me gusta, dijo, treinta años, tendrá potencia, y yo qué bien, por eso los cráneos de la Casona eran tan apetecidos en el crematorio. Ma Estrella tenía un pacto con los asesinos los pobres los animales, de ellos extraía su fuerza, yo acumulaba esos cráneos porque cada uno nuevas vidas, protección para el futuro. Mayra ya no me escuchaba, untaba la santita con aceite, la metía en un hoyo en la tierra cavado por Dobleyú en la parte trasera de la choza, tiraba tierra sobre él y la apisonaba con una pala, a esperar tres días para que la santita tenga fuerza, sea desenterrada y Dobleyú la pinte de rojo y me la devuelva, Celeste bien bonita ha quedado. Mayra inició la plegaria de los cincuenta y ocho nombres de Ma Estrella, voz susurrante que se elevaba se ahogaba se perdía en el llanto, y yo escuchaba, provenientes de chozas cercanas, rezos de otros santones y de la gente que había venido con cráneos en busca de protección, letanías que alegraban mi corazón. El humo de las piras, encendidas al borde de los senderos que comunicaban a las chozas diseminadas en el crematorio, se esparcía entre las ramas de las higueras. Los niños corrían entre las piras, uno tocaba a otro el que era tocado debía tocar a alguien más, y yo pensar que tuve miedo de todos esos guardianes de Ma Estrella la primera vez que visité ese lugar, cómo era posible que viviera gente ahí cómo, cerca de la basura de la muerte. Yo una más de tantos otros que se cruzaba de acera o se alejaba de los santones cuando los veía en el mercado, descalzos, sus trajes rojos y escapularios chillando su amor por Ma Estrella, ahora yo feliz ahí, viniendo por las tardes a limpiar los senderos llenos de santitas huesos humanos de animales, ofreciéndome de voluntaria cada vez que podía, para lo que fuera. Algunos guardianes atendían las piras funerarias donde se cremaban los cadáveres, otros rezaban, no faltaban quienes rodaban por el suelo en ataques de histeria, demasiados locos en el crematorio, el olor capaz de tumbar al más insensible, un agresivo perfume de muerte, sin embargo con el tiempo me fui acostumbrando, esas chozas podían ser mi verdadero hogar. La hospitalidad de Mayra, el cariño de Dobleyú, las paredes de la choza tachonadas de cuadros de Ma Estrella, a veces maternal otras con un cuchillo entre los dientes o ñakeando con un cadáver, cada imagen con un vestido diferente, desde los negros austeros hasta los chillones y carnavalescos, los pájaros cantarines posándose en el techo de hojas de palmeras. Toda la razón quienes me dijeron que el templo estaba bien para llevarle ofrendas a la diosa pero que el lugar que de veras le gustaba frecuentar a ella era el crematorio, con suerte podía verla aparecer a la madrugada, entre el humo, nunca me tocó pero igual. Feliz ahí, escuchando la voz dulce de Mayra, la alegría para contar del día en que decidió dejar todo, su vida en la ciudad, comenzando por un marido que la pegaba, para convertirse en santona y conocer luego a Dobleyú, un chapista que dejó su trabajo por ella aunque igual seguía metido en cosas de su sindicato, y yo imaginaba mi posible vida en una choza del crematorio, llevando a otros las bendiciones de Ma Estrella. Sí, un ciclo se cumplía y comenzaba otro, quizás dejarlo todo la respuesta. Quería sentirme libre, abandonarme a los caminos, y esa libertad ya no estaba en la Casona, quizás nunca lo había estado y yo solo creí que sí, sobre todo esos primeros años de tanto poder. No sé, pero sí sabía que todo cambió desde que me entregué a Ella. Ya sin miedo a Lucas, sin miedo a nada, ni siquiera a la muerte. Prometí no tocarme el rostro no el cuerpo, dejar atrás mis vanidades, con Ella a mi lado viviría cien años y a mi muerte reencarnaría en un niño una carachupa un árbol alguien capaz de continuarme. Mayra terminó de pronunciar la plegaria hincada al lado del túmulo y me bendijo. Nos abrazamos, le di unas monedas y me despedí. Al salir de la choza me crucé con un político conocido, lo saludé pero hizo como que no me hubiera visto. El Prefecto Vilmos, decían, quería extirpar el culto, palabras huecas, sus seguidores y él miedosos de la diosa, una cosa su discurso ante la multitud y otra su comportamiento, como el de tantos otros, huecas, huecas.

[HINOJOSA]
El Jefe de Seguridad tenía a gente esperando en su oficina cuando recibió la llamada del Gobernador Otero informándole del traslado urgente de un detenido al quinto patio. El camión llegaría a las siete de la noche, apenas oscureciera. Krupa recibiría al detenido y lo llevaría al quinto patio por el pasillo que existía entre las dos murallas protectoras de la Casona, resguardado de la vista de los demás. Hinojosa asintió y colgó. Otra preocupación más. Un mes ya que no había nadie en esas celdas. Le dio una pitada a su cigarrillo, mierda, no le gustaba usar el quinto patio, traía mala suerte. Todo un esfuerzo el movimiento que debía desplegarse para que los guardias asignados revisaran esas celdas sin que se enteraran los otros guardias, los que ni siquiera sabían que el quinto patio existía. Lo mismo con los reclusos.

Vio un video porno con el volumen apagado, imaginando que una de las actrices era Sammi. En las últimas semanas había abusado, incluso en la casa, a espaldas de Sammi, cuando ella se dormía y él se iba al cuarto de los mellizos, aprovechando su sueño profundo. Al principio le entusiasmaba el porno artístico, con escenas con música de fondo y sin gemidos, pero no tardó en derivar hacia cosas que lo hacían sentir sucio y con ganas de una ducha fría cuando terminaba. Harta saliva y gritos y close-ups de anos palpitantes y manos que ahogaban cuellos. El porno se le metía en todas partes. El otro día, en el supermercado, leyó el nombre de un cajero en el uniforme y de inmediato pensó en uno de sus actores favoritos. No sabía cómo frenarse. Le encantaban las series con enfermeros y carceleros.

La escena le pareció desmigajada. Debía apagar la compu, la llamada de Otero le había quitado las ganas. Pensar en el quinto patio lo atolondraba. Una de esas ideas de los de arriba, inspirados por las cosas que hacían los imperios cuando ocupaban otros países. Había atendido requisitorias de los medios acerca de su posible existencia, pero él se negaba diciendo que todo no era más que una leyenda. De hecho, durante los primeros años que trabajó en la Casona él tampoco supo nada. Y todo tan cruel. Hinojosa no podía enterarse del nombre del prisionero y tampoco verle la cara, porque estaba encapuchado todo el tiempo (igual solía descubrirlos, a veces las noticias lo llevaban a sacar conclusiones, otras veía cosas de refilón, se orientaba por el timbre de voz, la altura o corpulencia). El prisionero languidecía las veinticuatro horas del día en confinamiento solitario, sin comida hasta que le llegaba la locura o la muerte. No sabía de un solo caso de un preso de esas celdas que hubiera sido liberado. Por suerte ese patio se usaba poco.

Tiró la colilla al piso y la aplastó. Debía hablar con Krupa.

Tocaron a la puerta. Vacadiez entró a su oficina con un mensaje de la Enfermería. Los médicos mencionaban un par de posibles casos de malaria y habían activado el protocolo de seguridad. Una bebé muerta, por lo pronto. No había una sin dos ni dos sin tres, era la regla. Hinojosa despidió a Vacadiez y se preparó para lo que vendría. Qué plaga, las plagas.

[VACADIEZ]
En la sala común de los guardias, Vacadiez jugaba con Panchita, la cacatúa. Le enseñaba a repetir palabras, culeo, culeo, decía, a imitar tonadas de canciones, nanananá náná nanananá náná. Le daba pan con vino y le salpicaba agua en la cara para que se refrescara. Todo por distraerse de lo que lo rodeaba. Dos compañeros jugando al billar en una esquina, otros a los dardos, bromeando a gritos. Cuatro en una mesa, cheleando. Gor-

dos y fofos los representantes de la ley. Sus voces y risas atro-
naban en su cabeza. Quería empastillarse para que la fokin
realidad bajara sus decibelios, pero el comemierda del doctor
que le había recetado los ansiolíticos en la Escuela de Policías le
había pedido que no abusara. Trataba de hacerle caso, porque
se le iba la mano y venían las alucinaciones.

Le dio un mordisco al sándwich de carne que se enfriaba en
la mesa, lo acompañó con un trago de alcohol de quemar, uno
que preparaban en el penal, Lillo le había regalado una botelli-
ta por su buen trabajo con sus bisnes. Hacía tiempo que Vacadiez se había conseguido una llave del Furrielato —el depósito
de armas y municiones— y le vendía a Lillo pistolas, revólveres,
cartuchos, que él sacaba de a poco del depósito, a manera de
contrabando hormiga, para que no se dieran cuenta. También
estaba el enguille de los celulares, pese a las molestias del Tiralíneas, celoso de no perder sus privilegios como enganche de
Lillo. Hubo que hacerle ver que igual se lo necesitaba para otras
cosas, había torta para todos. Lo de Vacadiez consistía en mirar
a otro lado para que algunas mercancías entraran a la Casona.
Cuando era el turno de noche de Vacadiez, con la connivencia
de otros guardias, Lillo se hacía enviar celulares con drones que
aterrizaban con su mercancía en las esquinas más alejadas de
los patios. Eso le daba más quivo que el bisnes de los cráneos
con el Forense y el doctor Achebi.

Krupa apareció de improviso y le dijo que se atara bien los
botines. Te veo distraído, una palmada en los hombros, a ver,
cien flexiones. Vacadiez quiso decirle que ya no estaba en la Escuela pero se aguantó las ganas. Para qué provocarlo. La otra
vez lo había tenido una tarde al sol, solo porque bostezó mientras él hablaba. No se tragaban. Krupa le decía niño bonito cada
vez que podía, seguro te hacés la manicura, te hace falta que te
la metan bien metida, vamos a ver cómo quedás en un año. Vacadiez prefería que lo subestimaran. Así había sido en la Escue-

la, hasta que se ganó el respeto de todos porque en las pruebas era el más rápido y resistente y en las peleas ilegales de boxeo el más duro. Krupa no sabía con quién se metía. No sabía que él lo tenía de los huevos, que bastaba un simple clic para enterrarlo. En sus archivos, ¿cuántas fotos de los abusos en el cuarto patio? Ay, pero si lo enterraba a él también se enterraba a sí mismo, no era tonto, esas cosas no se perdonaban.

Se puso a hacer las flexiones y no paró hasta escuchar la voz de Krupa, ya son más de cien, de nada te servirá impresionarme. Sí, mi jefe, se cuadró. Krupa se marchó de la sala. Panchito gritó culeo, culeo.

[RIGO]

Mientras las manos sacaban la venda de la herida sobre la ceja, el Tullido se enteró de que habíamos pasado la noche en los Silbidos. Un milagro de Ma Estrella, dijo, asombrado, y nos palmeó la espalda, nadie aguanta ahí tantas horas. Era provechoso exagerar la estadía en la celda. No creían en nuestra fe pero quizás podrían vernos como elegidos. Predicadores capaces de domesticar demonios.

Nos rascamos la panza, las pulgas de juerga. Putapariós, explicó el Tullido. Se pueden quedar meses viviendo en tu cuerpo. ¿Cómo se van? Alcohol y paciencia. Eso seguro los mata, dijo la voz. ¿Y qué quieres, que se hagan tus amigos? Sacarlos, no matarlos. Me saliste rarito.

A esa comunidad que éramos nosotros se habían añadido los putapariós. Debíamos ser hospitalarios con ellos, por más que fuera difícil. Las manos, la piel, la voz, eran parte del grupo, al igual que los bichos invisibles que anidaban en el cuerpo. Todos criaturas dentro de la criatura, un mundo dentro de otro mundo dentro de otro mundo, así hasta el infinito. Bacterias no menos que supernovas. El desafío era la armonía, el equilibrio. Eso decía la Exégesis y en eso estábamos.

El Tullido gritó nuestra hazaña a todo el que pasaba. Al rato un grupo alrededor. La voz contó cómo habíamos acallado los silbidos. El dios Mayor no fue mencionado, para no escaparlos. No lo negábamos, solo cuidábamos las palabras. Debíamos ser ecuménicos. Ya con un buen grupo de seguidores mostraríamos la fe verdadera. La de la transformación del hombre en animal y en insecto.

Al mediodía unas cuantas monedas. Quisimos darle una parte al Tullido, agradecidos, pero se negó. La diosa provee, dijo. Llevaba su mono mecánico del cuello, volvería a pedir limosna a su sitio habitual en el primer patio.

Por la tarde no hubo gente para la prédica y conseguimos trabajo en un restaurante. En una esquina del recinto una mesa de billar y una rocola, en la pared un cuadro de siete perros fumando y bebiendo en torno a una mesa. Un collar con un nombre en cada perro. Los nombres de los últimos delegados, nos enteramos. En el centro del cuadro un bóxer con un collar en el que se leía *Cogotera*.

La cocina nos indispuso, con manchas de sangre en la mesa, moscas sobre la carne, un basurero oloroso a podrido, caca de ratas cerca de una alacena. Aceptábamos a las moscas y a las ratas, su buena relación con la suciedad, su función necesaria en el Reino. Eso decía la Exégesis y nosotros solo discípulos. Pero igual. Lo peor, el cerdo que trajeron para hornearlo, un pedido de un billetudo del primer patio. Un disgusto, el pobre animal tan destazado y con la consabida manzana en la boca, como burlándonos de él. No aguantaríamos mucho en ese lugar. Se perdían en el olvido los días en que la carne gustaba, en que el olor del lechón al horno retrotraía a esos largos domingos con la familia, cuando venían los primos a jugar a la casa. Ahora solo buscábamos sobrevivir en un mundo en desacuerdo con nosotros, y no era fácil. Vivíamos con hambre, a base de arroz, tomate y algo de fruta.

Hubo que limpiar bajo la mirada severa de una mujer de falda aparatosa. Mientras pulíamos ollas nos olvidamos de dónde estábamos. Era raro todo tan normal. Los clientes debían ser asesinos, violadores, pedófilos, asaltantes, desfalcadores, y ahí los escuchábamos hablar de fútbol y discutir de deudas como si nada. La música de la rocola entraba y salía, *fuiste mía un verano, solamente un verano, tierno amanecer, cómo olvidar tu nombre...*

[LA COGOTERA]
La Cogotera y sus dos guardiolas hacían su ronda diaria para cobrar el seguro de vida. Fueron a tocar a la puerta del cuarto de Antuan, del que se corrían rumores de que había buscado alianzas en su sección para que se enfrentaran entre todos a la Cogotera y no pagaran más. Una voz aflautada preguntó quiénes eran. Yo carajo, dijo la Cogotera. Hubo una serie de ruidos y la puerta se abrió.

El seguro y nos vamos, dijo ella. Ya se acabó el plazo, de buen tamaño está esto.

Antuan la miró con orgullo. He decidido no pagar más, dijo.

O sea que era cierto que estabas conspirando. Veremos quién te apoya ahora, gramputa.

Miko, uno de los guardiolas, empujó a Antuan. Antuan cayó al interior del cuarto y se escucharon los gritos de su mujer y los niños, una chiquilla de pichicas y un morochito con un Capitán América de madera entre sus manos. A la Cogotera le volvió a sorprender la modestia con la que vivía un hombre al que le iba muy bien. Tantos muebles e íconos que vendía a diario en la puerta del penal y entre los presos, debía tener dinero como para comprar un departamento de tres ambientes en el primer patio y aquí estaba, en un cuarto de seis por cuatro, sin cocina ni baño privado, durmiendo en sleepings con su mujer y sus hijos. Tacaño, sacrificaba la comodidad del presente para un futuro de lujos que quizás nunca llegaría.

Es mi última palabra, Antuan la miró desafiante. He avisado a los pacos.

Ellos reciben un pago de nosotros, no me hagas reír.

La Cogotera dio una orden y sus hombres ingresaron al cuarto. La mujer de Antuan trató de detenerlos y Miko la agarró de su trenza y la empujó contra la pared. Los niños lloraban. En una esquina había una repisa con juguetes de madera y Sultán, el otro guardiola, la hizo caer. Miko quebró vasos y platos y tajeó los sleepings con cuchillo. Vamos a quemar la carpintería, dijo la Cogotera. Pero primero esto.

Antuan llamó a los pacos. Sultán roció el piso con alcohol y le tiró un fósforo. El fuego prendió de inmediato. El cuarto se llenó de humo y la mujer y los niños salieron tosiendo y con los ojos enrojecidos. Antuan pidió ayuda a sus vecinos. Corría de un lado a otro del pasillo, gesticulante, desesperado. Uno de los vecinos quiso apagar el fuego con un insuficiente balde de agua. En ese momento apareció Oaxaca.

[OAXACA]
Alertado de lo que ocurría por un recluso, Oaxaca corrió rumbo al cuarto de Antuan. Hubiera querido usar uno de los dos carritos con dos ruedas en la Casona para llegar más rápido, pero todos estaban estropeados. La seguridad privada del Prefecto los usaba, disponían de cuatro solo para él. Abusivos.

Le habían advertido que no se metiera con la Cogotera, carecía de escrúpulos y tenía enguilles con los jefes, pero creyó que era un buen momento para sentar su autoridad. Vio el humo desde lejos y apresuró el paso mientras desenfundaba el revólver. El metal de cacha nacarada lo entusiasmó. Seis meses en la Casona daban para mucho. Se dejaba llevar por sus colegas, y luego era un no dormir.

Un grupo de presos miraba expectante lo que ocurría. La Cogotera en la puerta del cuarto, botas con punteras de plata, pantalones anchos de jean, una cuerda de cáñamo a manera de cinturón. Oaxaca se detuvo a un par de metros de ella. Le dijo que estaba arrestada y que diera orden inmediata a su gente de detener lo que hacían.

Claro que estoy arrestada, su risa desafiante estalló en el pecho de Oaxaca, por algo vivo aquí. Pago para que ustedes no se metan. Déjennos resolver nuestros asuntos en paz.

Basta, mierda. Terminarás con un palo en el culo y ratones en la concha. ¿Eso quieres?

Miko salió del cuarto tosiendo y al ver a Oaxaca amenazando a la Cogotera con un revólver se abalanzó sobre él. Oaxaca disparó mientras caía, un disparo que no debía haber hecho, pero qué podía pensar en ese instante, en reglas mogólicas no. Miko recibió el impacto en el hombro izquierdo y su espalda golpeó contra la baranda. Se desplomó y quedó tirado en el pasillo con la mirada en el techo. Oaxaca se levantó resollando. Quería mantener la calma. No era fácil, con esos descerebrados hijos de las mil putas cerca.

Apuntó a la Cogotera y a Sultán, les ordenó que no se movieran. Se llevó un pito a la boca e hizo sonar la voz de alerta. Mierdas, ¿por qué carajos no se apuran? No podía hacer mucho solo, y el humo nublaba sus ojos y le hacía arder la garganta. Se cubrió la boca con una mano. Si intentaba apagar el incendio, la Cogotera y el otro se escaparían. Si los enfrentaba, el fuego se llevaría el cuarto por delante.

¿O quizás no llegaban porque no querían venir?

Estaba sumido en esos pensamientos y no vio la rápida mano de la Cogotera, que se deslizó hacia un bolsillo de sus pantalones y se hizo con un cuchillo. El cuchillo se insertó en el pecho de Oaxaca, que se llevó las manos al mango y trató de sacárselo, pero no pudo.

Estaba muerto antes de que su cuerpo tocara el suelo.

[KRUPA]

El camión con el prisionero especial llegó a las ocho de la noche. Hinojosa me dijo, encárguese de trasladarlo al quinto patio, y yo no protesté aunque mis ganas tenía. Me acerqué al portón de entrada, cómo chillaban los grillos en el oscuro, frotaban sus alitas y salía disparado el cri cri cri, y les dije a los campeones de turno que dejaran pasar el camión. Ordené que apagaran las luces. Uno tenía el cinturón desabrochado y le grité que se reportara más tarde. Y bote su chicle, carajo. Hay guardias que fuman, mi capitán, el jefe hasta yerba. Le di un sopapo, chas chas. Se lo han ganado, dije. Vos ni el derecho a respirar aquí.

No debía distraerme. Reconocía que me nervioseaba. La mención del quinto patio solía ponerme así. Me acerqué a la parte posterior del camión. Bajaron al preso, las manos atadas, encapuchado. Traté de adivinar quién era por su porte, buceé en mi memoria imágenes de altos funcionarios que pudieran encajar con él. Porque si era el quinto patio entonces se trataba de un alto funcionario o un opositor.

Lo conduje a la oficina donde registraban a todos quienes ingresaban a la Casona, desde las vendedoras de caramelos al mediodía hasta los asesinos más puaj que llegaban a cumplir perpetua. Me acerqué al que estaba a cargo de la oficina, una wawa, cuántos años tendría este mi valiente, cada vez los aceptaban más jóvenes, y dije me llevaré al prisionero. No habría fotos ni su registro filmado en un video, naranjas. No se le tomarían huellas. Tampoco debía pagar el peaje. Mi valiente asintió. Dijo entre dientes que si no pagaba el peaje se trataba de un preso extraordinario. Porque nadie dejaba de pagarlo en su ingreso.

Así que uno de esos.

Exacto, uno de esos. ¿Y tú quién te creés, un adivino?

No me creo nada, jefe, disculpe.

Mejor zip en la boca, ¿okay?

Pronto se reportaría en los medios la desaparición de algún pez gordo, y los que presenciaron su llegada no tardarían en extraer conclusiones. Pedirían un aumento o concesiones de algún tipo, bonos de comida o fondos extra para ropa, y se les concedería, esperando que eso fuera suficiente para que ellos zip. Y si no lo era, les tocaría mi ley. Podía jajajearme con todos y tenía a mano un chiste o una palmada, pero si había que tundearles lo hacía, y si deshacerse de uno de mis audaces, también.

Le di instrucciones al prisionero para que me siguiera. No dijo nada porque bajo la capucha tenía la boca cerrada por un esparadrapo. Templequeaba y me hizo caso. Detrás de las paredes, en la explanada, el cri cri cri era un contento.

Entramos por un pasadizo oscuro alejado de la vista de los demás. Fui guiándolo con una linterna. Una rata gorda se nos cruzó. Fosforecieron los ojos de un gato. Así llegamos al quinto patio, que no era un patio sino una serie de celdas subterráneas instaladas bajo las del cuarto patio. ¿Cómo que no había cementerios? El quinto patio lo era, para los vivos.

[SANTIESTEBAN]
Palpa el suelo de tierra apisonada en la oscuridad. Le han dicho que apenas se fueran ellos podía sacarse la capucha, y eso es lo que ha hecho. A medida que sus ojos se van acostumbrando a lo que le rodea comienza a distinguir los bordes de las paredes y el techo. No hay resquicios de luz que penetren por ninguna parte. La celda es como una caja suspendida en el espacio infinito y él está en medio de esa caja, inmóvil mientras las estrellas silban a su lado. Han hecho un buen trabajo. Para distraerse, para hacer algo que consuma minutos y no estar a solas con sus pensamientos, saca un botón de la cremallera de los pantalones y lo tira al otro extremo de la celda. Se acerca a ese extremo en busca del botón. Palpa la tierra apisonada con sus manos

procurando descubrir la forma del botón. No lo encuentra. Así deja pasar el tiempo. No quiere pensar en lo que podría ocurrirle. Debe concentrarse en el botón, como le enseñó ese maestro en las minas. Su vida es eso, enfocar todas las energías en una causa pequeña hasta lograr que esa causa estalle. No quiere que el botón estalle. Solo quiere que lo acompañe para vencer los próximos minutos. No intentará imponerse grandes metas. Por lo pronto le basta con sobrevivir la próxima hora. Luego pensará cómo enfrentarse a la siguiente. Le han quitado el celular y no hay luces que le permitan orientarse, mantener la noción del tiempo. Al principio quedan los automatismos, puede calcular el contenido, la elasticidad de un minuto, de quince, pero de a poco eso se pierde y simplemente tiene que dejarse llevar por la flecha del tiempo. Una flecha que puede que pronto deje de ir hacia adelante. Que puede que pronto se detenga. Que puede que pronto haga lo que le venga en gana. Recuerda su paciencia, de niño, al borde de la acequia, pescando renacuajos con Said. Said era mayor y conseguía los mejores renacuajos, a veces incluso pescados. Los metía en una bolsa y los llevaba a su casa a media cuadra de la suya, cruzando una acequia, en ese barrio de molles, calles de tierra y lotes abandonados donde se juntaban los niños a jugar y donde conoció a Patricia, la hija de un militar, con seis hermanos, que un día, él de trece, escondidos entre los arbustos de un terreno baldío, jugando oculta oculta, le metió la mano en sus shorts hasta pringarse de un líquido que salió desaforado por culpa de los movimientos de ella. Eso había sido poco después de que Said, una tarde, lo obligara a chupársela a cambio de la deuda que tenía con los pescados. Santiesteban se pregunta por qué recuerda ahora esas cosas. Esa infancia amable y generosa en un barrio pobre en las afueras de la capital. Quizás porque un soplo frío le acaricia el pescuezo y le hiela la sangre. El soplo de los atarantados de miedo, que se desvanece a su contacto. El conductor del camión que lo trajo mencionó algo del quinto patio. Sabe que está en la Casona y conoce sus leyendas. Sabe que nadie sale vivo de aquí. Se palpa la cara, quiere reconocerse y recordarse. No lo han golpeado tanto como hubiera creído. Le duele la nariz y tiene un ojo entintado. No volverá a ver la luz, supone. Se le acabarán los días en la oscuridad, sospecha. El Prefecto Vilmos podría tenerle compasión pero Limberg Arandia no. Vilmos podría hacerlo abjurar de Ma Estrella a cambio del perdón pero el Juez no. Se le humedecen los ojos. Es el momento de descubrir de qué madera está hecho. Por qué abrazó el culto, se pregunta. Una manera de estar cerca del pueblo después de la muerte de su hija. Qué temblor cuando recordaba esa escena que no había visto, esa plancha metálica suelta cerca de la piscina mientras hacían refacciones en la casa de su ex, Delina que la pisaba y se electrocutaba, Delina a la que encontraban desmayada y ya tarde para salvarla, qué temblor. Sí, una manera de no sentirse solo. Cada vez que lo veían en el templo su figura se agrandaba. Cada vez que participaba de una ceremonia en el crematorio se iba haciendo más parte de ellos, al punto de que al final se habían olvidado de tantas cosas que los separaban de él. Sigue palpando la tierra apisonada, sin suerte. El botón debe estar en alguna parte. Puede quedarse un par de días buscando y seguro lo encontrará. A menos que ocurra un milagro. No cree en milagros, debe decirlo. Solo cree en lo que ve. Y si ve que la gente tiene fe, pues cree en la fe de esa gente. Son medios para un fin, porque él lucha por ellos. Y él, que se sentía un estratega, no vio venir la insurrección. Le había recomendado al Prefecto hacer como él, aliarse al pueblo. Volverse parte de ellos, mimetizarse. Vilmos lo entendía, por ahí iban sus primeros pasos. Eran aliados. Y de pronto, el Juez. No entendía cómo pudo Vilmos caer bajo su influjo. O quizás sí, no era tan difícil. Un hombre inteligente, un hombre calculador, alguien un paso adelante de los demás. Cuando se creó el Comité contra la Superstición no lo tomó en serio. Era una orden, y como tantas sería promulgada pero no se haría cumplir. El Juez se hizo instalar en el Comité y maniobró para que fuera tomado en serio. El principio del fin. Su estómago cruje, y es el miedo. El miedo repta por la garganta, atenaza su lengua. Se rinde, no encuentra el botón. Se echa en el suelo mirando el techo. Siente que el techo va descendiendo sobre él hasta oprimirlo. Morirá apretado entre dos paredes. Viene Said y le pide que se la chupe. Viene Patricia y le dice que a su padre le han dado otro destino y se irán la próxima semana. La noticia le oprime el pecho hasta ahogarlo. Él le pregunta el nombre de la provincia. Allá bien lejos, dice ella repitiendo el nombre, en los confines del imperio, donde viven los salvajes. Los Confines. Donde el mundo redondo se hace plano, dice él tratando de sonreír. Y ella parte y lo deja con el azoro de los trece años, el enamoramiento que se torna ideal. Nunca más sabrá de ella. Nunca más la volverá a ver. Muchos años después, en las oficinas de la administración, escuchará que buscan funcionarios para una provincia lejana. Los Confines. Funcionarios ambiciosos y pacientes, especializados en regiones de alto riesgo. Se paga mejor que en la capital y hay más posibilidades de ascenso. Se ofrece. Allá va, con todos sus sueños, una tarde lluviosa y relampagueante de fin de año. En busca de no sabe qué. Puede que ella se haya vuelto una blancona como esas de la u que ni lo miraban y seguro se arrepienten hoy. ¿Y ahora?, dice, y vuelve a palpar el suelo en busca del botón. El mundo redondo se le ha vuelto plano, piensa, pero esta vez no sonríe. Lo que hace es cerrar los ojos y preguntarse cómo llegará el fin. Cuántos días aguantará sin comer. Debería encomendarse a Ella. Pedir que Ella lo vengue. Que hunda en el pecho del Juez ese cuchillo fino que lleva entre los dientes. Lo haría si tuviera un poco de fe. Rezar mucho, extrañar a Delina, visitar los templos con frecuencia, no son suficientes para un cambio de corazón, por lo visto.

[LA DOCTORA]

Tadic estaba de turno esa noche. El Forense se había ido a casa agotado después de lidiar con prisioneros con accesos febriles. Leía el parte de enfermos en su oficina. Revisó nuevamente los resultados de las muestras de sangre de la mujer y la bebé muerta. A la mujer se le había sacado otra muestra. No era malaria, por lo pronto no. ¿Entonces? Ella albergaba la esperanza de que una siguiente muestra la revelara, solía ocurrir. Ojalá lo fuera, un virus diferente complicaba las cosas. Con la malaria había un orden en la Casona, desolador pero orden al fin, y se podía establecer un plan de batalla conocido, un plan como el que habían activado.

La mujer, conocida como la Paciente Uno —la bebé era la Paciente Cero—, no la había pasado bien la noche anterior, y durante el día requirió varias veces la presencia de los médicos. Se quejaba de dolores musculares, orinaba sangre y a ratos deliraba. La temperatura seguía alta. Le habían aparecido puntos rojos en el pecho, posibles síntomas de una hemorragia interna, y la doctora Tadic ordenó que se la monitoreara. Eso le hizo sospechar que quizás no era malaria. La había visto débil y vencida desde el vano de la puerta de su cuarto. Prefirió no acercarse, por si acaso. El protocolo decía que en caso de enfermedad contagiosa había que mantener al menos dos metros de distancia. Cómo escapaban los líquidos del cuerpo, todos peligrosos. Había que administrarle fluidos, mantenerla hidratada. Ordenó que fuera trasladada a la sala del cólera, para que su aislamiento fuera más riguroso.

Estaba agotada y creyó que podía echarse un sueñito. Había días en que no volvía a casa y se quedaba a dormir en su oficina. Tenía mantas sobre el sofá, todo preparado. El Forense le reprochaba tanta dedicación, y ella no podía convencerlo de que no solo se trataba de eso. Simplemente, no tenía a qué volver a casa. No la esperaban ni familia ni animales o plantas. Sus amoríos nunca llegaban a nada. Se deprimía en esa soledad de cuartos pequeños y al rato ya estaba buscando formas de volver a la Enfermería.

Se durmió con rapidez en el incómodo sofá de resortes vencidos. Soñó con animalitos tan diminutos que un microscopio óptico normal no podía captarlos. Animalitos invisibles flotando por millones en el mundo, una danza continua. En sus sueños aparecían como en las imágenes del microscopio electrónico, figuras esféricas, de color entre verdoso y azul, atacando células del color de la piel para infectarlas. A veces tenían la forma de gusanos relampagueantes, moviéndose de aquí para allá en busca de sus anfitriones para parasitarlos.

Despertó con la sospecha de que no era verdad que al principio hubiera sido la célula y luego el virus. Mientras miraba el techo con los ojos entornados, pensó que quizás había sido al revés, quizás los virus se desarrollaron primero y luego crearon a las células para depender de esos organismos vivos. Había virus en todas partes, los había en ese instante dentro de ella. Virus en la pared del estómago, esos benignos. El problema era la desesperada forma en que se movían. Si encontraban el animal adecuado podían vivir allí felices, pero su desplazamiento constante de célula a célula los llevaba a encontrarse con animales a los que terminaban consumiendo.

El motor de la vida eran los virus. La enfermedad antes que el remedio.

Se levantó para hacer una ronda, ver a sus pacientes.

Estaba en eso cuando dos pacos llegaron cargando a otro en camilla. Minutos después llegaría un preso con manchas de sangre en el rostro; lo arrastraban otros reclusos. El paco estaba muerto; el preso viviría.

[LA JOVERA]
Estaba en el cuarto de Rodri apostando a LOS FUTUROS. Rafa los acompañaba, sumido en su negrura. Una luz hepática y parpa-

deante hacía ver sus pieles sedosas. Un taparanku zumbaba en torno a la lámpara, sus aleteos nerviosos creando una sombra movediza sobre la mesa y en los cuerpos de los jugadores. Rodri se había inventado LOS FUTUROS hacía un año como una forma de conseguir quivo, sin saber del éxito que tendría. El primer día se paró en un banco con una pizarra en la que había anotado una frase: Cinco a que Krupa renuncia el viernes. Dos personas apostaron ese día. Krupa, al que los directivos del Régimen Penitenciario acababan de llamar la atención por darle una paliza a un paco, no renunció, y Rodri perdió. Al día siguiente volvió a la carga, esta vez jugó diez a que el Siemprelibres ganaría la final del campeonato interno de fútbol. Cinco apostaron, dos ganaron junto a Rodri. Después comenzó a apostarse a todo, desde el menú del día hasta las posibles muertes de los presos/ cuánto duraría la Cogotera como delegada/ el clima del lunes/ de qué sería la próxima plaga/ en cuánto tiempo pasaría de mil quinientos la cantidad de reclusos/ si Hinojosa sería ratificado/ en qué cuarto dormiría el Gober la siguiente/ a cuánto subiría el precio del tonchi en dos meses/ quién ganaría el torneo de billar/ hasta cuándo duraría LOS FUTUROS.

Lo mundano se mezclaba con lo metafísico. Había incluso presos que hacían cosas para alterar el futuro e incidir en las apuestas. Si se apostaba en grande que habría una violación de un niño en menos de una semana, alguno pagaba para que se llevara a cabo esa violación. Rodri había salido de pobre y ahora alquilaba un cuarto en el segundo patio. Había llenado su cuerpo de tatuajes caros, con un especialista de fuera del penal. Una madrugada tuvo una visión que le indicaba no dejar ningún resquicio de su piel sin una imagen o una frase alusivas a Ma Estrella. La Jovera lo molestaba llamándolo Hijo de la Innombrable, y Rodri le decía que no jugara con eso, era un sacrilegio.

La Jovera apostó que esa noche se la cogería Rodri. Rafa dijo eso no vale Jovero, y esbozó un intento desganado de sonrisa.

Jovera, le corrigió ella. Rodri aceptó la apuesta. Se pusieron a jugar a las cartas. La Jovera se sacó las zapatillas de ballet y con sus pies descalzos tocó bajo la mesa las piernas de Rodri, se hacía el desentendido porque se decía bien hombrecito, pero apenas se fuera Rafa seguro trataría de aprovecharse de ella, lo conocía, no se aguantaba, y feliz aceptaría perder uno de los FUTUROS. Ella se dejaría, por supuesto, cómo no.

Rafa se metía chicles a la boca uno tras otro y los acompañaba con una botella de ron que le hacía escupir de tanto que le ardía la garganta. No importa, dijo, hay que celebrar el contrato. ¿Qué contrato?, preguntó la Jovera. Luego te cuento, contestó Rodri, pero Rafa lo calló con la mano, quería hablar. Arrastró sus uñas largas por la mesa en la que descansaban las cartas, hizo ademán de estar rasguñando a alguien. Contó que Krupa le había conseguido a Glauco para deshacerse del que había abusado de su hijo.

¿43? Pero si está en el cuarto patio.

No seas caído del catre, dijo Rodri. Krupa buscará la forma de meter a Glauco a una celda del cuarto patio. No ves que hace y deshace.

Pero es arriesgado si se entera Hinojosa.

Bah. Lo único que pasaría es que Krupa tendría que dividir su comisión.

Sé que tenías un bisnes con 43, le dijo Rafa a la Jovera, que negó con la cabeza. No te niegues que es peor. No nos vamos a hacer a los santos pero hay límites. Más bien agradecé que te seguimos dirigiendo la palabra.

La Jovera se quedó callada. Ay, no. Ojalá que no. 43 era una bestia pero le tenía cariño. Con un poco de esfuerzo se lo podía reformar, estaba en eso. Debía decirle a Rafa que le diera otra oportunidad. Mejor no, se molestaría. ¿Quizás hablar con Kupra? Ya vería.

Pensar en la violencia la nervioseaba. Aceptaba que fueran torpes con ella en el sexo. Que le jalaran de los pelos, la ahorcaran, la escupieran. Pero eso era otra cosa. Violencia con cariñito, como ella decía.

¿Estás seguro? ¿No te da no sé qué mancharte las manos de sangre?

El que se las manchará será Glauco, señaló Rafa.

Es una forma cómoda de verlo.

Entre la comodidad y la incomodidad, elijo la comodidad, una carcajada aturdió los oídos de la Jovera. La Jovera le diría a Rodri que la siguiente no invitara a Rafa. Un tipo desagradable, vulgar. No soportaba su risa antipática ni su voz chillona.

El taparanku estuvo a punto de posarse sobre su cabeza, y ella lo apartó de un manotazo. Se levantó para sacar unas frías del refrigerador, el ron de Lillo era intomable. Dio dos pasos y se sintió mareada. Se quedó parada en medio de la habitación, inmóvil, esperando que se le pasara.

¿Estás bien, Jovera?

Creo que me paré de golpe.

Un escalofrío le recorrió el cuerpo. Era como si de pronto no tuviera fuerzas para dar un paso más. Quizás la culpa era del tonchi. Había abusado últimamente. El que le vendía el Tiralíneas era bien barato, de los dañinos, debía comprar uno más fino.

Logró caminar hasta el refrigerador y sacó las frías y volvió a sentarse. Apenas lo hizo su estómago gruñó y fue corriendo al baño. Vomitó antes de llegar a la taza, sobre las baldosas agrietadas y la cortina de plástico de la ducha, adornada con elefantitos rosados. Agachada, con las manos en la cintura, se dijo que todo eso pasaría pronto. Rafa vino a verlo. Qué olor, querido, te enmierdaste. No es mierda. Hay que limpiarlo. Deja, dame un trapeador y yo limpio. No tomes más. Oye, qué cosa, buitreo mezclado con sangre, hazte ver, debes tener una úlcera.

Antes de salir a la Jovera le llamaron la atención los patitos de plásticos verdes y amarillos que coleccionaba Rodri junto a la ventana del baño.

La Jovera buscó el trapeador en la cocina y lo llevó al baño. Rodri le dijo que no se veía bien. La Jovera se llevó la mano a la frente y sintió que le quemaba. Creo que tengo fiebre. Rodri le tocó la frente. Estás hirviendo.

Qué cosa más rara. Hace un minuto estaba bien.

Si has vomitado sangre imposible que hayas estado bien, terció Rafa. Hazte ver.

No voy a la Enfermería ni muerta.

De muerto irás seguro. Para que te corten el cráneo y lo vendan a la mujer del Gober.

No es momento para esas bromas, Rafa.

Perdón, olvidaba que eres delicadito. Delicadita, quiero decir.

Es que es incomible la mierda que nos dan en este lugar, dijo Rodri. El otro día entré a la cocina y daba para vomitar. Basura por todas partes.

No como allí, dijo la Jovera. Hace tiempo que me la preparo sola o voy a uno de los restaurantes del segundo patio.

Que no sea el de la Kristi. Dicen que allí preparan los anticuchos con carne de murciélago.

¿Ahora qué?, preguntó Rafa, ¿volvemos a jugar o se jodió la noche?

Que se recupere y seguimos, dijo Rodri. Ahora que estoy ganando no es así nomás.

Apuesto una moneda que llega a la Enfermería en menos de doce horas, señaló Rafa.

Futuro aceptado.

¿Qué opinas, Jovera? Hazme ganar, durá al menos doce horas.

La Jovera se quedó callada. Le estaba costando hablar. Los pies se le habían enfriado y buscó sus zapatillas bajo la mesa. Solo pudo encontrar una.

[GLAUCO]

Esa mañana le costó levantarse debido a la mala noche. Tenía trabajo por delante, confirmarle a Krupa que aceptaba el encargo pero quería que le pagara más, necesitaba quivo para comprarse un espacio en una celda donde no hubiera los veinte presos del Chicle o al menos alquilar una de las tres hamacas disponibles para dormir allí. Se esforzó pero se quedó enredado en su sábana mugrienta en una esquina de la celda, adonde no llegaba la luz que se colaba por entre los barrotes de la puerta y la ventana. Qué mierda. Los hacinaban en celdas para forzarlos a pagar a los pacos si querían salir rápido o cuando no tenían más opciones, los Chicles eran lo más barato de la Casona, lo otro era dormir en los patios y pasillos y eso no le gustaba, lo nervioseaban los murciélagos, incapaces de estarse quietos. Juraba que nunca más volvería al Chicle pero apenas tenía algo de tela pensaba en tantas otras cosas que necesitaba y podía comprar, como un cepillo de dientes o el derecho a conectarse a la red por diez minutos, que al final se quedaba, prometiéndose que podía aguantar un día más, y podía, pero en qué condiciones. Lo que más lo jodía era ese sistema de hacer sus suciedades en bolsas y tirarlas por la ventana. Una cochinera total, las bolsas que volaban por la noche y que los mismos presos vendían caras.

No había ido bien la noche. Dos jovencitos ñakearon a su lado, hubo una pelea con navajas y punzones y no faltó el cric crac acostumbrado de las hermanas Ocampo, que llegaron duras a la madrugada, insultando a todos, jajajeándose fuerte de sus propios chistes, hablando entre ellas en alguna lengua indígena, cuál de las treinta sería, él solo reconocía un par. Tres o cuatro se fueron en vómitos y diarrea, y entre los otros los forzaron a quedarse en una esquina para que se ensuciaran allí. Un asco. Glauco había escuchado todo eso, se había despertado todas las veces, creía estar acostumbrado al barullo y era capaz de dormir incluso al lado de wawas berrinchudas, pero esta vez lo ganó el desespero. Sus compañeros de celda tosieron, escupieron, vomitaron y se quejaron de dolores en el cuerpo, y él escuchó y vio todo como si la realidad se hubiera enlentecido. También oyó chillidos de ratas que pasaban encarreradas a su lado. Eso odiaba del tercer patio, las ratas. Estaban en las celdas y los baños y los techos y los pasillos. En el segundo patio había menos, en el primero casi ninguna. Un sistema de castas funcionaba para ellas.

Se quedó tirado en el Chicle por la mañana. Salió un rato por la tarde, buscó a Krupa y le insistió que para él no era así nomás timbrarse a un tipo, por más que la ley de la cárcel fuera bien sin piedad con los violadores y abusaniños. Consiguió que le ofreciera un poco más de quivo por el trabajito. Krupa le dijo que se preparara, las condiciones estarían dadas muy pronto. Debía verlo como una labor de bien social, esa gentuza no merecía vivir. Glauco asintió. Cuando llegó la noche estuvo a punto de quedarse a dormir en el patio, pero al final pudo más su miedo a los murciélagos y volvió al Chicle. Apenas comenzaron los aullidos de dolor de sus brodis se arrepintió de estar allí. No eran normales, y pensó que había que hacer algo. Uno de los nuevos, que cortaba las eses al hablar como los norteños, le preguntó qué ocurría. No lo sé, contestó Glauco, pero parece serio, no tienen fuerzas para nada. El norteño le señaló a los de la esquina, esos de allá están mal, veré si les consigo algo. No podrás salir sin quivo, dijo Glauco. ¿Tienes?

El norteño lo miró como si no lo entendiera. Glauco le explicó que por las noches los pacos no abrían la puerta del Chicle y no te dejaban salir si no les pagabas antes. El norteño se tocó la cabeza como si se estuviera buscando piojos, no, no tenía nada.

En ese momento el loco de las bolsas se acercó a la puerta. Bolsas verdes le cubrían la cabeza y las manos. El loco nunca dormía en el Chicle, prefería el patio, y por las mañanas venía a burlarse de los que habían pasado una mala noche. Glauco le dijo al norteño, pedile que llame a los pacos. El norteño habló con el loco. El loco repetía lo que le decía el norteño con su vozarrón ronco y señalaba con el dedo a los enfermos de la esquina.

Huelen a muertos, queridos, dijo, sus labios se movían a través de un agujero en la bolsa.

Apúrate, loco, gritó Glauco.

Esto les va a costar grave.

Pagaré pero dale, plis.

Solo porque me dan pena, el loco desapareció.

Glauco se sorbió los mocos, se le tensaron las mejillas. Ojalá que pudiera hacer pronto lo que le pedía Krupa, no aguantaba el Chicle un día más. Un asalto que había salido mal en una peluquería, el primero que intentó en su vida, un cuchillazo a una mujer que ni siquiera murió pero que era esposa de un capo, suficiente para encalabozarlo. No tenía billete para abogado y debía usar el mogólico que le asignaba la Fiscalía. Los Defensores del Pueblo se establecían en una mesa a las puertas de la capilla de la Innombrable y él se acercaba pero la cola era tan larga que a las tres horas se rendía. A veces les pagaba a los pacos para que le escribieran a su abogado, y luego debía conseguir quivo para que le leyeran la respuesta. No fue a su audiencia pública porque solo podía hacerlo acompañado de un paco y para eso debía pagarle y no tenía. Conocía a presos que habían cometido cosas peores que él pero lograron salir rápido porque tenían tela o familiares con recursos. Él, naranjas. La justicia se retardaría porque no tendría cómo comprarla. Tenía amigos que habían cometido asaltos de poca monta y que ya llevaban siete, diez años en la Casona. Pasaban los meses, y no quería quedarse atrás pero tampoco progresaba. Se iba dando de golpes contra las paredes, sostenido en su mismo puesto quizás para siempre. Lo más chistoso era que su verdadera carrera delictiva la había iniciado en la cárcel. Ahí, mientras entretenía la espera, se fue convirtiendo en imprescindible para los bisnes sucios de los pacos y de los reclusos.

Uno de los que estaba a su lado tuvo un ataque de tos, y Glauco se sorprendió al ver la flema con sangre.

[EL CURA]

Benítez se acercó a la capilla de la Innombrable con una bolsa de yute. El recinto estaba iluminado por velas de diferentes tamaños y colores apoyadas en el suelo y en el interior de los cráneos de cerámica pintados de rojo que traían los presos. Por suerte era caro para ellos conseguir cráneos humanos. La luz de las velas relampagueaba y producía un efecto estremecedor, a ratos apenumbraba la efigie de Ma Estrella en el centro del recinto, sobre un atril de madera, y otros la hacía brillar. No, no podía llamarla así. Para él solo podía ser la Innombrable.

Se hincó en un banco a la entrada y rezó un padrenuestro. La luz de la madrugada se filtraba por el vitral con una silueta mal dibujada de la diosa, la cabeza desproporcionada con relación al cuerpo. Había que bendecir esa capilla con agua bendita. Seguir haciendo que se perdieran los cuadros en las paredes, que narraban, ahora con intermitencias, la primera aparición de la Innombrable en Los Confines y el desarrollo del culto entre el pueblo. No ganaría la guerra pero lograría concesiones.

Se acercó a la lata de donaciones para hacer refacciones en la capilla católica, tan desierta excepto los domingos, cuando se obligaba a los presos a asistir a una de las misas que él daba a lo largo del día. La mayoría de los presos seguía siendo católica solo que no practicante, debía seguir empujándolos a visitar su capilla, con fe recuperaría a algunos.

Nueve monedas en la lata de donaciones, lo cual significaba que nueve presos habían venido a rezarle a la Innombrable. Ese era el trato, él los dejaba venir a la capilla siempre y cuando le dejaran una moneda de donación. No todos le hacían caso, nueve era poco, según sus cálculos al menos veinte venían al día, a veces tres o cuatro de la misma familia.

Fue apagando las velas dentro de los cráneos y los tiró a la bolsa de yute. Esa era la parte del culto que más le disgustaba, había pedido en vano que no lo hicieran. Lo que representaban los cráneos era un sacrilegio. Al menos consiguió que no hicieran sacrificios de animales, excepto en el aniversario de la diosa. La primera vez que le tocó ver los resultados del sacrificio llevaba dos meses en la Casona. Quiso creer que las manchas rojas en las paredes de la capilla eran pintura, pero no olían a pintura. Sospechaba lo que eran, había trabajado en pueblos alejados donde el culto era feroz.

Terminó de recoger los cráneos y antes de salir se detuvo delante de la estatua de la Innombrable, el yeso de colores desvanecidos y una serie de rajaduras a lo largo del cuerpo. Le habían dicho que pronto sería reemplazada, que Antuan tenía el compromiso de entregar una de madera. La diosa sostenía un cuchillo entre los labios y resplandecía, sus ojos seguían a Benítez cuando se desplazaba.

Y él, ¿qué creía? Que ella era una perdida, rebelde al Señor, y que el Señor la tendría en cuenta y la perdonaría. Y él, ¿creía o no que los que se entregaban a ella estaban extraviados? Sí, lo estaban, pero el Señor sería capaz de recibirlos. No había rencor en su corazón. Había sobre todo comprensión, y quizás ese era el problema. El Gobernador se quejaba de que sus prédicas no asustaban, y era cierto, le costaba describir su infierno con la fuerza que se merecía. Había leído el Apocalipsis y a los grandes poetas de las tinieblas, y aun así todo le salía tibio. Quizás el problema no era la descripción del infierno sino el hecho de que no creía del todo en él. Este mundo ya era un infierno para las criaturas del Señor y no se le ocurría pensar que podría haber un mundo harto más atroz esperándolos. Todos los días debía lidiar con asesinos seriales y violadores y pedófilos, ¿qué más que eso? Hipócritas que querían su absolución pese a haberse entregado a la Innombrable.

Una oleada de compasión lo invadió. Una pena abrumadora por esos ladrones alejados del Señor que vivían en la Casona y también por su diosa incapaz de salvarlos. La culpa era de ellos, que se ofrecían al ser equivocado. Una diosa que no era diosa. Debía iniciar una campaña para desenmascararla. No podía, no le salía. No era capaz del odio que se necesitaba para embarcarse en una cruzada así.

En el patio se encontró con el sol colgado entre las montañas en el horizonte, su resplandor abriéndose paso entre las nubes, anaranjándolas. Tocó la cruz de metal en el pecho. Con sus dolores y miserias, el universo era sublime. Pequeño él, pequeños todos. En un momento de debilidad se le cruzó devolver los cráneos a la capilla.

Se repuso y siguió su camino.

[EL LOCO DE LAS BOLSAS]

Ya no te puedo querer, no, no, mi cariño se acabó, sí, sí. Dicen que el que durmió cuatro noches en Los Silbidos era un monstruo que se comía a sus enemigos blancones, que encomendaban su alma a Dios y su venganza a la patria cuando se extinguía la última gota de sangre bebida por ese salvaje. Yo no he comido a nadie, yo no he comido a nadie. Por eso voy a volver, hasta que cuenten la verdad. Ahora es mejor que me tengan miedo. Que crean que los voy a comer. Y con qué se come la patria. Quién es ese cerca de la capilla, pero que no abusen de mí, antes de perder la firmeza de mi cuerpo podía tumbar a un hombre de un sopapo, mejor me saco la bolsa de la cara, que me vea como la Zulema Yucra, ay qué lindo eres me decía, mejor me estiro la piel, ay dolor, qué desolación, en mi barca yo me iré a navegar. Un paco me dijo es el tonchi pero yo naranjas, igual lo dejé por un día, solo uno, más no pude. Cuando lo veo jugar, se me llena la mantera de felicidad. Mi ayudante fue elegido el señor Krupa. Él prefiere el exterminio pero yo no soy cómplice con él. ¿Y por qué no somos ricos con tanta coima? Estaba bien cuando llegué pero en el cuarto patio me picanearon. Ahora soy su jefe. El hombre tiene sotana, debe ser el cura, me da unos pesos siempre y cuando escuche su sermón, no quiero, las puertas del cielo cerradas para mí, el Señor me ha dado la espalda o quizás yo le he dado la espalda al Señor, no sé y tampoco me interesa Ma Estrella, Dios mío, si fuera por la gente que vive aquí uno creería que el cielo está sobrepoblado, dioses para todos pero también otro montón, un desperdicio, se los inventan todos los días, haré lo mismo, me crearé uno y ya. Y lo defenderé aunque estoy flaco. Gran circo gran señores. Si yo hubiera ejercido mi trabajo desde el tiempo que estoy entrenándome habría desarrollado mi físico, sería un hombre perfeccionado, un facultativo, un hombre de ciencia. Pero no un cura. Vayan al cine, compren zapatos. Le toco la sotana y se da la vuelta y me mira como si estuviera pendiente de alguien detrás de él.

¿Qué quieres de mí, loco?

Hay hambre pues.

Te la vas a gastar en drogas.

Sé administrar. El personal recibe la coima para mi persona.

Ya estás hablando disparates de nuevo, loco.

No me deja abrazarlo. Quizás es mi olor, me han insistido que me duche pero cómo, acaso él me va a pagar la ducha, a eso mejor usar la tela en tonchi. Mis greñas lo peor, se rompen los peines. La kermesse de los sábados, no se la pierda, el próximo domingo.

Te doy unas monedas pero no me toques. Rézame un padrenuestro y son tuyas.

Padrenuestro que estás en los cielos santificado el señor es conmigo.

Mal ahí. Comienza de nuevo.

No puedo padrecito. Mi cerebro está cansado hoy.

Tu cerebro se cansó para siempre, loquito. Cuéntame una historia y te las doy. Pero no la del Tatuado, que ya me has mareado con esa.

En el tercer patio hay muchos enfermos.

Eso no es novedad. En el tercer patio están los enfermos.

Estos son nuevos. En uno de los Chicles.

Esa celdas son complicadas. ¿Lo reportaste a los guardias?

Los acabo de ver. Ya conté mi historia. Quiero mi tela.

Aquí está loquito. No te olvides de rezar antes de dormirte.

Chau chau chaucheras. Se esfuma. Ya no te puedo querer, no, no. Me iré a la capilla, a robar monedas de la colecta. Mi cariño se acabó, sí, sí. El señor Krupa y también el señor Juez de Seguridad Hinojosa y el Gobernador Lucas Otero son cómplices míos en estos asuntos, en la ilegalidad. La Cogotera, una mujer atrapada por su pasado, ¡suéltame, pasado! El asunto es que no me den el procedimiento del medicamento y la electricidad. Con la famosa cabra hipnotizadora, funciones para toda la familia, no deje de asistir. Ay la capilla, dónde está. Por eso es que le digo, yo le doy las órdenes al Gobernador. Él hace lo que dispongo. Por eso me controlan por el televisor a mí. Que está causando sensación.

[EL FLACO]

Siguiendo las instrucciones de la doctora Tadic, el Flaco volvió a la Enfermería al día siguiente de la muerte de Carito, para una nueva revisión. Debía hacerlo todos los días durante una semana. No tenía fiebre, como no la había tenido el primer día. La enfermera le pidió que regresara apenas notara alguna anomalía. El Flaco preguntó si esta vez podía ver a su mujer. Mi wawa, mi wawa no está más, sollozaba, no quiero perderla a ella también. Está más complicado que ayer, contestó la enfermera, la han trasladado a la sala del cólera. Uy, eso es grave, dijo el Fla-

123

co, nadie sale vivo de ahí. Exageraciones, es por su bien. ¿Eso significa que tiene cólera? No, solo que tiene síntomas que pueden tratarse mejor en esa sala.

El Flaco hubiera querido perderse por los pasillos en busca de su mujer, comprobar que estaba bien, pero conocía la historia de la sala de cólera, cómo la aislaban, a veces con pacos a la entrada. No podría entrar y hasta era probable que lo arrestaran. Lo aterraba el destino de Saba. Más de un conocido había caído en esa sala y lo siguiente que sabían de él era cuando entregaban su cuerpo para el ritual de despedida antes de la cremación.

Pero ¿qué hacer? El día anterior había visto a Carito ya ida y no se reponía, lo aterraba que la negrura se posesionara de él. Quiso agarrar su cuerpecito y la doctora se lo impidió. No pudo dormir toda la noche, solo veía a su wawa gateando por el cuarto, con la sonrisa a la que le faltaban dientes y la verruguita en la mejilla, tratando de meterse su estetoscopio a la boca. Carito no estaba más, así de fácil, como un globito que se pinchaba en el aire.

Deambuló por un pasillo iluminado por una luz blanca, afiches de advertencia en las paredes. Leyó algunos, frases fugaces, órdenes para los doctores y pacientes a veces escritas a mano, una vieja campaña de prevención contra la malaria, *¿QUÉ hiciste hoy contra el MOSQUITO?*

La enfermera de turno a la entrada de la Enfermería dormía despatarrada sobre un sillón y el Flaco aprovechó para salir con sigilo al patio. Se dirigió a la capilla de Ma Estrella. Quería estar a solas con Ella, ponerle velas a Carito, pedir por la salud de su mujer. Insistir, insistir, no quedaba más. Saba estaba en apuros y todo podía depender de un rezo a tiempo.

[YANDIRA]
Yandira, la enfermera de guardia en la sala del cólera, veía un video de loros habladores cuando escuchó un estrépito. Se acercó a una ventanita en la pared de plástico para ver lo que

pasaba. La Paciente Uno se había levantado de la cama y hecho caer el aparato conectado al catéter por el que se le administraba suero intravenoso. Las manchas rojizas en el cuello se habían ampliado hasta convertirse en moretones que invadían su pecho y partes de la cara. Gotas de sangre le salían por la nariz y por las orejas.

¿Debía llamar a alguien o calmar a la paciente por su cuenta? Retrocedió en busca de ayuda, pero algo la hizo volver. La mujer estaba desesperada y no quería dejarla sola. Entreabrió la puerta, ingresó a la sala a tientas, como dudando si hacía lo correcto. La mujer la vio, dio dos pasos tratando de acercarse a ella y se desplomó. En el suelo sufrió convulsiones. Yandira gritó pero nadie vino en su ayuda.

Yandira esperó a que las convulsiones cesaran para acercarse a la mujer. Hubo un momento de calma, que aprovechó para sacar el laringoscopio e inclinarse junto a ella. La mujer tenía las pupilas dilatadas y se estaba mordiendo la lengua. Yandira se puso los guantes y le abrió la blusa, para que respirara mejor, y metió los dedos en la boca. La mujer vomitó. Un vómito negro, en el que había mucha sangre, muy oscura, en coágulos en forma de semillas de café. Yandira retiró las manos y limpió lo mejor que pudo el vómito en el brazo y volvió a abrir la boca de la mujer. La sangre se le escurría por los ojos. Yandira supo que se trataba de una hemorragia interna y que si no se le hacía pronto una transfusión la paciente se moriría. Podía correr a la sala donde estaba el refrigerador con bolsas de sangre, pero no se sentía capacitada para encargarse por su cuenta de la transfusión. Volvió a gritar, Enfermería de mierda, no la escuchaban.

A la mujer se le hacía difícil respirar. Los músculos del rostro habían perdido consistencia, cansados de sostenerlo, y todo chorreaba, como si el cuerpo estuviera cambiando de estado, dejando de ser sólido. Lo que más impresionaba a Yandira era que la paciente estuviera llorando sangre.

La mujer hizo un movimiento espasmódico, como si quisiera incorporarse, pero no pudo. Yandira trató de acomodarla mejor en el suelo, sin saber qué más hacer. La doctora Tadic, tan estricta, no le perdonaría su incapacidad para resolver la situación. La culpa era de ella, que la había dejado sola con un paciente complicado. Deseó estar en casa, durmiendo al lado de Toño y de su hijo, protegida.

Pensaba en esas cosas sentada en el suelo, encharcada en vómito, cuando percibió que la paciente había dejado de respirar.

[EL GOBERNADOR]

Otero llamó a Hinojosa para preguntar si todo estaba bien con el preso del quinto patio. Lo hizo desde su escritorio, sentado en el sillón reclinable de cuero negro en el que solía hacer una siesta rápida todas las tardes. El Jefe de Seguridad le dijo que todo marchaba, Krupa se había encargado de escoltarlo hasta su celda. Su voz sonaba débil desde el otro lado. Otero ordenó que le dieran algo de comer pero mantuvieran el aislamiento.

¿Algo de comer? Eso no es normal, jefe.

Ya sé, pero este preso tampoco es normal, Otero mordía un lapicero mientras hablaba. Igual no crea que nos ablandamos. No podrá ver la luz, de hecho no podrá salir de la celda ni siquiera un minuto del día, eso no cambiará.

Le confieso que me incomoda todo lo que tiene que ver con el quinto patio, jefe.

A mí también, pero bueno.

¿Entonces por qué lo hacemos?

Órdenes de arriba.

¿Y ellos por qué lo hacen?

No saben dónde poner a cierta gente, supongo, y dirán, para eso están las cárceles. Hinojosa, cambiemos de tema. Llévele usted mismo la comida.

Colgó sin esperar respuesta. Se sintió bien, misericordioso.

Luego de esa llamada habló con el Juez, que acababa de estar en contacto con el Prefecto. La oficina de Vilmos preparaba el discurso con el que se comunicaría a la provincia esa misma noche y haría conocer las recomendaciones del Comité contra la Superstición, entre las que se encontraban la prohibición del culto de la Innombrable, la cárcel a curanderos que prometieran curas milagrosas y el cierre temporal del templo mayor y del crematorio. Tampoco se permitiría la libre comercialización de la sustancia violeta, los santones no podrían usar máscaras en sus ceremonias, y serían clausurados los puestos en los mercados que se atrevieran a vender imágenes de la diosa y las santitas.

Un proceso de desmitificación en toda regla, pensó Otero, observando en una esquina del escritorio una botella de la sustancia violeta. Debía hacerla desaparecer. Por lo pronto la ocultó detrás de un basurero de metal. Una pena. Alguna vez incluso se le había cruzado por la cabeza la idea de fardarse, cuando Celeste le dijo que los fardados podían conseguir la sustancia gratis en el crematorio. Por suerte luego apareció el primo de Usse con la oferta de conseguir la sustancia por abajo. Aceptó después de que Celeste se negara a hacerlo. Él sabía que ella estaba fardada, aunque lo negaba. Lo cierto era que Celeste rechazaba algunos elementos del culto, entre ellos el uso de la sustancia. El éxtasis místico, la comunión con la diosa, no debían necesitar de la ayuda de ningún líquido.

Hay algo más de lo que te quiero hablar, dijo el Juez. Algo personal.

Le contó que tenía imágenes de su mujer en el crematorio, asistiendo a ceremonias prohibidas. No eran imágenes aisladas, pertenecían a días diferentes.

Si quieres salvarla habla con ella. El video lo han visto los miembros del Comité. Quizás haya piedad porque se trata de ti. Pero no descartaría el deseo de Vilmos de sentar precedente. Si ha caído Santiesteban por qué no ella.

Otero garabateó en un papel con el lapicero y pensó que cuando el Juez decía «deseo de Vilmos» en realidad se refería a su propio deseo. El Juez hacía y deshacía los deseos del Prefecto de forma tan descarada que circulaban rumores de que lo había embrujado.

Ella no ha hecho nada malo.

No pero sí. Se filtran esas imágenes a los medios y ya está. Ten cuidado.

El Juez colgó. Otero salió del escritorio sintiendo que había sido amenazado. Echado en la alfombra de la sala, Marius levantó los ojos y movió la cola. El Juez era su amigo, no le haría eso. De todos modos, no estaba seguro de si debía confiar en él. Tenía el video, no le costaría nada implicarla a ella. Pero ¿por qué? Atacar a Celeste, ¿no era atacarlo a él? Quizás a él también lo veían como a Santiesteban, alguien independiente del Prefecto que había acumulado demasiado poder, que sabía mucho capaz de comprometerlos.

Le dio instrucciones a Usse para destruir las botellas de la sustancia almacenadas en la despensa. Ella asintió mientras se restregaba las manos en la blusa. Él se preguntó si ella lo había escuchado de verdad. Tenía los audífonos puestos, todo el día escuchaba esa música de tambores ensordecedores. El pelo teñido de verde y azul, tuvo que aguantarse para no decirle nada.

Observó por una ventana de la sala un pájaro de plumaje rojo que caminaba por la mesa de cristal en el jardín, en la que Celeste y él comían los fines de semana. Todo tan curioso. El Prefecto podía gritar que se trataba de una superstición a eliminar, pero alguna vez había hecho cerrar el templo de la Innombrable para ofrecer un sacrificio privado a la diosa. Él también era parte de esa doble vida. ¿Para qué, entonces, luchar contra algo que le servía y que además tenía contento al pueblo? ¿Quizás porque ese pueblo apoyaba al Presidente y no a él? ¿Y cómo reaccionaría el Gobierno Nacional ante estas prohibiciones?

Quizás el problema no era que Vilmos descreía de Ma Estrella, sino que creía tanto que tenía miedo a que la gente derivara su poder de ella y no de él. Las protestas de los últimos meses habían sido cada vez más atrevidas y se habían hecho bajo el nombre de la diosa. Igual no era para tanto, o al menos él no lo veía así. El pueblo podría levantarse si se le prohibía adorarla, pero no llegaría lejos. Ellos habían llevado al poder al Prefecto gracias a sus proyectos de inclusión social y a su discurso de orgullo regional enfrentado al centralismo del Gobierno. Ahora lo sentían lejano. Protestaban porque querían que les hiciera caso, pero no creía que estuvieran interesados en que cayera porque las alternativas no eran mejores.

En cuanto al Juez Arandia, no terminaba de entenderlo. No lo había conocido como un cruzado. Los años lo habían hecho así.

Escuchó un portazo. Era Celeste.

[LYA]

Lya va a casa de Zel después del colegio, una mochila en la espalda.

Las clases han sido un aburrimiento, en la de historia la profe habló con orgullo de cómo la provincia se había desarrollado a espaldas de la capital.

Tenemos más de mil razones para buscar la autonomía, dijo la profe.

A eso ella solo puede decir puaj puaj puaj.

Se mete el dedo en la boca, aparenta que vomita.

Más razones para irse apenas pueda.

En la plazuela Ciega juegan unos niños al oculta oculta entre las palmeras.

Los loros salvajes se posan en las ramas de los árboles, escucha el concierto alborotado con que inundan la plazuela antes de continuar el viaje.

Saluda a Leni, la hermana menor de Zel.

Dos pichicas, la carita tierna, se ha estirado en el último año.

Así era ella cuando no sabía nada.

Su rostro se ensombrece, pero no les dará el gusto, no se quebrará.

Cuando la familia de Leni se trasladó a la plazuela Ciega, no habían terminado de construir su casa.

Dormían en el primer piso mientras finalizaban el segundo.

Los chicos del barrio se lanzaban desde una ventana a una montaña de arena que dejaban los albañiles en el patio.

Zel vivía encerrado escuchando música, incluso cuando salía los audífonos lo distanciaban de los demás, y solo se soltó cuando los chicos aceptaron yerbear con él.

A Lya le caen bien casi todos.

Monic, la pareja de Zel, con su obsesiva afición por el cine, y Selva, tan guapa.

Casi todos, porque Fatty no la soporta y se lo hace notar.

Se cree mucho porque su papá tiene un puesto importante en la Prefectura.

Lya se ha quejado a Zel, pero él se hace el tonto y ella odia eso, que no diga nada.

Se lo dirá, me insulta una vez más y no vuelvo.

Se acerca a la casa de Zel y se pone nerviosa.

Ojalá que no esté Fatty.

Pero seguro estará, mierda.

Y no puede amenazar con no volver porque ni ella se lo cree.

Estar con ellos le hace olvidar la Casona, al menos por un rato.

Así como la Casona le hace olvidar la casa del Gobernador, al menos por un rato.

Puaj puaj puaj.

La puerta está abierta pero igual toca el timbre.

Se da cuenta que le arden las mejillas.

Se las toca, tiene algo de temperatura.

Escucha ruidos en el estómago, los retortijones la doblan de dolor.

Se agarra el estómago y se sorprende de la intensidad de las punzadas.

Por suerte todo pasa rápido.

Una fumada le hará bien.

Sí, eso.

[CELESTE]

Iba a mi habitación cuando Lucas apareció en la sala y tenemos que hablar, urgente. No le hice caso. Llegaba a la puerta cuando me detuvo, ¿qué pasa? Dejé mi bolsón sobre la alfombra, levanté a Marius, bostezó. La situación está complicada, dijo Lucas, esta noche Vilmos tomará medidas contra el culto. Innecesario, dije, más que eso estúpido, el Prefecto mierda en la cabeza. Dijo: me han hecho llegar un video de ti en el crematorio. Tartamudeó: están dispuestos a dejarlo pasar si te alejas del culto. Entré a la habitación y me siguió, tiré el bolsón sobre la cama encendí una vela la puse en una de las santitas en la repisa. Lo haces para provocarme, gritó, te lo estoy pidiendo, te necesito lejos del culto, cerrarán el crematorio, arrestarán a los curanderos y santones, a tu amiga. A mí más que me arresten, no voy a desdecirme de nada. No seas tonta, me meterás en un lío. Me saqué las sandalias y le pedí que se fuera, que me dejara en paz, así nos iba mejor. Llamé a Mayra. Se quedó mirándome, no me entendía, qué dirá, tan coqueta con todas las inyecciones que se hacía poner en la cara, no va con esa otra poseída que he visto dando palmadas agitando una pandereta en una choza del crematorio jalándose los pelos como si se los quisiera sacar. Mayra contestó al fin, una hora atrás había llegado una advertencia anónima, debía salir del crematorio porque si no destrozarían su choza y se llevarían todas las efigies de Ma Estrella y los cráneos. Me pidió ayuda con Lucas, quizás tenía influencia con el Comité, era muy amigo del Juez Arandia. Lo intentaría. Colgué y hablé con Lucas. La ayudo pero primero haz desaparecer todos los cráneos de tu cuarto, ya ni siquiera por ti, por mí tus hijos tu amiga, nos puede tocar a nosotros, podemos terminar en la Casona. ¡Nada de chantajes!, dije, si vivimos en la Casona. Me reí, no podía parar. Se me quedó mirando. Hazlo tú si quieres, continué, tú que usas elementos del culto para tus propios fines, venga lo que venga no la negaré, caerá una maldición y destrozará a los que la niegan. Salió de la habitación y ordenó a los guardias de que hicieran desaparecer de la casa todo rastro del culto. Entraron al rato y me abalancé sobre uno, pero él apagó la vela sin perder la calma y metió las santitas en una bolsa. No hablaré con el Juez, dijo Lucas, tranquila. Lo insulté y me dio un sopapo. Eso también es por mi bien, supongo. Segunda vez, continué, te prometo que no habrá tercera. Ordenó que me encerraran en el ático hasta que me calmara. No te atreverás, grité. No manejaba bien la situación el pobre, quería salvarme de las represalias pero lo hacía a costa del poco cariño que me quedaba, si me quedaba, no, creo que no, era la costumbre nomás.

[USSE]
Atisbó desde el pasillo cómo los pacos ingresaban a la habitación de la señora y procedían a sacar las santitas de los estantes y meterlas en bolsas. Hicieron caer una: la quebraron: se tocaron la frente con disimulo. Probablemente estarían invocando a Ma Estrella en ese momento, disculpándose por lo que hacían. De nada servía tanta capilla católica. Ni siquiera la de la casa, pues el Gobernador, reacio al principio, se había ido soltando últimamente. No debía ser fácil. Tampoco lo había sido para ella. Provenía de un pueblo del interior al que habían llegado monjes prácticos que decidieron unirse a la diosa en vez de luchar contra ella. Había crecido en esa mezcla: más cerca de ella que de ese dios que provenía de afuera. Pero ahora ya no creía en nadie. La habían dejado sola (hacía mucho) y tampoco tenía paciencia para esperar, como le pedían sus hermanas diciéndole que tarde o temprano se haría justicia. No tenía pa-

ciencia ni fuerza. Ni siquiera había podido abandonar su trabajo. Eso le daba vergüenza: resultó ser más chiquita de lo que
creía. Una garrapata apegada al amo, odiándolo y viviendo
de él.

Un paco le preguntó si había bolsas y ella le consiguió un par.
Escuchó pasos furiosos en el ático, golpes en las paredes. Tan
ingenua la señora. ¿Qué hacía entregada a una diosa que jamás
le haría caso? Una diosa más arrogante y caprichosa que Celeste (más capaz de indiferencia).

Extrañaba a Lya. Iría a la Casona a visitarla, la invitaría al
cine. Lya era muy orgullosa, jamás cedería por su cuenta. Le
había dolido, pero entendió cuando ella se fue de la casa: no
tanto como cuando se enteró de que estaba viviendo en la Casona (no quería venir aquí, le dijo Lya, no es mi culpa que mi tío
se haya hecho arrestar, no tengo a quién más recurrir). Era cierto que a una niña le costaría sobrevivir sola en la ciudad. De todos modos, ofendía que Lya hubiera preferido vivir en la cárcel
con el Tiralíneas, con el que no se llevaba bien, a quedarse con
ella. Tampoco se había alejado de la órbita del Gobernador (si
era lo que quería). En la prisión debía seguir sus leyes.

¿Le daría la razón? ¿Le diría, hija, volvamos a vivir juntas, va-
yamos a otra parte?

No era capaz (¿y de qué era capaz?).

(De nada, de nada).

Más pasos apresurados, ruidos de objetos que se resquebraja-
ban (la señora no se lo perdonaría al Gobernador). Él estaba
sentado en la sala como si no supiera bien qué hacer. A ratos tenía conversaciones urgentes por el celular, otros daba órdenes
a los guardias.

Le preguntó si quería tomar o comer algo.

Nada, Usse, gracias, no te preocupes.

Se encerró en su cuarto a esperar que pasara todo.

[CELESTE]

De modo que Lucas se atrevió. Marius, no muerdas eso, tranquilo. Y ahora qué pasará con Mayra y Dobleyú y su gente. Una medida tonta sin futuro, les quemará capital, un gesto suicida. Todo cuesta abajo desde que crearon ese ridículo Comité contra la Superstición, ay el nombrecito, y además nada nuevo, cuando llegamos hubo otro Prefecto en las mismas, cerraron incluso el templo prohibieron la venta de efigies en los mercados así les fue. ¿Qué era lo que decía?, hay que modernizar Los Confines, *desenmascararla de sus atavismos*, literalmente. Y sí, hubo curanderos y santones que dejaron de usar máscaras y objetos rituales en los sacrificios de animales y en las curas pero el culto continuó, al poco tiempo volvieron las máscaras y las santitas, así les fue, una provincia recalcitrante se niega a plegarse al sueño de los mandamases, por decreto una identidad moderna, unificada, jamás. Cualquier cosa menos miedo, me entregué al culto lo hice público no hay marcha atrás. Lucas y su tropa no me miraron bien cuando se lo dije, discreción pues, cómo jodía quién creía que era, más bien estos tiempos indecisos necesitan mis gestos, qué bien que se lo dije, el culto ha salido de las sombras hace mucho pero todavía hay tantos prejuicios, ayudemos a que otros se animen a hacer pública su devoción, tanta hipocresía cansa. Lucas y su *no somos de aquí*, su *ella no tiene nada que ver con nosotros*, su *no es nuestra*, y yo *cuántos años aquí para ser de aquí*, basta Marius, cualquier cosa menos miedo, devoción.

[LYA]

Lya regresa de la casa de Zel.

Zel le ofreció acompañarla, pero ella quería estar sola.

Está temblando, con una sensación rara en su cabeza, como si la hubiera sacudido un infarto psíquico.

La yerba no le ha caído bien.

No le contaría nada a su tío, él le hace a todo pero no quiere que ella pruebe nada.

En principio era respetuosa de esa regla, a pesar de que hubo momentos en que le hubiera gustado entregarse al tonchi para sobrellevar mejor lo que le ocurría.

La cosa cambió cuando comenzó a juntarse con los chicos de la plazuela Ciega.

Zel siempre tenía a mano pastillas lisérgicas.

Una vez, en su cuarto, Lya abusó de las pepas y terminó besándose y acariciándose con Monic mientras Zel les sacaba fotos.

No quería recordar ese incidente, Zel le había prometido que borraría las fotos pero no tenía forma de comprobarlo.

Camina por un sendero rumbo a la Casona, llega al desvío por el que se va a la casa del Gobernador y un escalofrío le recorre el cuerpo.

¿Es por el recuerdo de la casa o por otra cosa?

Sus piernas se han enfriado.

A la vez, sus mejillas están calientes, como si tuviera fiebre.

Frío y caliente, qué combinación.

La fiebre había ido y venido durante todo el día, quizás se estaba enfermando y recién se daba cuenta.

Le pedirá a su tío que le tome la temperatura, no le gustaría nada si se enferma.

Lo obligaría a tener que buscar otro ayudante por unos días.

¿Qué le habría pasado para tener una reacción tan violenta?

Quizás la dosis había sido demasiado fuerte, ella todavía puede sentir sus efectos.

Le pesa la cabeza y los árboles en la penumbra se desdibujan y se escuchan todos los ruidos, sobre todo el canto estremecedor de los grillos.

No hay miedo sino más bien una sensación de pertenencia a ese mundo.

Al de las plantas, al de los animales.

Demasiados humanitos en la Casona, una sensación opresiva en los patios baños celdas.

A veces se siente una hormiga y mira todo a ras del suelo.

Otras, como ahora, es uno de esos cuervos que asoman por la Casona al atardecer, de graznidos imperiosos, buscando comida por el patio, escabulléndose fácilmente de los presos que los quieren atrapar para comérselos.

Y allí está ella, un cuervo con alas que cada vez le pesan más, pero libre todavía.

Le molesta la mochila en la espalda, guarda su cámara ahí, ha filmado caras chistosas, la risa tonta de todos.

Luego se sintió mareada y dejó de filmar.

Cruza el puentecito, observa las torres de la Casona, temblorosas, como si el edificio no fuera sólido.

Quizás el edificio no existe y todo no es más que un sueño o pesadilla.

Sueño o pesadilla, se alegra al verlo: quiere estar en casa, tirarse en la cama.

Se había sentido fuerte y ahora se iba desinflando.

Le duelen los pies, las articulaciones, está cansada.

Siente cosquillas que suben en ráfagas desde los tobillos, acarician sus muslos y se detienen en la cintura para luego continuar avanzando hacia sus pechos.

¿Qué haría con Zel si se animaba a intentar algo?

Es tímido, no hace nada, pero está claro que ella le interesa.

A Lya le cae bien pero su interés no son los hombres.

Le atrae Monic, sus pechos firmes y puntiagudos.

Podría coger con Zel como con tantos otros en la Casona pero no sentiría nada.

El Tiralíneas le ha dicho que es peligroso aceptar invitaciones si ella no está interesada, para qué provocar su rabia.

Puede tener razón pero no es fácil rechazar a Zel, tan buena onda.

Una situación complicada, y ahora no quiere pensar en eso.

Quiere volver a ser cuervo.

Al llegar a la Casona se encuentra con unos pacos y los saluda.

Le devuelven el saludo, hacen comentarios groseros.

Se ríe para mostrar que no pasa nada.

La rabia se la guardará para ella sola.

Los pacos en la puerta quieren el peaje y ella les dice que no es una presa de verdad.

Se le ríen, pagan todos y listo.

No quiere discutir.

Pide una rebaja y se la dan.

Paga porque si no le pedirán que los pajee.

Uno le pregunta si está bien, se la ve pálida.

Tan bien como puedo estar al saber que esta es mi casa, hace una mueca.

Al llegar al primer patio se siente mal y se detiene tocándose el estómago.

Las arcadas la ganan y vomita un líquido grumoso y maloliente.

Es como si se vaciara de mierda.

Se limpia la boca con el antebrazo, apura el paso para llegar al cuarto de su tío.

DOS

Tadic ordenó llevar el cuerpo de Oaxaca al sótano de la Enfermería para la autopsia. Ella misma decidió acompañar a los enfermeros que lo llevaban en una camilla. Los pacos quisieron bajar con ellos, pero la doctora lo impidió. Estaban agitados y hablaban de venganza. Iba a ser una noche intranquila, por lo visto.

Un enfermero con un párpado caído abrió la pesada puerta de acero de la sala de autopsias, olorosa a amoníaco. Dejaron el cuerpo de Oaxaca sobre una plancha de metal en una mesa. Los enfermeros abandonaron la sala y apareció por un pasillo de luz vacilante el doctor Achebi, encogido y de ojos huidizos. La doctora lo puso al tanto de lo ocurrido. Él se colocó unos guantes azules que le llegaban hasta el codo y comenzó la autopsia, o lo que él llama así, pensó la doctora, que sospechaba de su rapidez. Más una revisión somera que una autopsia.

Achebi tuvo el veredicto en media hora. Muerte por causa de instrumento punzo-cortante que había atravesado una vena cerca del corazón. La doctora, que iba y venía por la Enfermería mientras el doctor trabajaba, regresó al sótano para enterarse de los resultados. Firmó el papel que le entregó Achebi y se preguntó qué ocurriría con el cuerpo. Hacía mucho tiempo ya que un Gobernador había ordenado que todos los muertos de la Casona fueran cremados, para ayudar así a tener bajo control las plagas que asolaban la región. Los cadáveres en la Enfermería a veces se entregaban a las familias, para que los lavaran y se despidieran de sus muertos en ritos tradicionales, costumbre que le hubiera gustado prohibir por insalubre, y luego volvían al sótano para ser enviados al crematorio. Por culpa del culto de la Innombrable había un negocio con los cráneos de los muertos. El Forense era uno de los encargados, junto a Achebi y el mismo Oaxaca. Si nadie reclamaba a Oaxaca, su cráneo quizás sería vendido al mejor postor. Justicia poética, le decían.

Lo querrán velar, dijo Achebi. Habrá que prepararlo.

Contaban que cuando el cuerpo era devuelto a la Enfermería el doctor Achebi, solo en el sótano, procedía a cortar la cabeza con una sierra. El cuerpo descabezado salía por una puerta lateral de la Casona, rumbo al crematorio cerca del río. El cráneo era colocado en una caja con una descripción en la parte superior y un precio estimado, que variaba de acuerdo a si pertenecía al cadáver de un bebé o una virgen o un hombre normal, y a la calidad de su conservación. La doctora hubiera querido ver las cajas, enterarse de dónde las guardaba Achebi. Lo veía tan callado, un anciano inofensivo, concentrado en sus cosas, delicado en sus movimientos, que le costaba situarlo como cabecilla de la organización. Alguna vez había pensado en denunciarlos. Luego le advirtieron que eso garantizaba quedarse de inmediato sin trabajo, ya que la mujer del Gobernador era la mejor clienta de Achebi.

Subió al primer piso pensando que entre los pacos, el preso con una bala en el hombro, la mujer con un virus desconocido y la wawa muerta, su noche estaba hecha.

Poco después se enteró de que Saba, la mujer del virus, había fallecido.

[HINOJOSA]

El Jefe de Seguridad no pudo negarse cuando los guardias le pidieron velar el cuerpo de Oaxaca en la sala común. Le dijeron que sería rápido, una vez que el doctor Achebi lo alistara un poco, desinfectándolo, afeitándole el vello facial, maquillándole la cara. Tampoco rechazó la propuesta de traer un curandero para despedir el cuerpo y unas plañideras para llorarlo y lavarlo, pese a la prohibición. Oaxaca no había sido muy querido, era demasiado estricto, se creía superior a los demás, los veía como corruptos y eso que él también tenía sus suciedades, pero eso no implicaba negarle una despedida digna. Eran parte de la misma hermandad.

Hinojosa esperaba a la entrada de la sala común mientras los guardias desfilaban en torno al cajón donde yacía Oaxaca, sobre una mesa en la que rondaba Panchita picoteando flores y velas. Les daba la mano, los abrazaba, se condolía. Uno le dijo que hiciera pagar a la Cogotera y él se lo prometió con un guiño cómplice. Había ordenado a Krupa que la trabajaran en el cuarto patio, que sufriera lo indecible. Dos presos que vieron a la Cogotera lanzarle el cuchillo a Oaxaca estaban dispuestos a testificar. A cambio se les daría una semana libre o acceso a una mejor celda.

El Gobernador Otero lo llamó para informarle que se había prohibido oficialmente el culto de la Innombrable.

Mande guardias a la capilla, prohíba la entrada, avise que habrá una nueva requisitoria y los castigos serán peores. Prepárese, en los próximos días habrá arrestados y recibiremos un montón de prisioneros.

No hay más lugar, jefe. Las celdas están pletóricas.

Hay cuartos cómodos en el segundo patio. Ni qué decir de los departamentos del primer patio. El de Lillo, por ejemplo, ocupa todo un ala.

Sabe que sin lo que nos pagan esos reclusos no podríamos esperanzarnos.

Haga lo que se tenga que hacer. No podemos estar presos de nuestros presos.

Ya lo somos de algunos, quiso decir pero no lo dijo. En vez de eso: veré qué se puede hacer. Donde entran treinta pueden entrar treinta y uno. O cincuenta y siete.

Otero no hizo caso a su comentario. Hinojosa aprovechó para contarle la muerte de Oaxaca. Lo descuajeringaron, dijo, le encantaba usar palabras que nadie más usaba, se dejaba llevar por su sonido más que por su significado. Otero lo lamentó, le daría las condolencias a su familia, cómo le gustaban esos gestos populistas, y colgó.

[LA COGOTERA]

Había estado solo una vez en el cuarto patio, después de herir a un paco en una trifulca, y no tenía buenos recuerdos de la visita. Estuvo encerrada en el oscuro hasta que un paco abrió la puerta y dejó un recipiente lleno de arañas venenosas. Las arañas tardaron en salir del recipiente, y ella, que no las veía, se apoyó contra la pared y se puso a dar pisotones sin descanso. Hubo las que burlaron la vigilancia y se subieron por sus piernas. Sintió picaduras en los muslos y nalgas, y el dolor se expandió hasta alcanzar todo el cuerpo. Perdió el conocimiento. Despertó en la Enfermería y tardó semanas en sanar. Los médicos le dijeron que había tenido suerte. No fue fácil extraer todo el veneno.

Cuando la redujeron entre tres y la esposaron, un paco le gritó que se arrepentiría en el cuarto patio. Ella acusó a sus guardiolas y le respondieron que no se preocupara, a ellos les tocaría igual. Preguntó por Miko y le dijeron que no se hiciera la que le importaba, te conocemos, igual ha tenido concha, para su mala concha. Mientras la arrastraban por las escaleras y la golpeaban imploró que no la llevaran al cuarto patio. No hubo caso. Le dijeron que debía haber pensado en eso antes y la tiraron en la celda a esperar su suerte. Se tocó la cicatriz en la mejilla, le chorreaba sangre de la nariz. Se preguntó qué vendría. Los pacos se las ingeniaban para aparecer con novedades escabrosas. Entre los más duros se contaban historias de lo que les había tocado en el cuarto patio. Ella había vivido la tortura de las arañas venenosas y escuchado de cosas como la celda fría, el quedarse parado durante cincuenta horas, la violación anal. Una hora después abrieron la puerta, le arrojaron un balde de mierda y se fueron. Tenía hasta en los dientes. Quiso limpiarse pero se embadurnaba más; sintió que se indisponía. Trató de aguantar la respiración. El olor la ganaba. Apoyada contra la pared, se dijo que quizás era mejor que la mataran. No era vida ese estarse. Había creado un bisnes a base de golpes y le gustaba ser delegada, pero eso no se comparaba a las noches en que se subía a los taxis con un alambre entre las manos y les decía a los taxistas que la llevaran a distritos desolados, y apenas se veía en una ruta desierta sacaba el alambre y en un movimiento rápido, cuando se detenían, los atraía hacia ella por el cuello y apretaba hasta que se desvanecían, asfixiados. Días maravillosos. Ahora debía aguantar esos impulsos. A ratos no podía. No debía haberse metido con un paco, eso la marcaría. Un simple acto reflejo, él venía en busca de ella, habían tenido un par de encontrones en el baño, él era de los que se pasaban las reglas por el forro, de los que no respetaban acuerdos tácitos entre presos y pacos, como dejar que los presos solucionaran sus problemas entre ellos. Se creía un justiciero. Así le había ido.

Ruidos en la cerradura. La puerta se abrió, y en la penumbra distinguió o creyó distinguir a dos pacos.

Ay la Cogotera, no aprende. Y cómo huele. Parece que se nos fue en mierda.

Vamos a tener que aplicarle la Ley de Krupa. No se mata así nomás a uno de nosotros.

Dejen de hablar y hagan lo que tengan que hacer.

Estaba nerviosa. Su fama de dura era merecida pero el cuarto patio la hacía temblar.

Mientras más hablemos mejor para ti. Pero ya que estás apurada, ahí nos vimos.

Nada de lo que está a punto de ocurrir ocurrió aquí. Porque si no, ya sabes qué.

La Cogotera tosió y se preparó para lo que vendría.

[EL TIRALÍNEAS]

Se acercó a la cama donde dormía su sobrina y se asustó al ver la palidez del rostro. Los músculos se agitaban en las mejillas, movimientos involuntarios que le hicieron sospechar que había alguien allí que no era Lya. Quizás se trataba de la Entidad, tan dispuesta a meterse en ellos al menor descuido. Le tocó la frente y comprobó que tenía fiebre. Estaba peor que cuando se había recostado, hacía una hora. Acercó su oído al pecho, comprobó que respiraba, un sonido pedregoso que le hizo pensar que tenía la garganta atorada. La hacía renegar con sus caprichos y su desidia a la hora del trabajo, pero se había encariñado de ella. Era incluso celoso y la cuidaba de los que le tenían ganas, comenzando por Lillo, y la obligaba a vestirse con recato, amenazándola con no pagarle si no llevaba zapatos o chinelas, eso era una provocación, tanto desesperado en la Casona, ganoso al verla con apenas una falda y una blusa pegada al cuerpo, esas ropitas que le encantaban, es que la bruta calor, lo siento pero ni aun así. Una buena chica, muy responsable a pesar de su carácter arisco. Eso sí, no entendía por qué se había ido de la casa del Gobernador. Algo de una pelea con Usse, y él no había insistido porque sabía lo complicada que podía ser su hermana. Lya era reservada, no le contaba detalles de todo lo que bullía en su cabeza. Seguro mucho, tan inquieta ella, tan curiosa y sostenida su mirada.

Lya despertó a la media hora, los ojos enrojecidos y extraviados, incapaces de enfocarse en él. Quiso hablar, pero de la boca solo salieron gruñidos. Agua, entendió, y le acercó un vaso. Ella hizo caer la mitad sobre la cama. El Tiralíneas notó unos puntos a la altura del pecho y el cuello, como si tuviera un sarpullido debajo de la piel.

Lya le dio a entender con gestos que le dolía la garganta. Él fue al refrigerador y le trajo un vaso con hielos. Ella chupó uno y pareció aliviarse un poco. ¿Debía hablar con Usse? Ella se había molestado mucho cuando Lya se mudó con él. Si la recibes, le dijo, te las arreglas solo. ¿Entonces? Había que buscar un médico. Quizás el Flaco, aunque se decía que no era bueno y se inventaba diagnósticos. La otra opción sería informar a la Enfermería, aunque lo más probable fuera que le dijeran que lo mejor era traer a la paciente. Pero Lya no tenía facha de poder levantarse siquiera.

Podía decirle a uno de sus vecinos que buscara un médico. Mejor esforzarse por vencer su aversión a salir del cuarto e ir él mismo en busca de alguien y traerlo junto a Lya.

Escuchó un gemido que provenía de algún lugar en el interior de su sobrina. Debía apurarse.

[LA COGOTERA]

Estaba tirada en una esquina de la celda. Los pacos que se turnaban con ella se ensañaban con sus pechos. Le ardían los pezones, los tenía como llagas vivas. Ahí habían apretado las pinzas y descargado la electricidad hasta que oliera a quemado. Uno de ellos dijo creo que nos estamos propasando, mejor la paramos, cuando vio el rostro de dolor de la mujer, pero el otro comentó que yo sepa nadie ha muerto de un golpe de electricidad bien aplicado. El primero informó que en las cárceles de máxima seguridad se aplicaban torturas más sofisticadas, con tecnología avanzada, mientras que ellos debían utilizar técnicas viejas. Viejísimas, añadió el otro, pero yo diría clásicas, por algo resisten el paso del tiempo. Nuestra prisión no es vieja sino clásica. O en todo caso neoclásica, se burló el primero.

La Cogotera se concentraba en las palabras del bueno y el torpe, así los llamaba, era su manera de distraerse, de aplacar el dolor. Tienes que ver el lado positivo, dijo el torpe, aplicando las pinzas a los dedos del pie izquierdo de la Cogotera, un golpe de corriente bien dado nos puede salvar de un montón de peleas en los patios. Nunca te olvides a quién le estamos haciendo esto. Estita no es una santa y si te encuentra solo mínimo te viola. ¿Sabías que ella y sus guardiolas metían a los presos que no pagaban el seguro de vida a los Silbidos, para torturarlos? Todos nos lo van a agradecer. ¿Cómo te puede violar si no tiene pito?, preguntó el bueno. Es que no la conoces a esta, dijo el torpe, es como hombre. ¿Y tú crees que solo los hombres son malosos? Estuve seis meses en el penal de mujeres, la fauna que había ahí te la dedico. Cogotera, cuéntanos, sabes que no miento. Ella asintió, y el torpe dijo estás diciendo que sí miento, y ella negó con la cabeza, y el torpe dijo estás diciendo que las mujeres no son así. No me contestes, ¿no ves que te estoy jodiendo?

La Cogotera cerró los ojos y extrañó el aire marino de su infancia, el olor de la cocina de su madre, cuando nada hacía prever el destino que la aguardaba. Su padre era maestro en la escuela, su madre cocinera de los curas. Gente buena. No podía ni siquiera usar la típica excusa del trauma de la infancia, lo intentó con el psicólogo de la prisión pero él se le rio, tú eres mala porque eres mala nomás, porque así te ha creado el Señor. ¿Qué Señor, por Dios? No había nadie detrás de las nubes, solo la inmensidad, el cielo infinito, donde era tan fácil perderse.

Oye Cogotera, dijo el torpe, ¿y cómo pudiste convencer a esos malosos de que lo limpien al anterior delegado para hacerte con el puesto? Eso más tiene esta en su conciencia, qué grave se lo cargaron, cómo lo faquearon en su fiesta de cumple, mientras bailaba con su cuerito.

Y le metieron llaves y galletas en las heridas, dijo el bueno, qué locura. Cuando vi eso pensé en esoterismo profundo pero parece que era nomás la rabia que le tenían, dice que ya muerto se las metían mientras gritaban nos quitabas hasta la comida, comé pues ahora pero en el infierno, aquí está la llave de mi auto, de mi casa, ¿qué más quieres quitarme?

Los malosos trasladados a otra cárcel y tú solita con el bisnes. Contá nomás cuánto pagaste. Por nada más, ¿qué tal si usamos tus orejas como si fueran cargas alternas de una batería? No sé, puede que sea malo, señaló el bueno. Una pinza aquí, insistió el torpe, otra aquí, y ya, descarga tres, descarga dos, descarga uno.

La Cogotera se sacudió y quiso incorporarse. El torpe le dio una mano, pero cuando ella se apoyaba en él se la quitó y ella se fue de bruces. Su cabeza golpeó contra el cemento y un hilillo de sangre brotó de la frente. Se quedó ahí, sin reaccionar.

El bueno: creo que la cagamos. El torpe: no seas tonto, se está haciendo nomás. La escupió, levántate, carajo. El bueno: hay que llamar a los médicos. El torpe: por lo visto no entiendes nada de este trabajo. Está ganando unos minutos de descanso para que no la sigamos pinchando. Pero te la doy. Vámonos a tomar algo, que los del siguiente turno se entiendan con ella.

[KRUPA]
El ritual de despedida a Oaxaca había terminado. Mientras dos de mis valientes se llevaban el cuerpo, con cuidado carajos, sí jefe, sí jefe, y el curandero entonaba un cántico, pedí a los demás que levantaran de la mesa los anillos, las fotos y el dinero en miniatura que habían colocado esperando que la bendición de la diosa les llegara. Yo mismo ayudé a levantar en un plis plas los objetos dispuestos sobre el mantel ensuciado por el sebo de tanta vela. Me jajajeaba de esa creencia de que Ma Estrella le traspasaba sus poderes en los instantes en que mediaban entre la muerte de uno y su bay bay ritual, con lo que ese era el momento ideal para pedirle favores y hacerse proteger. Algunos de mis audaces llegaban incluso a decir que en esos instantes podían ver una leve columna de humo alzándose del cuerpo, y

que esa columna era el alma, que se liberaba de su prisión para encontrarse con Ma Estrella. Yo nunca había visto ese humito.

Me apuré porque no quería que Hinojosa me riñera al ver esos objetos contradictorios con la política que se acababa de imponer. Esa tontería del cierre de la capilla, ese absurdo de volver a insistirles a los presos que se deshicieran de sus efigies y estampitas. Una orden que mis machotes cumplían a desgano, porque casi todos eran creyentes y tenían su santita a mano. ¿Cómo hacer bien su trabajo sin su compañía? Tiempo atrás las cárceles eran galpones para los pobres, tanto presos como valientes, hasta que, decían, Ma Estrella se impuso en el lugar. Gracias a ella algunos incluso prosperaban, yo por ejemplo. Prosperaba y no quería saber nada del afuera que me había rechazado. No sabía si era la diosa, pero en todo caso prefería estar de buenas con ella.

A la salida me informaron que a la Cogotera le habían dado su bienahí, su estate quieto, su sesiguesestá. Bien ahí, dije. ¿Está quieta? Se sigue se está. Bien ahí.

Enrumbé al tercer patio a hablar con Glauco. Estaba dispuesto a darle el quivo que pedía para que hiciera el trabajito con 43. Podía hacerlo yo mismo, pero cuando había que traspasarse era mejor una contrata, porque luego venía la investigación de los Defensores del Pueblo, que nunca llegaba a nada pero era engorrosa y nos tenía en alerta, buscando cómo no contradecirnos, cómo justificar lo injustificable. Para qué tanto lío si uno de los reclusos podía cargarse el muerto y ahí todos felicianos, excepto, claro, el muerto y el asesino, que terminaba con la sentencia alargada gracias a que luego, cuando no quedaba otra, lo acusábamos del asesinato ante los Defensores. Bien montado el bisnes.

Truenos en la lejanía. Llovería esa noche, zas, y yo me perdería en los días lejanos del orfanato de los curas, cuando el techo de calamina cedía a las tormentas y los niños debíamos buscar baldes y trapos para no engoterarnos. De las noches de agua agujereada me quedaba el croac croac en la madrugada, tan nítido que más de una vez creí que la pared se había derrumbado y que los sapos me rodeaban en esa cama convertida en bote flotante alejado de las orillas de un río pantanoso.

Uno de mis valientes se me acercó agitado y me informó que un grupo de exaltados se había reunido en el segundo patio y quemaba muñecos de paja que representaban al Gobernador y a Hinojosa. ¿Y a mí no? A usted no, Krupa. Pregunté la razón, no de que no quemaran un muñeco mío sino de que quemaran los otros. El cierre de la capilla pues, dijo. Obvio microbio, dije.

Pedí a un par de audaces que me acompañaran. A otro le dije que fuera a avisar a Hinojosa. Odiaba los líos evitables. Los presos no molestaban con su culto. Era más bien una droga que los dormía. Y sin embargo el Prefecto y su gente paniqueaban. Quizás la veían como algo incontrolable. Sí, lo era, pero ese descontrol no había llevado a la gente a salir a la calle e incendiar las casas de los billetudos. Al menos no todavía. Quizás ellos sabían algo que yo no. Lo del preso del quinto patio seguro estaba conectado con eso. Sospechaba quién era, la curiosidad me agusanó la cabeza hasta que vi las noticias y bien clarito estuvo. Si se enteraban los reclusos jodido iba a ser, algunos decían que si se presentaba en las próximas elecciones mandarían a sus mujeres a votar por él. Lo imaginé hambriento en la oscuridad, golpeándose contra las paredes en esa celda helada. No la pasaría bien esa noche ni las siguientes. En el cuarto patio le podíamos dar su cric crac a la Cogotera y a los otros, pero al menos nos veían. La idea de ese quinto patio era olvidarnos de que habíamos dejado a alguien ahí. Una huelga de hambre sin permiso del preso. A veces los íbamos a ver después de una semana y ya se estaban yendo. A veces después de un mes y ya bien fríos.

Saqué el revólver y fui al segundo patio junto a mis valientes.

[RIGO]

Terminamos el turno en el restaurante y le pedimos quivo a la mujer, que se hacía llamar Domi. Solo pago una vez a la semana, respondió. Le debemos a la delegada, dijo la voz. Está en problemas con la autoridad, dijo, mató a alguien, no te buscará por un tiempo, y no supimos si tranquilizarnos. Igual unos pesos ayudarán, necesitamos alquilar una celda. Le contamos de la noche en Los Silbidos y Domi se compadeció y dijo que podía dormir en su sala por unos días. Su cuarto estaba sobre el restaurante. Se lo agradecimos y le dijimos que queríamos descansar, no habíamos dormido nada.

Nos recostamos sobre una frazada en el suelo del cuarto de Domi y recordamos a Marilia y el cuerpo se ahogó y fue cayendo cayendo. Para salir de ahí, para aferrarnos a algo, para no desarmarnos, la voz entonó un cántico alegre sobre ese pueblo que era el yo, sobre ese yo que era un nosotros, sobre esa gran comunidad que éramos todos los nosotros. A la cabeza regresó el momento en que ella contó que le había salido un bulto en una axila, y la voz insistió en el cántico. El Maloso estaba dentro nuestro, rondaba la piel. Semanas después Marilia tan débil que ya no pudo ir al trabajo. El Mayor vino a verla y que los dejáramos solos, por favor, Rigo. Cuando se fue, la mirada de santita de ella nos enrabietó. Maloso, queremos recordarla pero no esos recuerdos. Marilia nos pidió que le consiguiéramos un doctor, y fuimos a la esquina a cien metros de la casa a mirar las bandadas de loros deslizarse por el azul, dejar que el tiempo se escurriera durante un buen rato, y luego los pasos nos llevaron de regreso al cuarto y las palabras mintieron que el doctor vendría pronto. No vino ese día ni al siguiente ni al subsiguiente. Es que, Marilia, están muy ocupados. Mal, Maloso. Cuando el doctor llegó y la vio dijo que haría todo lo posible por salvarla pero que su enfermedad estaba avanzada. Nuestra culpa, dijimos. No es culpa de nadie, el doctor nos pasó un brazo por los hombros y nos consoló.

Diosa carachupa, sálvanos. Dios lagarto, sálvanos.
Diosa mariposa, sálvanos. Dios comején, sálvanos.

Al rato nos dormimos y tuvimos sueños intranquilos.

Despertamos y era de noche y Domi roncaba en la cama. Un escalofrío nos sacudió. El Frío se deslizó por la piel. El Maloso seguía en nosotros.

Griterío en el patio. Salimos al balcón. El cielo encapotado, truenos reventando sobre la cabeza. Alboroto en torno a una fogata en el patio, insultos al Gobernador.

Nos acercamos al grupo. Preguntamos qué sucedía y nos explicaron que el Gobernador había prohibido el culto a la Innombrable. Gritos de que venían los pacos. Hubo quienes corrieron en desbandada, otros se prepararon para el enfrentamiento. No queríamos enliarnos. Regresábamos al cuarto cuando alguien nos pidió ayuda.

Mi sobrina se muere.

¿Una prueba? ¿La oportunidad de restablecer el equilibrio del mundo?

Le dijimos que nos llevara donde ella.

Lucas me dejó salir cuando mentí y le prometí que me alejaría del culto. Hablaremos luego, dijo, insistió en mi discreción. Camino de ver a Mayra me enteré de disturbios en el centro, una manifestación en el distrito del templo, la gente marchó encolerizada hacia la Prefectura, las protestas acabaron en insultos vidrios rotos del edificio un intento de quemar el portón de entrada arrestos choques entre manifestantes y efectivos antidisturbios. Las calles tranquilas, como si se hubieran vaciado, el letrero brillante de un karaoke, La *Explocíon*, alguna que otra mototaxi, luz apoyada en las ventanas de las casas, perros aulladores, la noche anaranjada por culpa de las lámparas de sodio del alumbrado, palos borrachos en las aceras espiándonos en silencio, gigantes camuflados de otra civilización, acogían entre sus ramas a hormigas atareadas en lo suyo, cómo era ese poema, *madre naturaleza vuélveme árbol*. Escuché en la radio bloquearon los accesos al crematorio, Santiesteban desaparecido, el Prefecto le pidió al Gobierno que sacara al Ejército a las calles. Llamé a Mayra y Dobleyú, no contestaban por favor contesten. Rara «desaparición» la de Santiesteban, alguna vez estuve en su mansión, eso fue después de que muriera su hijita, demasiado audaz al hacer instalar la estatua de Ma Estrella a la entrada de su casa. El auto se detuvo, una barricada y me acerqué a los policías, les dije quién era, déjenme pasar. Uno de ellos, barba blanca y nariz aguileña, no me quiso saludar, jamás lo había visto pero no me habría extrañado que él sí en el crematorio o en el templo. Tampoco era necesario que me hubiera visto, de todo se entera uno, después del pronunciamiento del Comité no faltarían quienes harían todo por distanciarse del culto y de sus representantes más públicos, Lucas tenía razón pero no le haría caso, debía calmarme, no dejar que me ganara la paranoia. Me zumbaron los oídos, un gesto reflejo de nerviosismo, cuando discutía con amigas o mis viejos me castigaban no podía dormir por culpa del zumbido. Robaba quivo de la cartera de mamá me metían en un pozo oscuro en el patio de la casa. Lloraba pedía que me sacaran, me van a comer los bichos mamá, ella no te quejes, el pozo está lleno de tesoros, un minero riquísimo escondió ahí sus tapados en la colonia. Si te quedas quietita verás bien esa oscuridad y encontrarás los tapados de Arzúa, Celeste. Risas. Ya que eres experta en mi cartera ahí no te irá mal. Más risas. ¡Papá, sacame de aquí! Lo siento, Celeste, no voy a desautorizar a tu mamá. Del miedo a las arañas y los gusanos las primeras veces en el pozo ni me movía. A la sexta me puse a buscar tesoros, palpando en las paredes golpeándolas para ver si se revelaban huecas. No los encontré pero a partir de esas visitas al pozo me puse a buscar tapados y no paré más. Le pedí al policía que llamara a Lucas, me senté a esperar bajo una luz que no dejaba de parpadear, la mirada estricta de una enfermera en un afiche evite contagios con una buena higiene sexual, en la parte superior de una pared, encima de un mural en el que pude reconocer la selva negra el río los mercados. Descubrí una cruz pequeñísima, por todas partes el símbolo de la iglesia, un poder con mucha presencia pero carente de fuerzas, como en mí, todavía me persignaba por un impulso atávico, al hacerlo descubría una cáscara vacía, para que hubiera habido la atracción hacia Ma Estrella debía haber sucedido antes el distanciamiento con la iglesia. Después de que insistiera el policía me dijo que lo sentía pero no podía pasar.

[USSE]

Apagó las luces de la sala principal. La Casona alborotada. Probablemente la señora se había cansado de los deslices: probablemente se había enterado de historias. Lo raro: que hubiera tardado tanto. No podía acusarla de nada (ella también tardaba). No era fácil.

En su cuarto se desnudó y se puso un pijama (recatado) con perritos, regalo de la señora. Apagó las luces: se colocó los audífonos en los oídos: escuchó a todo volumen la banda de rock gutural que le gustaba. Tambores frenéticos, guitarras de chillido incesante (se perdió en esos sonidos).

En la oscuridad brillaba el punto luminoso de la radio: ella quería que la negrura se la tragara. Un sol triste, un sol oscuro. No había nadie ahí, en medio de esas sombras (ni siquiera estaba ella). Solo manchas grises al lado de otras manchas. Ese era el mundo: mancha tras mancha y después morir.

Madre, me haces falta, dijo o creyó que dijo (o al menos lo pensó). Pero su madre no estaba. Había terminado loca y alcohólica, muerta como una indigente (en la calle). Ella apenas la había conocido. Eran seis hermanos: la mayor se había hecho cargo de ellos. Al pueblo habían venido de visita el Gobernador y su esposa (recién llegados a la provincia). Así había comenzado todo: buscaban empleada, y alguien la recomendó a ella, que vivía con uno de sus hermanos, el Tiralíneas, y con Lya, recién acabada de cumplir seis años. Se dieron una vuelta por la casucha, se conmovieron ante los dientes cariados, las decoloraciones de la piel. Se la llevaron. El Tiralíneas le pidió que los convenciera de llevárselo a él también: estaba loco (siempre fue así). No le hizo caso (él nunca se lo perdonó).

Los golpes de los tambores la soliviantaban: sacudidas eléctricas recorrían su cuerpo. Todo lo que se guardaba en el día explotaba a través de esas canciones. Todo lo que se guardaba a lo largo de los años. No debía ser bueno guardarse tanto. A ratos

157

quería incendiar iglesias (la capilla de la casa, el templo de la Innombrable). Que las llamas arrasaran las efigies, que no quedara nada. Quemar la Casona, Los Confines. Comenzar de nuevo. Basta de tanta docilidad. Basta de tanta mierda.

Debió haberse ido la primera vez que él apareció en su cuarto (se hubiera ahorrado tantas cosas). Más atrás aun, debió haber aprovechado cuando la señora la echó de la casa la primera vez, ella que era su guardiana legal y que incluso pagaba la pensión del colegio nocturno (la quería estudiada), porque un domingo que tenía libre no había vuelto a la hora convenida. Cómo decirle cuán agotada estaba de trabajar todos los días desde la madrugada, cómo le dolían la espalda y los pies, y cómo costaba ser responsable de todo mientras se hacía cargo de Lya, a la que debía llevar y traer del colegio fiscal. ¿Y cuándo le pagaría los sueldos atrasados que le debía? En la casa también había una cocinera, un jardinero y una mujer mayor que era una especie de ama de llaves, pero los fueron despidiendo de a poco para quedarse solo con ella. La señora se hacía la bondadosa pero no lo era. Nada remediaría esa ceguera, señora bien que has encontrado tu fe para pagar tus culpas, te las das que estás de nuestro lado pero ay, cuánto te tomó perder las buenas costumbres.

Se sentía meciéndose a la orilla de un río. Su cama era un barco y pronto izarían las velas (levantarían el ancla) y navegarían hasta encontrar los confines del universo: el barco se caería por ahí, camino a la nada. Porque la nada era nada y ellos no eran más que eso (puta nada), tambores y todo.

Eso era lo peor. Reservaba su furia para ella misma, para la señora, a veces incluso para Lya, pero nada para él (ni siquiera sola era capaz de alzarle la voz).

Cerró el puño: se dio un golpe en la cara. Una vez se golpeó con tanta fuerza que llegó a desplazar de su sitio el tabique nasal. Otra, apareció con una vena rota en el ojo. En ambos casos la misma explicación: se había golpeado por la noche (al ir al baño). Él escuchó su explicación con cara de no creerla. La señora no le prestó atención (nunca lo hacía).

Los tambores continuaban: los golpes en la cara también (al ritmo de los tambores). El dolor la superó. Sangre entre sus dedos. Dejó que chorreara: que manchara las sábanas.

La nada era nada: no había salvación (podía dudar de todo menos de esa verdad).

En el cuarto del hombre que dijo llamarse Tiralíneas, cuarto que sorprendía por lo bien amoblado, con afiches de cantantes (¿Agg?) en las paredes y curiosos adornos de metal y cerámica sobre las repisas —una araña de latón, una cabeza de pulpo llena de galletas—, la chiquilla dormía en la cama bajo una luz mortecina, abrazada a un ornitorrinco de peluche. Puntos rojos y violáceos salpicados en la parte superior del pecho y en el cuello. Un olor a podrido rasgó la piel. El olor de los destinos contrariados, pensamos, recordando una frase del Mayor, que no sabía llamar mierda a la mierda.

Se fue al chancho, dijo el Tiralíneas. No me animo a tocarla.

El cuerpo estuvo a punto de reaccionar como en el hospital de aves la primera vez que entramos a una sala de operaciones después de responder a las insinuaciones de Marilia de ofrecernos como voluntarios. Solo limpio pisos, no me harán caso, dijimos, pero ella insistió, quienes se ofrecen a ayudar son bienvenidos. Habían sedado a un halcón y el Mayor maniobraba con pinzas para sacarle una bala del cuello. Los ojos se posaron en la sangre y salimos corriendo de la sala, la piel nauseada. Desde entonces la ayuda consistía solo en lavar los instrumentos, algo que nos acomplejaba ante el Mayor y nos enfurecía cuando Marilia nos lo echaba en cara, comparando nuestros melindres con la elegante parsimonia del santón. Esa noche en la Casona, sin embargo, vencimos el rechazo inicial y le pedimos al Tiralíneas que nos consiguiera trapos. Las manos bajaron la falda de la chiquilla y limpiaron la mierda con agua y esponja. Aguantamos la respiración, vencimos al Maloso dentro nuestro. Ojalá Marilia hubiera estado allí para vernos y sacar pecho. Ojalá el Mayor. Se le hubiera quitado de golpe su mirada de arribabajo.

En la cocina lavamos los brazos encharcados y notamos la extraña mierda de la chiquilla, llena de una sangre oscura, seca y grumosa. Una arcada destempló el cuerpo. Nos sacamos la polera sudada por el calor o los nervios o quizás ambas cosas.

La chiquilla emitió un gemido cuando hubo el intento de acomodarla en la cama con su espalda en una almohada contra el respaldar. Abrió los ojos, hubiera dado igual si los mantenía cerrados, estaban vacíos de expresión. ¿Quiénes formarían parte de ella en ese momento? ¿Quiénes habrían invadido esa comunidad quebrada?

Agua, la voz esforzada. Agua.

Calma, Lya, el Tiralíneas le alcanzó un vaso. Goteo de sangre de sus oídos y de los puntos violáceos en el pecho.

Nos escocieron las picaduras a la altura del estómago. El Maloso contraatacaba.

Dios Mayor con cabeza de simio y ojos de mosca, vuélvenos putapariós.

¡Basta de pedir!

Putapariós amables,
mientras flota en el aire,
¡un olor a caca!

Yo éramos un nosotros. Debíamos ser hospitalarios.

Esto nos supera, dijo la voz, la piel con escalofríos. Hay que llevarla a la Enfermería.

El Tiralíneas negó con la cabeza, se dio la vuelta como si no aguantara más y salió corriendo de la habitación. ¿Dónde vas, carajo? No contestó. Corrimos detrás de él y los ojos lo vieron bajar las escaleras a saltos, como escupido. ¿Escapaba vencido por la situación o iba nuevamente en busca de ayuda? Carajo, maricón.

Debíamos cargarla por nuestra cuenta. ¿Pero cómo? Estaba débil y la hemorragia preocupaba. Lo mejor era no tocarla, que la llevaran en una camilla.

La voz le rezó al dios Mayor de la Transfiguración, aunque uno de los preceptos era que los dioses no estaban ahí para interceder por nadie ni para que se les pidiera favores. Los problemas terrenales solo podían solucionarse con métodos terrenales. Nos habían dejado solos con el Maloso. Insultamos a nuestros dioses, tan desdeñosos de lo humano y de lo animal, tan distantes. Ni nos habían hecho caso con la enfermedad de Marilia ni le habían mandado la enfermedad a ella, como creían algunos. Los miembros del culto llenábamos con palabras su silencio. Con la Exégesis. Pura pinta esos rezos, conversaciones huecas con nosotros mismos.

Nos disculpamos por insultarlos.

Sálvennos, dioses tutelares del abismo en nosotros y en todos,
del cráter, de la sima, del agujero negro que es el mundo.

Esa distancia nos había llevado a abrazar la fe. Igual podíamos pedirles que nos salvaran, aunque no hicieran caso.

Estábamos en esas elucubraciones cuando descubrimos que la chiquilla se había vuelto a dormir.

[LILLO]

Salió de la prisión y fue a la plazuela Ciega a reunirse con Zel, un alto oficial de la Casona, encargado de aspectos administrativos. Los pacos lo dejaron salir sin que ninguno se ofreciera a acompañarlo. Lillo los había acostumbrado a eso. Al comienzo uno de ellos lo acompañaba en sus salidas, desde visitas al dentista hasta discotecas los sábados por la noche, pero una vez que no hubo nadie disponible lo dejaron salir después de que ofreciera pagarles el doble de lo que pagaba cuando lo acompañaban. Un riesgo, pero Hinojosa, que ante todo era práctico, dijo está bien, tiene sus pertenencias en la Casona y le conviene volver. No solo sus pertenencias, también sus bisnes. Estaba el del tonchi y el de las putas, y también el alquiler de tres departamentos y el anticrético de siete cuartos y once celdas. Tenía razón Hinojosa. Lillo volvió. A partir de ese día sus salidas por cuenta propia se hicieron normales. Era el único que podía salir sin acompañante, aunque sus guardiolas debían quedarse. Esa noche lo esperaron cerca del portón. Estaba bien así. Lillo no iba muy lejos, más que nada le gustaba sentir de vez en cuando que podía hacer cosas solo. La Casona era un hervidero de gente y allí uno se desacostumbraba a la ausencia de compañía. Hasta para coger y cagar siempre alguien al lado.

La plazuela Ciega estaba a quinientos metros de la prisión. Un sendero lo llevó directamente a la plazuela. Se detuvo en la tercera casa de la izquierda, tocó el timbre y salió a la puerta una niña de rizos que le escondían los ojos. Le preguntó si estaba su papá y cómo se llamaba. Leni, dijo ella, y sí, estaba. Lo fue a buscar.

Lillo se quedó pensando en Lya. Algo de ella le volaba la cabeza. Una confusión inocente, creía. Nunca haría nada sin permiso de ella. Ya había sido suficiente con su arresto llevando cargamentos de tonchi en avioneta. Le habían dado demasiados años y esperaba que sus abogados lo sacaran pronto.

El oficial lo hizo pasar a un salón y le ofreció algo de tomar y él, que le había dado bastante al whisky, le dijo que no se molestara. ¿Qué me quiere proponer? Se sentó.

Usted tiene la mejor red de negocios en la prisión, dijo el oficial. Es el indicado para ser socio de este proyecto que, le garantizo, producirá muchas ganancias.

El oficial le dijo que en el segundo piso del tercer patio había un cuarto donde se hacían implantes.

Lo conozco. Solange lo montó con uno de mis préstamos. Todavía me debe.

Mi idea es armar algo mucho más grande. Los presos necesitan implantes de todo tipo, brazos y piernas mecánicas. Cosas más estéticas también, anillos, ganchos, piercings. Tatuajes, ni qué decir. Lo mismo que hay ahora, pero con más calidad, más profesionalismo.

La idea de los implantes le gustó a Lillo. Le veía potencial a la propuesta.

Hay un doctor experto en estos temas en una prisión a tres horas, continuó Zel, y un par de tatuadores e implantadores de piercings. Un equipo básico, para comenzar. Luego veríamos cómo ampliar la cosa. Un capo de esa prisión es amigo mío y por una buena inversión se podría conseguir que se transfiera a todo el equipo a la Casona. Para eso necesito un socio.

¿Cuánto sería la inversión?

El oficial se lo dijo.

Lillo aceptaría, pero se haría el interesante unos días. Zel podía esperar, necesitaba su billete para el bisnes.

Retornó satisfecho a la Casona, imaginando las posibilidades lucrativas que se le abrían. Todo había durado menos de media hora. Sus guardiolas lo recibieron apenas cruzó el portón y lo acompañaron al departamento. El Decidite, el más joven de sus amigos y al que le daba un trato preferencial, dormía despatarrado en su cama junto a Coco.

Quiso orinar pero le ardía y se aguantó. Le sorprendió el fervor con que se vació los intestinos, y la punzante fetidez, como si tuviera algo muerto ahí adentro. ¿Los nervios, la emoción de un nuevo bisnes?

Cuando se vio en el espejo, uno de sus ojos azules había adquirido una coloración verduzca.

[HINOJOSA]

Hubo un momento en la noche cuando el Jefe de Seguridad se sintió desbordado por los acontecimientos y debió consultar con Otero acerca de la conveniencia de pedir la ayuda del Ejército para frenar el motín en el segundo patio. También quería hablarle del preso del quinto patio; Krupa ya le había dicho quién creía que era y no le pareció un exabrupto; eso más lo desmelenaba.

Llamó al Gobernador desde su oficina; los truenos reventaban sobre su cabeza y estremecían las paredes. Le dijo que los guardias de turno no eran suficientes. Odiaba utilizar ese recurso pero no le quedaban más subterfugios. Ingresó con el celular a la sala de los guardias, nervioso, y estuvo a punto de pisar a Panchita. Le dijo que si sus sospechas sobre quién estaba en el quinto patio eran ciertas y los presos se enteraban todo se enredaría aún más, irresponsable haberlo traído aquí tan ipso facto. El Gobernador le respondió que debía resolver el problema por su cuenta, no saques conclusiones apresuradas, mejor ni te preocupes de lo que no te incumbe. Sugirió ofrecer horas extra a los que estaban de licencia. Hinojosa, molesto, le pidió entonces que esa noche no trajeran a la Casona a los arrestados en los disturbios, llévenlos a las celdas de la policía en las distintas delegaciones pues. Traer más gente a la Casona no contribuiría a calmar la situación. Otero accedió. Hablaría con la Prefectura.

Hinojosa fue al segundo patio a conducir el operativo. Los amotinados habían hecho una fogata en el centro del patio y alimentaban el fuego tirándole sillas, colchones y otros muebles, incluso el marco de una puerta. Contó alrededor de treinta, la mayoría con el torso desnudo, enfervorizados, agitando palos y tirando piedras. Krupa los había acordonado con todos los guardias de los que podía disponer sin descuidar el resto del edificio. No eran muchos, quizás unos diez. Hinojosa vio a Krupa, que regresaba de una emergencia en el cuarto patio, y le ordenó que encendiera los reflectores de las torres de observación. Krupa respondió que no todos funcionaban. Había apagado las cámaras, para que no quedara nada filmado. Hinojosa le dijo que se meterían en problemas con los Defensores del Pueblo. Krupa respondió que les dirían que los presos lo habían saboteado, lo cual en parte era verdad.

El líder de los amotinados era el Tullido, que, apoyado en su muleta, soliviantaba a la gente con la insistencia de sus reclamos. No darían marcha atrás, no volverían a las celdas si no se reponía el derecho a visitar la capilla, a tener sus efigies. Hacía una pausa y luego iniciaba un rezo apurado a la Innombrable, un rezo que se disolvía en un murmullo ininteligible, ese momento en que los reclusos se ponían a pronunciar de corrido los cincuenta y ocho nombres, terminaban y volvían a comenzar.

Años de experiencia le habían enseñado a Hinojosa que era mejor no negociar de entrada, para no darles razones para continuar con su descalabro. Primero había que partirles el espinazo, y luego hacer concesiones, mostrarse tolerante, hacerles ver que era su compañero de farra.

Tomó un altavoz y dijo que si deponían pronto su actitud no habría castigo para nadie, pero que bastaba que uno siguiera protestando para que justos pagaran por pecadores.

Justos pagan por pecadores, repitió el Tullido, no me haga reír, todos somos pecadores aquí.

Tullido, gritó Hinojosa, cumpliste condena hace ocho meses, te he dejado quedar por buena gente nomás. Te voy a tener que botar si sigues usufructuando el avispero.

No va a poder, jefazo. El papel que firmamos dice que no me pueden botar mientras no consiga casa y trabajo allá afuera. ¿Cómo voy a conseguir eso en mis condiciones?

Hinojosa se arrepintió de la noche en que, borracho, se compadeció del Tullido, deprimido por estar a punto de cumplir su condena y tener que irse, y firmó ese papel.

Algo haremos, dijo. La ley no reconoce acuerdos en servilletas. Una piedra golpeó en la sien de Hinojosa y lo dejó atontado. Se tocó la frente, no había sangre pero dolía, mierda. No hubiera querido desatar la represalia tan pronto, porque sabía de la desigualdad de condiciones. Por más feroces que fueran los presos, no tenían las armas de los guardias. No hubiera querido pero lo hizo, pidiendo a su gente que no disparara sin necesidad. Eran sus reclusos. Y la Casona, ¿qué diría? Murmuraría molesta, lo haría temblequear. Había aprendido de Otero el sentido de pertenencia, la convicción de que mientras estuviera a cargo del penal era responsable de esas almas perdidas. Esa era su ley, no la de Krupa, que a veces se excedía, sobre todo en el cuarto patio, y al que le hubiera gustado despedir, si no fuera porque, bueno, a veces necesitaba que alguien se excediera por él.

Los guardias avanzaron con rifles y revólveres desenfundados, laques y chicotes eléctricos. Un grupo pequeño llevaba armaduras de choque y tenía la cabeza cubierta por cascos antidisturbios, no alcanzaba para todos. Hinojosa no podía verles los ojos pero estaba seguro de su nerviosismo. A veces se olvidaban de que trabajaban en una prisión y armaban complicidades y bisnes con gente a la que le llegaban a tener cariño pero que también temían y debían reprimir. En los campeonatos de fulbito solían enfrentarse a los presos, pero últimamente los equipos se mezclaban y no había uno que fuera solo de guardias.

El Tullido invocó a Ma Estrella con los brazos y el rostro al cielo, y se puso a revolear su muleta, gritando acerca de una línea invisible en el patio, una línea que él veía, por la Innombrable que sí, y que no se podía cruzar bajo pena de desacato a las órdenes de la diosa. Otros presos, no tan confiados en las palabras mágicas del Tullido, aparecían armados de palos y cuchillos. Detrás de ellos crepitaba el fuego en el que ardían los muñecos de paja, llamas azules y amarillentas que ascendían inquietas. El rostro del Gobernador se consumía en la pira.

Hinojosa contempló desde una distancia prudente, protegido por un par de guardias, cómo sus hombres se enfrentaban a los presos, lanzando gases, disparando balas de goma y zunchando a quienes se resistían. Su mayor miedo era que se corriera la voz y vinieran otros presos a desmandarse. Por suerte la mayoría prefería no meterse y se mantenía curiosa, a la expectativa de los acontecimientos.

El Tullido fue uno de los primeros en caer, y recibió una pateadura en el suelo que obligó a Hinojosa a intervenir. La Innombrable es grande, gritaban los presos, pero la diosa no ofrecía suficiente ayuda en esas circunstancias. Krupa le dio duro a un preso al que le tenía ganas conocido como el Mono y este no reaccionaba. Un recluso terminó con un hueso quebrado en la cuenca del ojo. A uno de los retardados del tercer patio lo redujeron entre cuatro y le llenaron los ojos con gas pimienta. Otro sufrió la fractura de un brazo y la pérdida de tres dientes. Hubo guardias con las manos fracturadas por golpear a los presos con saña. Vacadiez se quejaba de un dolor en las costillas, buscaba desorientado quién lo había golpeado, ha venido de atrás, se quejaba, de un compañero. Callate, carajo, le gritó Krupa.

Hinojosa canceló la libertad de movimientos esa noche. Los presos debían volver a sus celdas y quedarse en ellas hasta nuevo aviso. Los guardias apagaron el fuego con mangueras y baldes. Los heridos fueron llevados a la Enfermería, mientras sonaba la sirena de la prisión y Krupa le daba unos pesos al loco de las bolsas para que comunicara la orden de Hinojosa por el penal.

El Tullido fue llevado a una celda especial, quejoso porque un guardia había tirado su muleta al fuego y con los ojos enrojecidos por el gas. Se reforzó la seguridad en la Enfermería y en el bloque administrativo. Hubo guardias que estuvieron de patrullaje a lo largo de la noche, amedrentando a quienes sospechaban que podían volverse a amotinar. De las celdas provenían gritos a favor de la diosa, insultos al Gobernador y al Prefecto.

Varios presos fueron llevados al cuarto patio, por insubordinación, y los amontonaron de a seis por celda.

[LA DOCTORA]
Aprovechando que los disturbios en el segundo patio se habían aquietado, se preparaba para descansar un rato. La secretaria tocó a la puerta y le dijo que la buscaba el cura Benítez. Lo hizo pasar. Jugaba distraído con un rosario entre sus manos. Había venido a informar de los enfermos en un Chicle. Los he visto personalmente, dijo, el loco me lo contó, fui y era verdad. ¿Cuántos son? Como siete. Ella dijo que quería verlos y le pidió que lo acompañara.

Lleve algo para cubrirse. Han gaseado en el patio y queda algo en el ambiente.

Se cubrió la cabeza con una capucha y le dio otra a Benítez. Debían apurarse en cruzar el patio.

El cielo estaba encapotado. Gotas de lluvia acariciaron las manos de la doctora. Ojalá se largara una buena tormenta, el aire había estado cargado y estacionario y le oprimía el corazón. Cuando llegó a Los Confines a hacer su año de provincia le llamó la atención la brisa fresca en los atardeceres. Por eso se había quedado, ignorando las sugerencias de familiares y amigos para que se fuera a la capital. Un buen lugar para vivir, decidió, pese a que predominaban los días de calor sofocante, la humedad y las lluvias repentinas; su ritmo aletargado le hablaba con dulzura. Luego se le hicieron más palpables las imperfecciones que iban más allá del clima, la violencia de una sociedad carente de sutilezas y sofisticaciones para amenguarla. Aun así un buen lugar para vivir, aunque quizás no sabía disfrutarlo, encerrada como estaba en la Casona casi todos los días. Como una prisionera más, se rio una vez Krupa. No se haga, había respondido ella, usted es igual que yo y apenas sale. Somos todos iguales, dijo Krupa.

Benítez resollaba, incapaz de seguirle el ritmo. Apúrese, padrecito. Un paco que patrullaba por los pasillos les dijo que era peligroso andar sin escolta. Benítez le pidió que los acompañara.

Al llegar al tercer patio Benítez señaló una celda alejada, cerca de donde acampaban los locos y los enfermos terminales. La doctora se encaminó a la celda. Pasó al lado de un grupo de drogos que se inyectaba y dormía al aire libre. Gemidos a medida que se acercaba. Todo oscuro.

Doctorita, un grito provino del Chicle, y luego otro, doctorita. Un brazo salió por entre los barrotes y la quiso tocar. No había luz en la celda y ella encendió una linterna. Iluminó un rostro maciento que asomaba, y otro. Ojos estragados, molestos por el resplandor. Voces lastimeras le pedían sacarlos de allí. Los pacos no habían abierto la puerta en todo el día. Olor a vómito y mierda.

A la derecha, dijo Benítez, y ella iluminó una esquina y alcanzó a ver cuerpos tirados en el suelo sobre charcos con una coloración rojiza. Se detuvo en una imagen, la de uno de ellos con el pecho abierto, como si le hubiera explotado. Otros tenían la cara embadurnada de sangre. Hay muertos aquí y a nosotros nos tocará, gritó uno, déjennos salir. El grito se le clavó a la doctora, que debió hacer un esfuerzo para recuperar la compostura.

Le pidió al paco que abriera el Chicle. Este le respondió que no tenía la llave y debía hablar con Krupa.

[KRUPA]
Había una revuelta principal y otras menores en distintas zonas del penal. Los gramputas quemaban todo a su paso. El aire se llenaba de humo, de cenizas que flotaban y caían como lluvia temprana. Los murciélagos se inquietaban, los perros ladraban, los gatos huían. Pedí a mis valientes que respondieran sin contemplaciones. Yo mismo bailé un cuerpo a cuerpo con el Mono. Recibí un golpe en la espalda, y luego, ayudado por tres que lo

redujeron, le di chocolate en la cara hasta desmandibulearlo. Me fracturé un dedo por tundearlo tan fiero. Pedí a mis valientes que no reportaran el incidente, me iba a enliar, ya bastaba por hoy con lo que había llevado la Cogotera.

Me hice entablillar el dedo en la sala de triaje. El Mono había sido llevado a la Enfermería. Llegaban presos con contusiones producidas durante el choque, los ojos hinchados y náuseas por culpa del gas. Los insulté, les dije se lo han buscado, pum pum. La doctora Tadic vino a gritarme. Krupa, a usted lo responsabilizo de los excesos, decía, y también que necesitaba que abriéramos el Chicle, hay presos enfermos. Si están enfermos que se mueran, dije, mejor para nosotros. Lo reportaré, dijo ella. La miré como a un bicho malo. No solía hacer caso a los enfermos. Si por mí fuera que estiraran la pata todos, especialmente esos desahuciados del tercer patio que consumían tantos recursos. Una forma necesaria de vaciar las celdas de tanto en tanto, de impedir el rebalse.

Envié a un valiente a abrir el Chicle, para que no jodiera la doctorita. Ella dijo que no era suficiente, también debía enviar a varios audaces con camillas. Le dije que esperara, no teníamos suficiente personal.

[EL FORENSE]

Dormía en su casa en el Punto Alto cuando recibió la llamada de la doctora. Entre sueños, encendió la lámpara del velador y le dijo que entendía su preocupación, podía tratarse de una fiebre hemorrágica viral, pero que mucho no se podía hacer de inmediato, excepto atender a los presos enfermos. Había un protocolo que seguir para la declaración de cuarentena, ellos solo podían comunicar lo que estaba ocurriendo a Hinojosa y al Gobernador, y hacer sugerencias. El Gobernador decidía en conjunción con la Secretaría de Salud; tal como estaban las cosas, la burocracia podía tomar días. Escuchó el tono entre molesto y desesperado de la doctora y la comprendió. Le recordó que Salud se había quejado de ellos por falsas alarmas anteriores y le preguntó si estaba segura. Sí, dijo. El Forense insistió en que se hiciera cargo de los enfermos, él hablaría con Hinojosa, y colgó.

Abrió la ventana del cuarto para huéspedes en el que dormía y la noche vino a él. La fragancia de los limoneros en el jardín lo refrescó. A lo lejos el maullido de gatos en celo, el canto de un borracho, la sirena de una ambulancia. Truenos y más truenos. Sabía que no podría volver a dormir. Tampoco quería regresar a la Casona. Un vago presentimiento lo acechaba.

Buscó el termómetro infrarrojo en el baño y se tomó la temperatura. Nada. El virus podía tardar días en manifestarse.

Llamó a Hinojosa. No hubo respuesta.

Había hecho todo lo posible por no estar en contacto con la mujer en caso de que fuera un virus contagioso, pero era imposible librarse del todo. Recordaba la dolorosa enfermedad de su jefa tres años atrás, muerta de cólera, y que debido a ello le tocó asumir el puesto principal de la Enfermería. Un puesto principal que no lo era tanto, porque en la práctica la doctora Tadic tenía más responsabilidades que él, lo cual, bien mirado, no estaba mal. En esos tres años habían muerto enfermeros de los que se encariñaba, tanto los cuidadosos como los descuidados. Marité, de la que recordaba su carita dulce incluso en la agonía. Cárdenas, tan fuerte y sin embargo desinflado en tres semanas, como si le hubieran metido un punzón en el estómago para quitarle el fuelle. Ellos eran la principal puerta de entrada de los virus. La gente venía a hacerse ver de un dolor en la garganta, tosía y se marchaba dejando atrás su bicherío. La Enfermería era una horrible sopa de bacterias. Así que incluso sin saber qué pasaba con la mujer, había ordenado que la aislaran en la sala preparada para esas contingencias. La muerte de la wawa había apuntalado sus sospechas. Tadic acababa de confirmarlas. No era malaria sino algo mucho más potente, una nueva versión de un virus viejo o uno tan flamante que atacaba a humanos por primera vez o una vieja versión tan olvidada que volvía a la vida y era como si comenzara de nuevo. Daba lo mismo. No le interesaban los nombres sino lo que hacía con los cuerpos.

Una vez en su casa en una colina en las afueras, en una urbanización desde la que se podía ver la ciudad recortada contra la selva negra y las montañas doradas en la lejanía, se tomó la temperatura. Los virus tardaban días en manifestarse, pero convenía estar pendiente. Era inevitable en su caso, vivía con miedo a los contagios y con la certeza de que no se trataba de si la suerte haría que él evitara que le tocara sino de cuándo, cómo, dónde. No tenía nada. Aun así, le dijo a Robert que esa noche dormiría en el cuarto para huéspedes. Robert se quejó. El Forense no contestó. Había activado de forma automática el procedimiento que seguía en casos de virus sospechosos en la Enfermería.

No seas fatalista, le dijo Robert esa noche, antes de irse a dormir. Estás actuando como si estuvieras contagiado. Para mí incluso te ves mejor. ¡El bótox funciona!

El Forense le dijo que si en cuarenta y ocho horas no tenía fiebre volvería a la normalidad. La wawa muerta, la Paciente Cero, se llamaba Carito y no tenía ni un año. Se preguntó si ya la habrían cremado y qué habrían hecho con el cráneo. Costaban caros los cráneos de las wawas. Había una buena comisión ahí. Debía hablar con Vacadiez.

Veinticuatro horas después no había fiebre y él se sentía con derecho a alegrarse un poco. Así que el doctor Barranco no había hecho un mal trabajo después de todo. Qué bueno que no lo había llamado para quejarse.

[HINOJOSA]

No durmió esa noche. Se mantuvo semidespierto a base de tés de manzanilla y tonchi, una combinación recomendada por Lillo. Su mujer lo llamó para decirle que uno de los mellizos estaba tosiendo, y él le pidió que se hiciera cargo porque no volvería a casa debido a la emergencia. Quiso relajarse con porno, pero su cuerpo no le respondió. Cabeceó sentado en un sillón en su oficina, imaginándose de once años, yendo feliz a pescar con su padre a Villa Cacao, en la parte trasera de un camión lleno de campesinos. Cerca de donde pescaban había un bosque donde moraba la picapica, una hierba venenosa que usaban los lugareños para suicidarse cuando una mujer los rechazaba. De niño le había impresionado ese dato, pero ahora no sabía si era verdad o una leyenda de las tantas que le gustaba inventar a su padre.

No debía dejar que lo ganara el cansancio. Se mojó la cara en el baño, se vio las ojeras, se guiñó a sí mismo en el espejo y susurró tú puedes, campeón.

Creía haber resuelto la crisis, que lo peor había pasado, aunque era consciente de que en los próximos días habría más refriegas. *Un futuro a que en menos de una semana otro motín. ¡Futuro aceptado!* Se preparaba, entonces, para decirle a Otero que, si todo iba bien por la mañana, por la tarde la Casona podía estar lista para recibir nuevos presos, cuando recibió una llamada del Forense.

Por fin me contesta, Hinojosa.

He estado muy ocupado y usted lo sabe.

Escuchó la voz perentoria comunicándole que, después de consultar con la doctora Tadic, estaban preparados para declarar que había un brote de un virus todavía no identificado en el penal y que debían tomar las medidas necesarias para enfrentársele, entre ellas la declaración de cuarentena.

[EL FLACO]

Se arrodilló en la capilla ante la Ma Estrella desportillada en el centro del recinto, al lado del altar, y se puso a rezar en voz baja. Había ingresado ayudado por el loco de las bolsas, a pesar de que los pacos rodearon el edificio con piedras y alambres. Los pacos montaban guardia al principio, pero el estallido del motín los obligó a dejar la capilla desguarnecida.

El Flaco pidió por Carito y por Saba, que no le ocurriera nada, y por él mismo. Pidió por todas sus faltas pasadas, que no se le borraran pero que la diosa le perdonara. Costaría, Ma Estrella no era de perdones fáciles, había que ganárselos sacrificando animales o con un trabajo continuo de humildad. A la luz trémula de las velas, se dijo que él no se había ganado ese perdón, pese a haberse dedicado a curar a sus semejantes a manera de paliar el mal que había provenido de él. No, porque mintió muchas veces, se inventó diagnósticos, curó con prisa. No podía negarlo, era un mal médico. Alguien que siempre buscaba atajos. ¿Con qué cara, entonces, pedir ayuda? Quizás Ma Estrella se había llevado a su hija porque conocía sus falencias. Quizás lo que tocaba era más bien decirle que aceptaba sus decisiones, que ella era injusta pero sabia y que a través de sus injusticias se llegaba al centro de todas las cosas, que era el dolor.

Se limpió los ojos. Debía decirle a la diosa que estaba preparado para que le ocurriera todo, para que ella se lo llevara a él también de la manera más brutal posible. Sí, eso era. Un ruego para arder, arder, arder en el infierno de la Innombrable. Un ruego para entregarse a la pérdida, para caer en el abismo, caer, caer, caer y no salir más de ahí. ¿Quién era él para pedir salvación? Eso estaba mejor. ¿Y quiénes eran ellos para cerrar la capilla de la Innombrable? Nadie podía meterse con ella.

Veneno para ratas, eso quería. El mismo veneno con que había matado al marido de Saba. Eso podía haber aplacado a tiempo a la diosa, quizás, uno nunca sabía, ella disfrutaba de las injusticias del mundo, al menos esa era su interpretación, y eran tontos quienes le pedían a ella corregir los errores, balancear el desequilibrio, encarcelar a los crueles. Sí, ahora debía sentir en su carne la marca a fuego que significaba la muerte de Carito. Y Saba, ¿qué? No quería que a ella le ocurriera nada. Pero era mejor aceptar. Bajar la cerviz. Veneno para ratas. Un rezo propio a ella, la Inalcanzable. Me entrego a ti. Puedes insultarme. Tirarme barro. Enterrarme vivo. Me dejo llevar. Me dejo llevar.

Estaba en eso cuando escuchó ruidos en la puerta posterior de la capilla, por donde había entrado. El Flaco alzó la vista en dirección al pasillo que daba a la entrada y se encontró con un paco apuntándole.

La capilla está cerrada. Venga conmigo.

Por favor, imploró el Flaco. Solo quiero.

Vamos.

Mientras lo llevaban al cuarto patio, el Flaco se enteró de la muerte de Saba.

[LA JOVERA]

Esa noche cogió con Rodri. Estaba débil y no podía dormir, así que se dejó hacer. Después del póker los otros dos se habían ido, y cuando vio que Rodri se quedaba supo la razón. Quizás lo ayudaría a ganar tela con LOS FUTUROS, quizás le daría tips para acertar.

Había rechazado sus avances porque no le gustaba, tanto tatuaje en el cuerpo era un desafío. Además que tenía mal aliento y era zalamero, como si creyera que con elogios podía llegar a algún lado con ella, con cualquiera, como si no supiera que si a uno le atraía alguien ese alguien podía portarse mal, insultarlo, engañarlo, e igual llegaría lejos.

Como Jaymes. Un paco de los peores, antes de entrar a trabajar a la Casona formaba parte de una pandilla de delincuentes, lo aceptaron porque era primo de Hinojosa. Le gustaba torturar a los presos, los escupía y los golpeaba sin razones, los Defensores habían abierto ¡treinta y tres! casos contra él. Y sin embargo

177

le llamaba la atención a la Jovera. Una vez la tiró al suelo de un empujón, en el baño, y la obligó a que se la chupara. Ni siquiera la tenía grande, pero esa fuerza intimidaba y atraía. Qué habría sido de él. Decían que lo habían transferido a una prisión en la capital. Lo veía trabajando de cafisho, con esas maneras duras que tenía de tratar a la gente y a la vez esa voz sinuosa, como si insultarte no fuera algo personal. Y ahora le tocaba Rodri, que después de coger se había dormido y roncaba.

La Jovera se sentía mareada. Las luces de la habitación reverberaban en sus ojos. Tosió. La garganta flemosa. En la saliva que colgaba de sus labios un hilillo de sangre. Definitivamente algo no estaba bien en ella. Se incorporó tambaleando. Quería papel higiénico, un pañuelo, algo con que limpiarse. Caminó desorientada por la habitación. Abrió una puerta y se encontró en el patio. Hacía frío o al menos ella lo sentía así. Estaba temblando. Se orientó por las luces pálidas de los reflectores en las torres de observación. ¿Qué hora sería? Siluetas al fondo. Trató de acercarse a ellas. Le costaba caminar.

Hubo un momento en que percibió que había salido de la Casona. Estaba en una casa de campo de grandes jardines, lo intuía por el resplandor anaranjado del fondo, el de las madrugadas cuando se quedaba a dormir donde sus abuelos. La garganta reseca. Quiero volver allí, se dijo. Su abuelo se disfrazaba de pielroja y aparecía de golpe detrás de ella y la asustaba, y en vez de calmar sus lágrimas le venía un ataque imparable de risa. Salían a cazar pichones en la madrugada. Una vez vio cómo explotaba uno delante de sus ojos, gracias a la puntería de su abuelo, y supo que eso no era para ella. A partir de entonces se refugiaba en la casa con la abuela, a armar periódicos con recortes de las revistas que encontraba en la despensa.

Vio sus manos manchadas de rojo. Estaba llorando sangre. Volvió a toser, y vio que había escupido una masa sanguinolenta. Se hincó en el suelo en busca de esa masa. ¿Qué era? ¿Qué?

Un pedazo de carne. Lo vio entre sus manos.

Se puso a vomitar sangre en medio del patio. La llevaron a la Enfermería, donde los doctores lograron detener la hemorragia. Le hicieron una transfusión y la trasladaron inconsciente a un cuarto privado, primero, y luego, apenas se sintió un poco mejor, a la sala del cólera.

[LA DOCTORA]

Los presos que llegaron del Chicle fueron enviados directamente a la sala del cólera, que la doctora Tadic llamaba sala de la cólera, en un juego de palabras que solo ella encontraba divertido. Colérica cólera. Decidió no marcharse a casa porque solo había tres enfermeras y dos enfermeros de turno, y una, Yandira, seguía en estado de shock después de la muerte de la Paciente Uno. De esa Paciente Uno la doctora ya sabía, gracias a una autopsia apresurada de Achebi, que su hígado se asemejaba al de una mujer muerta muchos días atrás, de tan amarillo y destruido que estaba. Achebi también le informó que la sangre de esa mujer no coagulaba. Era como si lo que había tenido hubiera desarmado por completo las defensas inmunológicas del organismo.

Los reclusos del Chicle fueron instalados en la sala del cólera; la doctora ordenó que se les colocara a todos suero intravenoso. Hubo un par que se resistió, incluso uno se lo sacó y lo tiró. Otro se cayó de la cama y no quiso levantarse más. El más despierto era Glauco y la doctora lo conocía de antes, porque sus continuos enfrentamientos con los guardias lo llevaban con frecuencia a la Enfermería. Decía que se equivocaban con él, no tenía nada, pero más valía prevenir que lamentar. Aceptó el suero con paciencia, bromeó con la doctora, le dijo apúrese pues, un día aquí es un día sin quivo. La doctora le puso una gasa sobre la aguja y suspiró, cansada. En la penumbra escuchaba gemidos, y el olor a vómito y mierda la ahogaba.

Durmió en su oficina un par de horas durante la madrugada. Cuando despertó se encontró con el Forense al lado del sofá, vestido con un traje protector amarillo hasta el cuello, la capucha en una mano. Escudriñaba los grabados en las paredes, algunos reproducciones del medievo, mapas incompletos del cuerpo. Revisaba la colección de libros de anatomía en un estante. Apenas la vio despierta le dijo que Hinojosa se había negado a declarar la cuarentena porque no le competía y que había que esperar la decisión del Gobernador. Morirían de tanta burocracia. Señaló uno de los grabados, un hombre con una máscara en forma de pájaro, usada por los doctores en la Edad Media para ahuyentar a los malos espíritus. No es una mala idea, dijo. Puede que hasta tengamos mejor suerte que con métodos científicos.

La doctora se restregó los ojos y se incorporó. Bostezó, debía regresar a la sala del cólera. El Forense le dijo que se había asomado a la sala y que la fiebre, la diarrea y los vómitos le habían hecho volver a pensar en la malaria, pero que ese irse en sangre de los pacientes lo llevó a concluir que estaban en presencia de otro tipo de virus harto más nefasto. ¿Tifus negro? No, eso no era contagioso. Había que hablar con Salud para hacer ELISAS, el laboratorio de la Enfermería no estaba preparado para ello.

En la fiebre hemorrágica de hace diez años los portadores eran ratones, continuó. Pero nada asegura que sean ellos de nuevo. Hay que averiguar quiénes son los portadores.

Quizás el esposo de la Paciente Uno pueda darnos alguna pista.

Y ponerle un nombre. Eso tranquiliza. Si lo seguimos llamando «virus desconocido», los presos entrarán en pánico y peor si la noticia se extiende por la ciudad.

La doctora pensó en lo que les esperaba. Atrapar ratas y murciélagos, sacarles muestras, ver qué anidaban. Eso lo harían los técnicos de Salud. Lo que a ella le tocaba, aparte de mantener el orden de la Enfermería, consistía en ir aislando a los enfermos y rastrear las líneas de contagio para detener el avance del virus lo más pronto posible. Los sucesivos brotes a través de los años, tanto los de pocos muertos como los que afectaban a la población entera de un patio, le habían enseñado que ese era el mejor método. Se necesitaba paciencia para preguntar de uno en uno con quiénes habían estado los infectados y armar árboles de contacto en la computadora, y luego obligar a esas personas a autoaislarse cuando la declaración oficial de cuarentena demoraba en llegar. Esa paciencia tenía su recompensa.

Pidió voluntarios entre los presos. Necesitarían ayuda, no tenían suficiente personal para lo que se venía.

[RIGO]

Cubrimos a Lya con una frazada y nos preparamos para llevarla a la Enfermería. La cargaríamos, no quedaba otra. El tío había regresado al cuarto y se negó a revelar adónde había ido. Se movía nervioso por la cocina, abriendo alacenas, moviendo de aquí para allá la chamuchina que descubría en las repisas. Mencionó un encuentro con la Entidad. ¿Entidad? Hubo una explicación confusa, y le tuvimos pena. Los ojos lo vieron ido, más viejo de lo que parecía al principio, arrugas profundas en la frente y a los costados de la boca, o quizás la ansiedad, el nerviosismo, hacían que la piel recuperara su verdadera edad. Olía a mentol, como si se hubiera vaciado un par de latas en el cuerpo. ¿Creería que eso lo protegería? No debíamos burlarnos. Marilia era de amuletos y fue capaz de persuadirnos de llevar un escapulario en el cuello. Nos duró hasta que vimos al Mayor llevando el mismo en una ceremonia.

El tío de Lya se despidió de ella, que estaba como adormecida, como si no fuera a verla más. Hay que avisar a su mamá, dijo. No es para tanto, la voz quiso decirle, pero entendíamos su miedo. Cuántas veces habíamos salido de la habitación de Marilia, cuando el cáncer ya la había tomado y solo era cuestión de días, y la piel se había despedido de ella por si no la volvíamos a ver viva. No sospechábamos que su agonía, reflejada en la respiración dificultosa y en dolores intensos que solo un analgésico fuerte aliviaba en algo, se nos haría tan dura que resolveríamos ayudarla a llegar al final. Yo, nuestro cuerpo, esa comunidad. Una muerte digna, misericordiosa, y un gesto nuestro tan solo interesado en paliar ese dolor, aunque para otros fuera un criminal.

Unas vecinas se ofrecieron a ayudar con el traslado, pero la voz les dijo que podíamos valernos solos y colocamos un brazo de Lya en torno al cuello. No teníamos la seguridad de que esa fuera la forma correcta de proceder, no sabíamos si lo de ella era contagioso. Arrojábamos nuestro destino a esa red de redes que conectaba al mundo. Una planta moría para que un gusano viviera. Un hombre se marchitaba para que el que lo siguiera fuera mejor que él. *Entonces se yergue ante nuestros ojos asombrados el mundo como un palacio cuyos pisos están conectados por hilos de goma invisibles.* La única misión consistía en no hacer daño a nadie. Todo sería salvado y curado por causa de una ley superior de la que nosotros nada sabíamos, excepto que existía y funcionaba y se encargaba de preservar aquello que merecía ser preservado.

Oh, dios Mayor de la Transfiguración, protégenos.

¿Para qué insistíamos? Él, porque el Mayor era el único Él, no escuchaba. O si sí, no intercedía por nosotros. Dejaba al Maloso a su libre albedrío. Dejaba que nos invadiera el cuerpo y destruyera cualquier intento de sociedad en el mundo. Dejaba que nos defendiéramos con lo que sabíamos, que no era poco, pero parecía.

En la Enfermería sabrían qué hacer. La pobre se resbalaba y había que volver a colocar su brazo sobre el cuello. Llovía y no nos molestaron los goterones.

> Llueve tanto,
> que hay ranas en la puerta,
> que pueden ir nadando.

Tratamos de proteger a Lya. Los edificios de la Casona difuminados bajo la lluvia, siluetas espectrales cortadas en líneas diagonales.

> Se oyen sones sombríos,
> vuelan murciélagos.

En la Enfermería nos enteramos de que había reclusos afectados por un virus no identificado y que se buscaban voluntarios para ayudar a lidiar con el brote. Las enfermeras vieron a Lya como una posible víctima del virus y la llevaron directamente a la sala del cólera. Pedimos que nos dejaran entrar al baño a lavarnos.

[43]

Escuchó ruidos y se asomó a la puerta. Toda la noche trasiego en el patio, las celdas llenas y gritos y llantos. ¿No que este era el patio del confinamiento solitario?

Los pacos trajeron a su celda al Flaco y a otros reclusos. Se quejó, ¿no ven que no hay espacio para más gente? Callá la boca, carajo. Es una emergencia, solo por esta noche. Al Flaco lo conocía, lo había visto deambular por los patios. ¿Qué habría hecho para que lo metieran al cuarto patio?

Le dio la espalda. Le ardía la mano, no había podido dormir la noche anterior. La herida una llaga viva y purulenta. Lo ocurrido era su culpa, pero no del todo. Al fin de cuentas, ¿por qué permitían niños en una cárcel?

Muerta y mi wawa también, murmuró el Flaco.

Repetí con calma, no te entendí un huevo.

Mi mujer murió por culpa de un virus. Mi wawa también. Fue por cerrar la capilla. Lo siento. ¿La de la Innombrable?

Esa misma. Ha habido un motín. No debieron cerrarla. Han prohibido el culto y por nada más vendrá el castigo divino. Ya comenzó, ¿has visto las nubes?

43 se asomó desganado a la ventana, vio un pedazo de cielo entintado, jirones de nubes estacionarias.

El perfil de Ma Estrella, dijo el Flaco. El cuchillo ensangrentado. ¿Lo ves, lo ves? Está furiosa por lo que se han atrevido a hacerle.

43 se esforzó en vano por ver el asomo de un rostro en las nubes. Le hubiera gustado tener la fe del Flaco, pero no. Algo le quedaba, pero iba perdiendo ese algo con cada minuto que pasaba en el cuarto patio, con cada choque eléctrico, con cada escupitajo en su cara, con cada sumergida de su cara en un balde con su propio orín.

Escuchó los murmullos del hombre, que se había largado a llorar. Tuvo el impulso de consolarlo. Temblaba, y lo abrazó, aunque se apartó de inmediato.

[RIGO]

No nos habíamos duchado desde que ingresamos a la Casona. El agua helada nos refrescó. Nos vimos flacos, el estómago gruñía de hambre. Las marcas de los putapariós se habían extendido hasta alcanzar el pecho.

Se miran el pecho en la cama los hombres
y mordiscos de putaparió enumeran.

Ellos no eran el Maloso. Ellos eran solo la bienvenida de la Casona. Debíamos ofrecerles un hogar. Bienvenidos a nosotros. Seríamos algún día insectos como ellos.

Era tarde y teníamos sueño, pero no podíamos dejar pasar oportunidades. La voz preguntó cuánto pagaban a los voluntarios. Fuimos enviados donde la doctora Tadic. Salía de su oficina. Nos agradeció el ofrecimiento y no tocó el tema de la remuneración. Dijo que si pasábamos el interrogatorio el primer trabajo consistiría en recorrer toda la Casona para que, sin excepciones, el que tuviera alguno de los síntomas del virus fuera llevado a la sala del cólera o en su defecto aislado en su propia celda. En ese momento la llamaron. Para ganar tiempo nos envió al depósito de la Enfermería a ponernos un traje protector, si es que quedaba alguno. Ese traje que ella no se había puesto todavía, contraviniendo sus propias instrucciones. Nos dijo que leyéramos las instrucciones en la pared.

Debimos armar uno de trajes diferentes. El buzo era amarillo, pesado, la tela gruesa aislaba el cuerpo del mundo exterior y lo sofocaba. Barbijo blanco, cofia verde, anteojos de esquí, dos pares de guantes de látex. Imposible seguir las instrucciones, el protocolo correcto para vestir el traje era en compañía de otros que revisaran cada paso y se aseguraran de que no había cortes en la tela. La realidad y el deseo, pensamos.

Cuando salimos del depósito creímos que la piel no toleraría el traje. Por suerte llovía. Quizás debíamos enfrentarnos al virus sin él, expuestos, como lo habíamos hecho con la niña. Qué hubiera hecho ahora, ahorita, esa multitud tan linda y luminosa que era Marilia. Tratábamos de guiarnos por lo que ella hacía y decía pues no solía equivocarse. No solía, hasta que... Los ojos se nublaron, era el Maloso, pero nos recuperamos pronto, no había tiempo para los malos sentimientos. Se hubiera puesto el traje, decidimos, y fuimos a la sala donde estaba la doctora, los pasos lentos.

Nos acordamos de Lya y no pudimos reprimir un estremecimiento. Quizás el tío había tenido razón en despedirse de ella, se veía muy mal. Así venimos, así nos vamos, dijo la voz, y los ojos se ensombrecieron.

185

Por la mañana Otero recibió el parte diario de Hinojosa, en el que los relatos del amotinamiento y de los valerosos y triunfantes esfuerzos por controlarlo ocupaban casi todo el espacio, y en el que solo se mencionaba al final, casi de paso, la aparición de una enfermedad desconocida entre los presos, con un par de muertes por el momento. Los doctores recomendaban que se pusiera en cuarentena a toda la prisión, pero al Jefe de Seguridad le parecía exagerado. Quizás algún patio, como se había hecho antes. En todo caso cumplía con avisarle.

¿Desconocida?

Al comienzo sospechaban que era malaria pero la han descartado. Están sacando nuevas muestras a los afectados.

Solo sabemos que no sabemos un carajo. ¿Y quiénes son los muertos?

No lo sé. Hablaré con la Enfermería.

¿Cómo que no lo sabes?

Me ocupaba y preocupaba el motín.

Otero resopló. Se enorgullecía de su capacidad de dar malas noticias a las familias de los presos, de su disposición a consolarlos en su dolor. Podían haber tenido una vida indigna, pero cada uno de los reclusos contaba para él y haría lo posible por despedirlos a todos cuando les tocara irse, cualquiera fuera la forma en que se fueran. Le informó a Hinojosa que al mediodía estaría allá, para ver a los enfermos y constatar con sus propios ojos la necesidad de una cuarentena.

Antes de colgar preguntó por el preso del quinto patio, ¿le dejó algo de comida? Ayer sí, hoy ya no. Le pidió que se diera una vuelta para ver si todo estaba en orden. Imposible que no esté en orden, fue la respuesta, ¿acaso se va a escapar? No es un ilusionista, no tiene poderes especiales. Otero dijo que había que tener un cuidado especial con él. Claro que sí, dijo Hinojosa, y mencionó que había escuchado que, con los disturbios en la ciudad, los líderes de la Asamblea pedían la aparición con vida de Santiesteban.

Ya entiendo por qué primera vez que se preocupa por alguien del quinto patio, continuó. La verdad que muy arriesgado traerlo aquí. No me enrostre nada si algo sale mal.

Colgó. Otero se dijo que Hinojosa estaba en lo cierto, no había sido buena la idea del Juez de usar el quinto patio para Santiesteban. Era también su culpa, debió habérsele ocurrido que no sería tan fácil ocultar a alguien de su calibre y menos en una situación así. Idiota, ¿en qué pensaba? ¿En quedar bien con Arandia? ¿En Celeste?

Ahora lo importante era que no se filtrara la información. Dependía una vez más de su Jefe de Seguridad. Confiaba en que le cubriría las espaldas como él se las había cubierto tantas veces.

Salió de su despacho pensando que por lo pronto había algo más urgente que la situación de Santiesteban. Debía hacer un esfuerzo, concentrarse en la enfermedad mencionada por Hinojosa, hablar con el Forense y con la doctora. Cualquier mención a una cuarentena indicaba la seriedad del asunto. En su experiencia Salud cedería a su recomendación pero quizás no con la rapidez necesaria. Debía apurarse.

Habló con el Secretario de Salud, lo puso al tanto, escuchó su deseo de mandar una comisión a la Casona tan pronto como se pudiera.

[EL JUEZ]
Una ventana en el segundo piso de la casa de Arandia había sido rota de una pedrada. El Juez habló con sus guardias antes de sa-

lir a la reunión con el Prefecto Vilmos, les preguntó cómo había podido ocurrir si las órdenes consistían en acordonar la casa a cien metros a la redonda. Balbucearon explicaciones poco convincentes. A menos que sea uno de ustedes, Limberg Arandia los miró desdeñoso. Suponía que habían preferido dejar que los atacantes escaparan. Ese era el problema con los guardias nacidos en la provincia, cuando se les ordenaba enfrentar el culto lo hacían a desgano. Sería una ardua lucha.

Recorrió la ciudad en un auto blindado, desde su casa en las afueras, en La Loma, un barrio de casas residenciales en una colina, hasta el centro, donde se hallaba la Prefectura. El chofer sintonizó música clásica en la radio, y él se acomodó en el asiento trasero, dejando que la ciudad se deslizara por las ventanas entintadas. Parecía feriado. Los semáforos no funcionaban, y las calles de los distritos populares estaban cerradas al tráfico por los propios vecinos, con llantas, sillas y palos a modo de barricadas. Solo pasaban las mototaxis. El humo se elevaba de las esquinas, el olor a cuero quemado flotaba en el ambiente, la brisa se llevaba pedazos chamuscados de papel de periódico como alas de murciélagos. El chofer debía ingeniárselas para encontrar un camino. A veces se metía en avenidas bloqueadas y debía dar marcha atrás e improvisar una salida.

En los sectores aledaños al templo de la Innombrable había habido enfrentamientos y quedaba flotando el reflujo picante del gas. El Juez se tapó la nariz con un pañuelo, el olor se inmiscuía pese a las ventanas reforzadas del auto. Los soldados circulaban por las calles, a pie y en jeeps y camiones, los rostros cubiertos por pasamontañas, rifles en las manos, chaquetas antibalas. Vilmos le había hecho caso y había conseguido que el Ministerio de Gobierno sacara al Ejército a las calles.

El sol doraba la explanada en torno al edificio de la Prefectura. Los charcos de la lluvia de la madrugada brillaban entre los palos borrachos como monedas de un tesoro. El Juez ingresó al edificio por una puerta trasera para evitar a los manifestantes en la plaza principal. Escuchó a lo lejos los cánticos contra el Prefecto, retumbaban en las ventanas. Se alegró de saber que no existía para ellos. Avanzó a paso firme por pasillos penumbrosos. En la sala principal en el segundo piso encontró a Vilmos reunido con sus asesores, entre ellos Rita, el pelo rapado y el tatuaje de dos escalares besándose en un brazo.

Disculpen la demora, Arandia dejó el saco en un sillón y encendió un cigarrillo, ignorando el letrero de PROHIBIDO FUMAR en una pared. Vine tan pronto como pude.

¿Ha visto cómo está la ciudad?, la voz de Vilmos denotaba nerviosismo. Una parálisis casi completa. Una huelga salvaje. Las fisuras se han vuelto a expandir. El Alcalde está preocupado por la seguridad ciudadana. Lo mismo el Ministro de Gobierno.

Tranquilo. Ellos se cansarán antes que usted.

El Juez hizo una mueca al escuchar al Prefecto hablar de «fisuras». Se las daba de analista político y tenía a mano imágenes, palabras, conceptos que le servían para explicar cualquier situación en Los Confines. Una de ellas era la «fisura», esa separación inevitable que existía entre el pueblo y la pequeña clase acomodada. Asumiendo que esa fisura nunca desaparecería, el trabajo de Vilmos consistía en cerrarla lo más que se pudiera. Eso, por supuesto, iba en contra de otras pulsiones, como la de deshacerse de su principal opositor enquistado en la administración. Santiesteban le hablaba al pueblo mejor que Vilmos, sabía cerrar esas fisuras de manera más intuitiva.

El Gobierno ha autorizado el despliegue del Ejército, dijo el Prefecto. Por lo pronto, solo por las zonas del centro y del templo, que son donde más problemas ha habido. Les preocupa el costo político. Me dicen que quizás debimos haber esperado un poco antes de seguir las recomendaciones del Comité. Digo, antes de seguir las recomendaciones de usted.

Claro que le van a decir eso porque no les conviene. De todos modos no lo personalice, por favor.

Por supuesto que no. A lo que iba. Con esto le hemos dado a la oposición una excusa perfecta para atacarnos.

El Juez nunca dejaba de sorprenderse de la ingenuidad política de Vilmos. Lo veía sentado en un sillón que le quedaba grande a pesar de la robustez de su cuerpo. Santiesteban y el Presidente le preocupaban más que el crecimiento del culto porque todo lo que estaba relacionado con creencias populares era ininteligible para él. Un hombre de razón. De una sola razón.

En realidad ellos han caído en nuestra excusa para arrestarlos, dijo.

Mis asesores piensan que es un buen momento para ser conciliador.

El Juez observó a Rita y a los dos chicos que rodeaban a Vilmos, chiquillos con lentes de espejuelos redondos y facha de académicos. Tenían edad como para ser sus nietos, Rita quizás un poco mayor. Aprendían de política a través de juegos de simulación y se llenaban de discursos humanistas acerca de mantener cierta corrección política para tratar a la gente recalcitrante de la provincia. Se sorprendía de que Vilmos los escuchara. En verdad él lo había convencido por su temor a que Santiesteban usurpara el poder. Ahora que Santiesteban no estaba era fácil pensar en concesiones. Pero Santiesteban podía volver en cualquier rato.

Yo más bien pienso que conviene pedirle al Presidente que declare toque de queda, dijo el Juez Arandia. Y si eso no funciona, estado de sitio. Lo peor sería retroceder ahora.

Rita señaló que esos eran métodos de épocas pasadas, el Presidente no lo haría. Mostró imágenes de lo ocurrido en los mercados y el crematorio. Quema de efigies del Prefecto y de los miembros más visibles del Comité. Se había formado un grupo

que pedía una reunión con el Prefecto y Santiesteban y renega-
ba de un Comité sin representación popular. Otros sugerían
que el Presidente visitara Los Confines para aplacar los ánimos.

¿Alguien sabe el paradero de Santiesteban?, preguntó el Juez.

Estará en la clandestinidad, la voz estridente de Rita chirrió
en los oídos del Juez.

Un cobarde, dijo Vilmos. Debió quedarse.

De modo que solo Vilmos, Otero y él sabían del paradero de
Santiesteban. Se preguntó cuánto duraría el secreto.

No llegó a convencer al Prefecto de pedirle al Presidente y el
Ministro de Gobierno que declararan toque de queda. El Prefecto le comunicó que se reuniría con la Asamblea y con el grupo
que lideraba las protestas. No ceda, dijo Arandia, confiado en
su influencia. Ya veré lo que hago, replicó Vilmos.

Antes de partir el Juez escuchó que uno de los asesores informaba de un pedido de los doctores de la Casona al Gobernador
Otero y a Salud, para declarar cuarentena en la prisión a causa
de una plaga desconocida. Pero Salud estaba cerrada por las
manifestaciones. El Gobernador podía tomar una decisión uni-
lateral, y luego vérselas con Salud cuando se reabriera en uno o
dos días. El Juez no le dio importancia al asunto. Se jugaban cosas harto más importantes en la batalla por el corazón inquieto
de la provincia.

[MAYRA]

Vio la llegada de un grupo de jóvenes al crematorio y se prometió tomarlo con calma, confiar en que Ma Estrella sabría cómo
ayudarlos a salir de la situación, esas cosas sucedían porque el
mundo daba vueltas pero importaba más el triunfo final, y este
sería de ellos, sin duda. No gritó, se metió los dedos a la boca y
los mordió para aliviar la tensión cuando entraron a la choza
y golpearon a Dobleyú con un palo y lo mechonearon y hundie-
ron su cabeza en la tierra y rompieron las santitas y los libros

sagrados y las efigies en las paredes y los escapularios y los amenazaron con peores castigos si no confesaban dónde había más cráneos. Mayra se mantuvo en silencio viéndolos dar vueltas por el crematorio, pateando, insultando, amenazando, dispuesta a que se llevaran todo con tal de no hablar. Le llamó la atención que caminaran entre las chozas y por entre los senderos bajo las higueras como si supieran a quién buscar, porque no tocaban a los más mansos y torpes y golpeaban a quienes tenían posiciones de liderazgo.

Había sido su culpa, por hacerse cargo de la mujer del Gobernador. La había reconocido de inmediato la primera vez que vino y se plantó a mirar la ceremonia del sacrificio del cordero desde la puerta, las botas hasta la rodilla y la túnica tachonada de brillos, recelosa como otros políticos, deportistas y actores que aparecían tarde por el crematorio, a la medianoche si era posible para que no los vieran. El cordero chilló cuando el sacerdote hincó su cuchillo puntiagudo en el cuello, y todos aparentaron indiferencia pero ella no. Estrujaba su túnica, incómoda, y miraba de un lado a otro como buscando en quién apoyarse. Eso la acercó a ella esa noche. Luego de que probara la sustancia y vomitara, vinieron sus confidencias, y su deseo de ser humillada. En nombre de Ma Estrella, en una ceremonia a la medianoche a las puertas de la choza de Mayra, se dejó sopapear por Dobleyú mientras ella rezaba y un par de santones se tiraban al suelo y se embadurnaban con la ceniza de una pira funeraria. Gritaba que no se merecía esa vida, quería irse del pueblo, odiaba la Casona, se merecía un castigo. Gritaba que su cara no era su cara, su piel no era su piel, sus ojos no eran sus ojos, sus músculos no eran sus músculos. Quería ser otra pero no tenía idea de cómo. Mucho trabajo, decía Dobleyú, y después, más trabajo. Todo fluyó con naturalidad, hasta la madrugada, en la que se fue el encantamiento y Celeste se echó a dormir en el camastro de Mayra. ¿Podría ser que todo hubiera sido una trampa y ella una infiltrada? ¿Podría ser que ella les hubiera dado los datos a esos jóvenes que acababan de llegar?

Debía espantar esos pensamientos, no podía equivocarse tanto, le había tocado las manos y había visto vulnerabilidad en sus ojos, un deseo de dejar atrás el camino equivocado, una búsqueda que quizás se resolvería en medio de esas chozas cerca del río o quizás no, en la noche triturada del alma o en el amanecer violeta o quizás nunca. Tampoco eran tan ingenuos como para enviar a alguien tan poderoso a labores que bien podía hacer otra persona que llamara menos la atención. Ni siquiera debía sospechar de nadie. Ma Estrella se haría cargo de todos quienes hubieran cometido una traición, si es que ese era el caso.

Escuchó el llanto de su gente en chozas cercanas, fue a consolarlos ante la mirada atenta de los jóvenes. El corazón se le contrarió cuando descubrió el estropicio en el piso, los platos y vasos rotos, la ropa y los libros quemados. Jeremías, un viejo santón que deambulaba con los ojos idos, se hincó y pronunció furioso la letanía de los cincuenta y ocho nombres, rogándole a la diosa que se vengara por ellos. Mayra se oponía a esos deseos exaltados de retribución porque ella prefería buscar a Ma Estrella solo para agradecerle favores. Pedirle que descargara su venganza significaba estremecer la tierra, dejar que los tifones latiguearan el mar y los volcanes inundaran pueblos con lava ardiente. ¿Para qué, Jeremías, para qué?

El jefe del grupo de choque les ordenó que subieran a un camión, había órdenes de vaciar el crematorio. Dobleyú intentó resistirse, esta es mi casa, gritó, exijo que se respeten mis derechos, ¿dónde nos van a llevar? El jefe se alisó el bigote y le dijo que el crematorio se hallaba en terrenos del municipio y no había sido creado para que la gente viviera ahí. Se había dispuesto que se recuperara su única función original. Lo cerrarían hasta que los encargados vieran qué hacer. Ustedes no son la policía, respondió Dobleyú. Quiero ver el papel que les autoriza a hacer esto. No los estamos arrestando, informó el jefe, se los sacará de aquí, se les tomarán sus datos y se los dejará ir. Se les prohibirá acercarse. Si lo hacen se meterán en líos.

Mayra trató de tranquilizar a Dobleyú. No pudo. Insultaba al jefe hasta que un golpe lo tiró al suelo y lo hizo callar.

[CELESTE]
¿Y ahora qué? ¿Y ahora quién? ¿Qué, quién? Mayra, por fin. ¿Me escuchas? Sí, yo. Creí que no llegaría a comunicarme contigo. Cálmate, no entiendo nada. ¿Los hicieron desalojar? Al menos los dejaron ir. ¿Que se atrevieron? ¿Por qué meterse con las chozas? ¿Por qué con el crematorio? ¿En serio no estás con Dobleyú? Ya aparecerá estoy segura. Es inteligente no le pasará nada, y si tenía intenciones de unirse a los manifestantes bien por él. Te puedo ir a buscar, no te preocupes por mí, dame la dirección de tu prima. Complicado si es en ese distrito, lo has debido ver está lleno de soldados, hay bloqueos, a menos que vaya en mototaxi, ¡una broma!, reíte que nos hace falta. Sí, Lucas me amenazó si no hacía un gesto público de rechazo al culto. Ya sé, más útil afuera que adentro pero igual, no sé si quiero. Llamo después, tengo que.

[EL GOBERNADOR]
Fue a ver a Celeste a su cuarto antes de salir de la casa rumbo a la prisión. Ella lo había hecho llamar con Usse. Otero se acercó a la ventana, observó los árboles recortados en las sombras, imaginó a lo lejos la selva negra. La ciudad se abría a grandes extensiones de terreno que solía explorar en los primeros años, cuando el puesto no lo atosigaba. Coleccionaba en frascos insectos de la selva, atraído por sus formas mutantes. Escarabajos con dos cuernos, hormigas de extremidades peludas, mariposas de alas translúcidas. Ahora pasaba más tiempo en la Casona que lejos de ella.

Acepto tu sugerencia, susurró Celeste, como si no quisiera que la escuchara. Haré público que dejo el culto.

De verdad, es por tu bien.

Ya lo sé, todo es por mi bien.

Eso sí, el Prefecto querrá una conferencia de prensa. Sus asesores quieren que lo hagas público.

Las santitas. Las efigies. Quiero que me devuelvan todo. Sin eso no hay trato.

Espera que se calmen las cosas. Están en un lugar seguro.

Dobleyú, la pareja de Mayra, mi amiga del crematorio. No está, no aparece. Los sacaron del crematorio, los llevaron a una delegación de policía y luego los soltaron. Ella se fue a casa de una prima y él dijo que se iba a unir a las protestas. Quiero que averigües si lo han vuelto a arrestar.

Veré qué puedo hacer.

Al salir Otero se preguntó cómo le diría que, cumpliendo con las directivas del Comité, habían quemado las efigies y las santitas encontradas en su cuarto.

[EL GOBERNADOR]

Otero visitó la Casona y se encontró con un ambiente opresivo. No estaban los vendedores de artesanías y juguetes de madera en la puerta, refugiándose del sol debajo de sus tenderetes coloridos, y tampoco la larga fila de visitantes esperando su turno para entrar, los niños a los que llamaban taxis y que se ganaban unos pesos llevando mensajes de ida y vuelta entre los reclusos y sus familiares y amigos. Le molestó ver la desolación del edificio, de su edificio. Un grupo de guardias controlaba el perímetro del primer patio, en posiciones de apresto en las escaleras, en las barandas de madera carcomida, en las torres de vigilancia. No llevaban trajes protectores y él se preguntó si eso no era peligroso, dado el pedido de cuarentena. ¿O exageraban?

Y él, ¿no debía ponerse un traje?

Hinojosa se acercó arrastrando los pies, con esa facha desganada que odiaba Otero, la bragueta semiabierta, la camisa mal abotonada. Dijo entre resuellos, como si le faltara aire, que para tranquilizar las cosas había ordenado que todos se quedaran en sus celdas hasta nuevo aviso. Otero asintió. A ver por cuánto tiempo le harían caso. Del tercer piso llegaban insultos aislados.

Que no haya represalias. Hay que dejarlos desahogarse.

No veo el problema. Solo esa diosa está prohibida. Tienen otros para escoger.

No me diga que usted no cree ni una pizca en ella.

No sé, no sé. Al final todo me da igual. Cuando se calmen las cosas voy a pedir una semana de licencia.

¿No hay trajes?

No los suficientes. Le darán uno para entrar a la Enfermería. La doctora está priorizando áreas, si tiene razón en lo que dice esto es bien arriesgado. Pero este cuerpito ha visto cosas peores y aquí está, bien parado. Mi mujer se preocupa más que yo.

Hinojosa lo condujo a una celda contigua a la sala común de los guardias. Abrió la puerta con un chirrido de goznes enmohecidos. En la penumbra se distinguió la figura del Tullido, que se incorporó de inmediato. Hinojosa lo iluminó. El rostro tiznado, como si la lluvia de ceniza del incendio hubiera caído sobre él. Las paredes, el piso y los techos estaban garabateados con dibujos de hombres descuartizados y mujeres penetradas por vergas y cuchillos.

Devuélvanme mi muleta, gritó el Tullido. A ustedes los responsabilizo de lo que suceda. La venganza será cruel. Ya lo está siendo, de hecho.

Un murmullo en la oscuridad, un runrún inquietante. El rezo de los nombres, que sacudía al Gobernador. Los pacos hicieron callar a los presos. Otero le dio una palmada en los hombros al Tullido, murmuró palabras de consuelo y recomendó paciencia. Elevó la voz y pronunció un discurso en el que prometía liberarlos apenas renunciaran a cualquier intento de protesta por las decisiones tomadas. Por más que él no estuviera de acuerdo, y no lo estaba, él no era quién para cuestionar esas decisiones. Lo mismo ustedes, no son quiénes para cuestionar las decisiones de Hinojosa o las mías.

Un recluso exclamó que habían cometido un error y que la pelea continuaría. Hinojosa se le acercó con el chicote eléctrico pero Otero lo detuvo.

Antes de salir, el Gobernador dijo que se arrepentía de haber prohibido el culto de la diosa pero que debía seguir las órdenes de arriba, se comprometió con el Tullido a conseguirle pronto una muleta nueva, de metal, bien moderna, y le pidió que lo ayudara a restablecer el orden.

Te podemos ayudar, sabemos que necesitas una pierna nueva. Y si quieres ser el nuevo delegado general, tendrás nuestro apoyo. La Cogotera ya no está para esas.

El Tullido no dijo nada pero se le iluminaron los ojos.

El Gobernador se sintió tironeado por fuerzas opuestas. El Juez y el Prefecto usaban la prisión como parte de una estrategia más amplia. Él, en cambio, se debía a la Casona. ¿Podía ser capaz de romper con ellos y entregarse al edificio? ¿O es que ya había perdido el rumbo?

¿Qué quería la Casona? Debía escucharla a ella.

Otero e Hinojosa se dirigieron al departamento de Lillo. Hinojosa preguntó si la oferta al Tullido era en serio. Claro que sí, respondió Otero. Hay que desactivarlo, es peligroso porque se lo cree, siente que se le ha encomendado una misión divina. Lo mejor es entregarlo a los otros presos. No durará mucho de delegado, ya lo verá. Se lo comerán vivo. Buena voz, dijo Hinojosa, no lo había visto así.

Lillo llevaba bata blanca y pantuflas y una vieja máscara antigás le cubría la cara; tenía a su lado a un muchacho, uno de sus guardiolas, pensó el Gobernador. Les pidió con voz opaca que no se le acercaran. ¿Qué pasa?, Hinojosa apartó de un manotazo a Coco, que le mostraba los colmillos con un gruñido nervioso; Lillo se levantó la máscara a manera de respuesta. Lucas notó una mejilla hinchada y los ojos inflamados, como si tuviera conjuntivitis. Lillo volvió a cubrirse la cara, parecía acabado de levantarse, aunque decía que no había podido dormir toda la noche por culpa de una infección en un ojo.

Vaya a la Enfermería, dijo Hinojosa. Hay un virus raro circulando, asegúrese de que no le haya pegado a usted.

No pienso salir. El aire de este lugar está contaminado.

Le enviaré un doctor entonces.

Dos guardiolas los observaban en silencio desde la puerta del cuarto. Coco se puso a dar vueltas entre ladridos y trató de morderse la cola como si la desconociera; el muchacho se lo llevó.

Otero observaba los objetos de madera en una repisa, minuciosos trabajos de Antuan. Un avión lanzándose en picada, una bicicleta en movimiento, un tren cruzando raudo un puente. Lillo dio un golpe en el velador y pidió a Otero que solucionara pronto la situación. Esto no es bueno para nadie, dijo, una sociedad funciona cuando el mercado funciona, y en este momento todo está paralizado. Vean el patio desierto, Lillo señaló por la ventana. Otero lo escuchó hablar de su nuevo negocio, mencionar números y porcentajes. Sin ganancias no hay comisiones para nadie. Hinojosa y Otero asintieron. Hinojosa lo tranquilizó asegurándole que era solo por un día.

Espero. No me falle, Gobernador.

Otero se quejó al salir del tono autoritario de Lillo, la sensación que proyectaba de creerse el verdadero dueño del penal. Le hubiera dado un buen sopapo pero es un buen socio, me hace llegar regalos todo el tiempo.

Yo también estoy cansado de su actitud de nuevo rico. Quizás es hora de que se vaya de viaje a otro patio. A propósito, ¿qué haremos con el del quinto patio? ¿Hasta cuándo lo tendremos ahí? ¿No lo quiere ver?

Sabe hasta cuándo, Hinojosa. Cambiemos de tema.

Otero se tocó la barbilla, pensativo. No quería hablar de Santiesteban. Ya todo estaba jugado, había que dejar que las cosas siguieran su curso.

¿De verdad cree que todo se solucionará en un día?

Por supuesto que no, compraba tiempo nomás.

Lillo anda mal, ¿no? Esa máscara no le debe servir de nada.

Un noico total. Un hipocondriaco que cree que lo vamos a envenenar y les hace probar su comida a sus guardiolas. Un susto no le vendrá mal.

¿Y si lo que tiene es el virus?

Clarito será. Hasta los hipocondriacos se enferman de verdad. Pero sus síntomas parecen otros. Aunque, ¿qué sé yo?

Fueron a la Enfermería. Si quiere ver a los enfermos tendrá que ponerse el traje, señaló Hinojosa a la entrada. Orden de los doctores. Exageran, pero no seré yo quien se lo discuta.

Otero intercambió palabras con el Forense y fue enviado al depósito a ponerse el traje. Antes de ingresar a la Enfermería se hizo filmar en el traje aparatoso, blanco y de botas enormes, con tres pares de guantes y una capucha con visor panorámico que le cubría la cabeza. Nuestro traje estrella, informó un doctor, nivel de seguridad tres. Solo tenemos un par, los demás son nivel dos. Otero pidió que le transfirieran el video para pasarlo a la Secretaría de Comunicación. Se veía en las noticias a un Gobernador activo, que visitaba a los pacientes y no solo estaba preocupado por los disturbios.

[RIGO]

Mentimos sin cesar en el interrogatorio de la doctora Tadic. La voz no le dijo que éramos simples voluntarios que solo limpiábamos los baños y patios y la sala de operaciones del hospital de aves. Tampoco que los verdaderos doctores eran el Mayor y Marilia y que ellos consumían el tiempo en la oficina del Mayor, preparando las operaciones mientras que en los jardines del hospital soplaba el viento y en los pasillos se susurraba que las ánimas benditas de las aves muertas se aparecían en las madrugadas. La voz dijo que éramos doctores y que habíamos operado cuarenta y nueve pájaros en un día, desde halcones y cuervos hasta pichones de palomas. La gente es mala con ellos, les dispara balinazos por deporte, sobre todo a los halcones que hacen sus nidos en las torres de las iglesias. La doctora cruzó los brazos, no podía ofrecernos un pago pero en su informe hablaría del trabajo de los voluntarios y eso ayudaría a la hora de la sentencia definitiva.

Los oídos se sorprendieron al escuchar *sentencia definitiva*. ¿Por qué a nosotros, que no habíamos hecho nada y cuyos problemas los solucionaría un buen abogado apenas tuviera quivo?

La voz le pidió a la doctora que fuera buena y nos ayudara. Se trataba de una simple confusión de identidades, no éramos el que decían que éramos. Le resumimos la historia y ella nos miró perpleja, vería qué hacer. Si hay tela mejor, usted sabe, aquí no se puede hacer nada sin ella. Ella aportaría de su propio bolsillo, no mucho pero serviría.

La doctora nos entregó un par de termómetros infrarrojos y una libreta a cada uno. Junto a otros voluntarios debíamos ir de patio en patio, revisar todos los departamentos, cuartos y celdas y asegurarnos de que no hubiera enfermos. Un trueno sonó en la lejanía, un relámpago quebró el cielo, y la doctora continuó, imperturbable. Le interesaba que averiguáramos con quiénes habían estado los enfermos y con quiénes habían estado los que habían estado con los enfermos.

El sistema de los anillos ha funcionado bien antes. Mientras más rápido lo hagamos mejor, así aislamos a la gente antes de que esto siga propagándose. Si sale a los barrios populosos de la ciudad, ni qué le digo.

Doctora, si la gente nos ve caminando con este traje habrá un ataque de histeria. Sabrán que el asunto es grave.

Más temprano que tarde se enterarán. Ya ha debido correr la voz de los enfermos del Chicle. Prefiero que los que puedan tener el traje lo lleven.

La llamaron y el cuerpo quiso ir con ella, ver cómo estaba la niña, pero no dijimos nada. La niña no tenía muchas esperanzas, se veía demasiado débil.

El traje nos sofocaba, con él se nos aceleraba la respiración y sentíamos con fuerza el bombeo del corazón. La lluvia ayudaría a refrescarnos.

Entre estas montañas hirviendo
se mece
la jornada.

Solo dos del grupo de voluntarios llevábamos traje. Los demás, andrajosos y descalzos, podrían contagiarse fácilmente. Por lo visto no les importaba. Se contentaban con una anotación de la doctora en su foja de servicios, una esperanza que los ayudara a soñar con la partida de la Casona.

Nos miraban como esperando una orden, como si fuéramos los líderes. La primera decisión fue dividirlos en grupos de dos y repartir la prisión. A cada grupo le tocaría un patio. Nos asignamos el tercero junto a un chico llamado Castillo que hablaba con un acento que costaba entender, la piel canela y el pelo rizado.

Nos escocieron los putapariós y Castillo nos ofreció su sobaquera con alcohol, que se la devolviéramos cuando pudiera. No la usaríamos por más que nos ardiera todo el cuerpo, no queríamos matar a los pobres bichos, que hacían lo suyo despreocupados de nosotros, instalados en su nuevo hogar, pero nos tranquilizó tenerla.

Nos encaminamos al tercer patio.

[EL GOBERNADOR]
Otero descubrió pronto que no se trataba de una simple visita más a los enfermos como tantas que había hecho y que le habían servido para fines promocionales. Había llevado antes el traje protector, pero esta vez lo sintió más pesado que de costumbre. Quizás era el calor o una cuestión psicológica, la situación conflictiva en la prisión como una réplica de lo que ocurría en el pueblo y en la provincia. Aun así, no estaba preparado para lo que descubrió en la sala del cólera. Por la pared de plástico los pudo ver, enfermos en sus camas con el rostro desfalleciente, uno que se había caído al suelo y no se podía levantar,

otros deambulando altaneros, agresivos, delirantes. Manchas de sangre y vómito esparcidas por el piso, un vaho fétido que le hizo arrugar el entrecejo, llevarse a la capucha una mano enguantada. Se persignó. Había que declarar la cuarentena sin esperar lo que dijera Salud.

Deberían estar en sus camas, dijo el Forense, que lo acompañaba de guía. Es lo que se les ha pedido. Pero uno de los síntomas de esta cosa rara es una furia incontrolable. A algunos no hay forma de convencerlos de volver a la cama y de que acepten que se les ponga suero. Necesitan rehidratarse, recuperar lo perdido con tanto vómito y diarrea. Lo peor es que mientras no se tranquilicen las enfermeras no pueden entrar. Es muy alta la posibilidad de contagio si se mueven tanto.

Otero preguntó si había antibióticos para lo que tenían.

Es que no sabemos qué es lo que tienen. Les hemos hecho sacar ELISAS, vamos a ver qué nos dicen. Las hemorragias nos tienen mal. Una vez que comienzan es difícil pararlas. A uno le tuvimos que hacer tres transfusiones para que no se nos fuera. Nuestra disponibilidad de sangre es lamentable, ese es otro problema, hemos hablado con hospitales, han prometido que nos harán envíos.

¿Han podido hablar con los enfermos?

Yo no pero las enfermeras sí. Prepárese para lo que se viene. Porque dicen que no es casualidad lo que les sucede ahora. Que está conectado al cierre de la capilla y a la prohibición del culto. Que es un castigo de la Innombrable.

Será un castigo de Dios más bien.

Otero estaba a punto de salir cuando vio a una niña en una cama en una esquina. Reconoció o creyó reconocer ese cuerpo delgado que no paraba de cimbrarse.

Sí, era ella.

Lo de ella no tiene salida, el Forense lo vio observándola. Está bien avanzado.

Apresuró el paso para hallar la salida.

[VACADIEZ]

Había estado en la primera línea de choque para combatir el motín. Usó el chicote eléctrico con cautela, no le gustaba extralimitarse, pero no fue una buena idea. Terminó magullado, con un dolor en las costillas que no cedía. Lo llevaron a la Enfermería y una radiografía reveló que había tenido suerte. Solo en el cuarto donde lo dejaron, se le ocurrió que el ataque había sido por atrás. ¿No habría sido Krupa?

Media hora después un doctor ingresó para decirle que debía abandonar el cuarto, había casos más urgentes. Le dio una bolsa de analgésicos, tome dos o tres cada cuatro horas, y le hizo firmar un papel. Vacadiez dijo que le costaba incorporarse. Lo siento, son órdenes. Vacadiez masculló insultos a sus jefes.

En la sala de los guardias había un cuarto en la parte posterior con catres de campaña donde los de turno se escapaban para una siesta rápida. Vacadiez se echó ahí porque sintió que no tenía fuerzas para llegar a la habitación que alquilaba en el sótano de una casa en el distrito del templo, a la que iba solo los fines de semana, cuando no le tocaba turno.

Vio en su celular un reportaje de lo que ocurría en la Casona. Sus compañeros entraban y salían de la sala, alguno asomaba su cabeza por el vano de la puerta y le gritaba maricón, ven a ayudarnos carajo, el ajetreo era constante, no lo dejarían en paz. Quizás estaba bien así, quedarse en el cuarto hasta que se calmaran los presos, mejor aun, hasta que desapareciera ese brote del que hablaban. Quiso convencerse de ello pero no pudo. Se sentía impotente. La Escuela lo había adiestrado para momentos como este, y un golpe absurdo lo sacaba de circulación.

No encontraba la posición adecuada en el catre. Se empastilló. El dolor arreciaba a ratos y luego amainaba. Iba al baño con frecuencia, le daban ganas de orinar y luego solo unas cuantas gotitas. Se metió dos pastillas más para dormir. Quería perderse todo el día y despertar por la noche. Escuchó una gotera y creyó que ese cuarto se inundaría y el fin de sus días llegaría en el fondo del mar.

Tardó en entrar en el sueño amable de las pastillas. Mareado, cerraba los ojos y veía monstruosas moscas de la fruta que apoyaban las patas en su pecho y le decían que la invasión había comenzado. Él era uno de sus esclavos, como lo eran todos los guardias en el penal. Las moscas se transformaban en las santitas de la corte de la Innombrable. Le ataban las manos y los pies, le daban con el chicote eléctrico. Escribían la palabra estrella en su piel, una y otra vez.

Vomitó en el baño. Luego se durmió.

Despertó sintiéndose mejor a eso de las seis de la tarde. Un guardia dormía abrazado a él, una pierna fuera del catre. Se incorporó y sintió el dolor en las costillas. Una ducha fría le haría bien. Concluyó que en la confusión de la refriega Krupa lo había golpeado. Su intuición no lo engañaba.

Después de ducharse recibió una llamada de Lillo. Lo escuchó mientras se secaba el cuerpo con una toalla raída que olía a humedad. En su acostumbrado tono perentorio, le pedía que le consiguiera más armas.

Es arriesgado en estos momentos. El Furrielato debe estar bien vigilado.

Si no te animas yo me encargo. Dame la llave y listo, tú no sabes naranjas.

Es que.

Es que, es que. ¿Qué es que?

No me quiero meter en líos.

¿No querías irte de la Casona? Te voy a forrar bien forrado, ahora podrás hacerlo.

¿Y cómo haríamos?

Tú sal al patio. Alguien se te acercará y te pedirá la llave, ya veré quién.

Vacadiez se vistió apresuradamente. El dolor recrudeció, quizás eran los nervios. Admitía que el billete lo tentaba. No soltaría la llave por poco.

Antes de salir llamó a su hermana. Le dijo que le estaba enviando unos archivos por correo. Que no los abriera pero que los entregara a los medios si no sabía de él en las próximas horas. Su hermana asintió sin hacerle preguntas.

[EL FORENSE]

Agradeció que a pesar de la cuarentena le hubieran permitido dejar la Casona y conducir a casa. Se lo había pedido a la doctora Tadic, y ella quedó en que la declaración oficial sería apenas él saliera. El Forense no quería dejarse ganar por lo que ocurría. Era un pacto que tenía consigo mismo, reservar tiempo para otras cosas. Por las noches veía telenovelas y se perdía leyendo de arquitectura y reconstruyendo casas históricas con un juego de realidad virtual que lo convertía en un arquitecto novicio encarrerado al estrellato. No era como la doctora, a quien admiraba pero no comprendía. Qué vida más absurda, pasar tantas horas en la oficina, hacerse traer esa comida mugrosa que vendían en los puestos del segundo patio y cuyo olor a ajo y cebolla frita se esparcía por los pasillos de la Enfermería. Quedarse a dormir en su sofá, ofrecerse incluso de voluntaria cada vez que podía. Él había abusado de ella, lo confesaba. Cuando había emergencias era cuestión de esperar para que sin falta levantara la mano. Como ahora.

Tosió. Ver a tanto enfermo lo había desgastado. La enfermedad se les había manifestado hacía muy poco y sin embargo se consumían con rapidez. No paraban de vomitar y de cagar y se ponían agresivos. No quiso entrar a la sala del cólera y admiró a las enfermeras que sí entraron. Tenía una buena razón para ello. El miedo a haberse contagiado de la mujer muerta, la Paciente Uno. Se tomaba la temperatura cada rato.

Por el camino se cruzó con camionetas policiales. Lo detuvieron para pedirle sus papeles, le recomendaron el mejor camino para llegar a su urbanización, había calles y avenidas cerradas. Les deseó que restablecieran pronto el orden, no soportaba a esos destemplados que se esforzaban por hacer que Los Confines se mantuviera como el hazmerreír de la familia, el hermano retrasado que avergonzaba a los demás.

Antes de partir había hablado con la doctora, Hinojosa y el Gobernador en una reunión improvisada. El Gobernador había decidido declarar la cuarentena por cuenta propia, luego hablaría con Salud. El Forense dijo que la declaración era un paso positivo pero no suficiente, esa plaga desconocida los superaba y era mejor transferir responsabilidades a Salud. El Gobernador estuvo de acuerdo pero comentó que la situación política lo hacía todo difícil. El Prefecto estaba con la cabeza en otra parte y no habría respuestas inmediatas. El Forense se marchó molesto. La burocracia era capaz de envenenar su corazón. La lentitud, la ineficiencia, la falta de infraestructura. Todas esas cosas que había romantizado de joven y lo habían hecho insistir en que lo destinaran a la provincia se le aparecían ahora como imágenes monstruosas del mal. Vampiros que le chupaban la sangre.

Antes de entrar a la casa dio una vuelta por el jardín y observó la ciudad que yacía y bullía a sus pies. Desde esa distancia el edificio más visible era el templo de la Innombrable. Se preguntó cómo había sido posible que las autoridades hubieran permitido su construcción. Opacaba a la catedral, en la plaza principal. Quizás no habían tenido opción. Quizás gracias a esos pactos de las autoridades el maldito pueblo sobrevivía. O quizás había sido suficiente una buena coima. Culto de indios mugrosos que lo iban abarcando todo.

Le dijo a Robert que dormiría nuevamente en el cuarto para huéspedes. Cómo exageras, dijo este, cualquier sospecha es suficiente para que te escapes. El Forense cambió de tema y le preguntó cómo estaba su mejilla. Ya no está la vena rota que tenías ayer, dijo Robert. Al menos eso, hizo una mueca el Forense.

No seas fatalista, le imploró Robert esa noche antes de irse a dormir, estás actuando como si estuvieras contagiado. Nunca pasó nada antes, nada pasará ahora tampoco.

Robert quiso besarlo y él se apartó. Le había pedido dos días, quedaba uno. Hicieron apuestas y Robert dijo que ganaría si no le pasaba nada y esta vez se la cobraría.

Antes de dormir se tomó la temperatura. Una fiebre ligera. Trató de no alarmarse, pero no pudo dormir.

Por la madrugada, los escalofríos sacudían su cuerpo.

[YANDIRA]

No se había recuperado de la muerte de la Paciente Uno. Saba había fallecido en sus brazos, y la bañó con su vómito y su sangre. Los doctores le habían puesto suero antimalárico, la regaron con cloro y quemaron su uniforme y le dijeron que no debía irse a casa hasta confirmar que no tenía síntomas de contagio. Toño, su pareja, la esperaba junto a su hijo, pero ella lo llamó para decirle que se quedaría hasta nuevo aviso. La doctora Tadic le dijo que no tenía que trabajar, que incluso podía ingresar como paciente, le darían una habitación y la atenderían. Yandira aceptó el ofrecimiento y se encerró en la habitación. Se puso a ver series, una de una doctora drogadicta que encontraba el amor en los brazos del encargado de limpieza del hospital, pero no podía concentrarse. Pensó en los tatuajes que se haría poner. Quería dejar el trabajo, aunque no sabía qué más podía hacer. Le gustaba ayudar y se sentía acompañada de los enfermeros y enfermeras de su equipo. Había amistad y compañerismo y creían que estaban ayudando a que la Casona fuera un mejor lugar para todos. Se llevaba bien con los presos, la mayoría la piropeaba sin excederse aunque no faltaba el degenerado que la hacía llamar a los pacos. Las reglas eran claras, no debía meterse ni con reclusos ni con pacos, pero una noche, en una fiesta, había caído con Lillo, convincente con los regalos que le enviaba, anillos y collares de pedrería reluciente. Toño jamás se enteraría, pero ella igual se sentía mal de tener ese secreto con él. Esos secretos, porque también había caído con Krupa, que la metió en un baño y la asustó tanto con su amenaza de hacerla echar del trabajo que prefirió no complicarse cediendo, aunque luego habló con Hinojosa y elevó una denuncia que no había llegado a ninguna parte.

Se sintió ridícula en esa habitación, dibujando en su mano los contornos de un posible tatuaje mientras sus compañeros se exponían al peligro. Debía volver. O quizás no, quizás ya había sido expuesta al peligro. Se acordó estremecida de la cara de la Paciente Uno, de sus manos tan calientes cuando la tocó. Los ojos salidos de sus cuencas. La sangre que aparecía de todas partes, la piel que se partía.

Se levantó con esfuerzo y se vistió con su uniforme de enfermera. Se dirigió a la sala del cólera. En el trayecto se topó con enfermeros, alguno se sorprendió al verla pero quizás creyó que ella tenía permiso para volver al trabajo. Cerca de la sala escuchó gemidos. Se armó de valor.

No pudo. Apenas vio a los enfermos por la ventanilla se quedó inmóvil. La asombró ver a tres enfermeras en la sala, una de ellas sin el traje protector. Ella tampoco lo llevaba, y aun así pensaba entrar. Ese era un problema, no eran dados a seguir todas las reglas, la doctora se molestaba pero ella tampoco obedecía las instrucciones.

Fue a encerrarse al baño y se sentó en el piso y se dejó ganar por el llanto.

[LA JOVERA]

No respondía por sí misma. La habían llevado a la sala del cólera y la pusieron junto a otros reclusos enfermos del Chicle. La desnudaron, quemaron sus ropas, le entregaron un pijama y la hicieron recostarse en una cama.

Uno de los del Chicle se cayó de la cama y un enfermero lo quiso levantar pero no pudo debido a la escasa movilidad que tenía con el traje protector. Vomitó sangre y se quedó tendido en el suelo. La Jovera hubiera querido acercarse a ayudarlo, pero apenas le daban las fuerzas. La pincharon con una aguja y le dijeron que necesitaba suero para hidratarse. Tenía sed, sentía la garganta reseca. Le dieron un vaso con hielos, se los metió a la boca. Le dieron unas pastillas para el dolor del cuerpo, le dijeron que se tomara una cada cuatro horas pero la Jovera se metió las cuatro de golpe, a ver si así se le pasaba. Durmió durante una hora y se despertó por culpa de unos retortijones que la hicieron irse en mierda líquida. Le habían dicho que en esa cama podía hacerlo, no tenía que levantarse. Igual le dio vergüenza. El olor le hizo pensar que tenía algo muerto ahí adentro, y eso que no había comido mucho los últimos días. Trató de reconstruir sus pasos, ver qué había podido suceder, qué o quién la había contagiado.

Esos días había visto ratas en el Chicle. Hablaría con la doctora, que en ese momento se le acercaba vestida con un traje protector blanco, ¡un astronauta!, para tomarle la temperatura y revisar las heridas que se le hacían en el pecho y la garganta.

Volvió a dormir y a despertarse. Esta vez sintió que no respondía por sí misma y jaló el cable del suero e hizo caer el aparador de metal sobre el que colgaban el tubo conductor y el catéter. Una enfermera le pidió que no lo hiciera. La Jovera se levantó de la cama gritando maldiciones. Empujó a la enfermera y se acercó a la pared de plástico transparente desde donde la observaban. Quiso romperla y no pudo. Insultó a los doctores, a los presos y a los animales de la Casona, a la Casona misma. Se acordó de esa frase con la que los presos la conminaban al orden, ¿qué va a decir la Casona? Como si la Casona fuera una persona y estuviera viva. Qué mierdas le importaba. Ahora sería ella quien hablaría.

Cinco a que me queda un mes. ¿Futuro aceptado? ¡No! Cinco a que me queda una semana. ¿Futuro aceptado? ¡No! Cinco a que me queda un día. ¿Futuro aceptado! ¡Sí! ¡Sí!

Qué hijo de puta, Rodri.

La redujeron entre dos enfermeros. Debieron atarla a la cama y le dijeron que solo la soltarían cuando se tranquilizara. Vomitó. Le salía sangre por la boca. Esta vez los enfermeros no pudieron detener la hemorragia. La llevaron a la sala de operaciones para hacerle una transfusión.

[LA DOCTORA]

A manera de dar un ejemplo, Tadic ingresó a la sala del cólera con el traje protector y se acercó a la niña postrada en una cama en la esquina y le susurró palabras tranquilizadoras. La niña no reaccionó. Su corazón latía, pero la expresión catatónica en la cara la preocupaba. Estaba más allá que aquí, y ellos, pobres, seguían intentando adivinar qué ocurría. Un enemigo microscópico que solía ganar las batallas, cualesquiera que fueran. Como dijo una vez su profesor en la universidad, y lo había memorizado, *¿qué son los virus sino seres fantasmales, fantasmas puros que flotan en el mundo esperando poseer una célula humana para corporizarse y hacerse vida? Ahí los ve y no los ve. Todos los días. Monstruos perfectos.* Ese monstruo perfecto provenía de un insecto o un animal, era un parásito que allá había vivido en paz, y el animal también, en sincronía, sin siquiera darse cuenta de que alguien se alimentaba de su sangre y de sus células. Luego el virus, por uno de esos azares catastróficos, se había metido en el cuerpo de un ser humano y hacía estragos en un territorio extraño para el que no estaba preparado. *Un motín maligno*, decía el profesor. Se iba desplazando de un ser humano a otro, con rapidez, hasta que el contagio llegaba a un punto muerto. Ni el virus ni el ser humano se beneficiaban, destrozados los dos.

La doctora ordenó a las enfermeras que limpiaran el piso de la sala del cólera con cloro y que no dejaran de hidratar a los enfermos, que estuvieran pendientes, se ponían nerviosos y querían sacarse los tubos y los catéteres. Veía el susto en la cara de las enfermeras y le tentaba decirles que el trabajo era voluntario y que se quedaran solo las que quisieran, pero prefirió no hacerlo porque las necesitaba.

Fue a descansar a su oficina y en el camino pensó que todo era azar, un juego de mutaciones biológicas ayudadas por las condiciones estructurales de la Casona. No se arrepentía de no haberse ido a la capital cuando le ofrecieron montar una clínica privada. No podía decir que se había quedado por desprendimiento, por amor a la pobreza o a su trabajo, por más que eso fuera lo que pensara el Forense. Al final lo más importante había sido la inercia.

No había dioses ni diosas y estaba bien que fuera así. La única verdad consistía en que segundos después de su muerte ya no quedaría nada de ella. Sería cremada, y no flotaría en el aire ningún espíritu que la representara. Todo era absurdo y pese a ello debía hacer lo que estuviera a su alcance para ayudar a los hombres que le habían tocado en suerte en la Casona a vivir y morir mejor.

Una vez en su oficina supo que a pesar del apoyo del Gobernador se meterían en problemas con Salud. Había trámites que cumplir con la cuarentena. Los dichosos trámites, como enviar a un investigador a constatar que la declaración firmada por la doctora y el Forense, y avalada por el Gobernador, correspondiera a la verdad. ¿Pero cómo, si a veces ese investigador podía tardar días cruciales en aparecer por la prisión? No les importaba nada. Si fuera por ellos, que se murieran todos los reclusos.

Prefirió no pelear. Se lo dejaría al Gobernador. Pidió que le enviaran suero, jeringas y cloro, mucho cloro. Fármacos antimaláricos, aunque no sirvieran de nada. Más trajes protectores, todos los que se pudieran, y de mejor calidad, guantes de nitrilo y no de látex, los de látex se rompían fácilmente. Pastillas para dolores de cabeza y musculares. Bolsas de sangre para transfusiones.

Necesitaban saber qué tipo de virus era. Agarrar murciélagos y ratas, estudiar los insectos de la Casona. Solo así podrían enfrentarse a lo que se venía con cierto optimismo. No era parte de su trabajo, pero alguien debía hacerlo, y ya. La exasperaba ver que ella cumplía con lo suyo mientras otros actuaban con indolencia. Debía confiar en la estadística, que decía que a todas las pestes se las había derrotado, aunque a veces ellas, más bien, se dejaban ganar, agotadas, recorriendo su curso hasta el final. Medidas de higiene, evitar grandes aglomeraciones de gente, hidratarse, matar a los animales sospechosos de acarrear el virus, prohibir los últimos ritos a los muertos, aislamiento, ruptura de la cadena de contactos. No había más receta que esa para triunfar en la batalla. Pero sería más fácil si se supiera el tipo de virus.

Escribió instrucciones en un papel y le encargó a un enfermero que se lo entregara al loco, con la promesa de unos pesos si iba por la prisión leyéndolo con su vozarrón.

[EL LOCO DE LAS BOLSAS]
Gran circo gran señores, con la famosa cabra hipnotizadora, funciones para toda la familia, no deje de asistir. El cuerpo del delito, dicen que la sangre de los blancones es dulce, que su lengua es un manjar delicioso, que el cráneo del Tatuado era asimétrico, arcadas cigomáticas pronunciadas, orejas pequeñas planas y sin bordes, ojos oscuros y vivos, barba rala, negra e hirsuta, maxilar inferior pronunciado, típico de criminal. Ahora dice la doctora que nos vamos a morir de nuevo si no se cuidan. No lo digo yo, lo dice ella, vayan a decirle a ella. No por

mí. No me señalen. Bastante tengo yo con la Zulema Yucra. La kermesse de los sábados. Lávense las manos, no se toquen, no cojan. Nos vamos a morir de nuevo. Como la otra vez en el cuarto patio. En su cabello, a la hora del champú, limpia suavemente. Este plan está planeado por lo mismo del exterminio una vez más. El Gobernador y la doctora son los que dan las órdenes para eso, pero yo no soy cómplice con ellos, a mí no me miren. Yo cumplo con lo que me piden. Compren zapatos, vayan al cine. Necesito nuevas bolsas, pero me piden garantías bancarias para la concesión de las contribuciones generales de la administración del país. Pueden donarme nuevas bolsas. Nos vamos a morir de nuevo si no se cuidan. Si no nos cuidamos. Si ven una rata, mátenla. Si ven mosquitos, mátenlos. Si ven cucarachas, mátenlas. No toquen ni a sus perros ni a sus gatos, no toquen a nadie. No se toquen. No toquen a los murciélagos. Tómense la temperatura y si tienen fiebre vengan a la Enfermería. Limpia suavemente, y ahora sigues tú. Si ven a alguien enfermo avisen. Tomen harta agua. Coman bien, pero limpien su comida. Fuiste mía un verano, solamente un verano. Cómo olvidar tu nombre. A mí no me toquen, se dice el pecado no el pecador, algo así, confíen en el mensaje, no en el mensajero, eso quería decir. Y no bailen, porque si no nos vamos a morir de nuevo. Y no dejen de ir al show. Gran circo señores, gran circo cigomático, con la famosa cabra hipnotizadora, funciones para toda la familia, no deje de asistir. Soportó nuestra terrible opresión y por eso se levantó, un bandolero, un orangután sangriento, razas y clases, perpetuo antagonismo, que es, sin embargo, el factor de todo progreso y civilización. Éxito, éxito.

[HINOJOSA]

El Jefe de Seguridad acompañó al portón a Otero, visiblemente sacudido por su visita a la Enfermería. Antes de despedirse el Gobernador le dijo que fuera flexible con el tema de la Innombrable, que les dijera a los presos que no podían rezarle en público y que la capilla permanecería cerrada pero que no habría represalias si le rezaban en privado. Lo mismo con efigies, santitas y escapularios. Si eran cuidadosos y no se hacían descubrir, podían conservarlos.

Hinojosa entendía esa flexibilidad, él también era partidario de acatar las leyes pero no cumplirlas, era la única manera de mantener orden en la prisión, aunque también conocía presos a quienes se les daba la mano y se tomaban todo el brazo y para ellos lo que funcionaba era la rigidez, la disciplina estricta, el saber a qué atenerse. No le convencían las reglas aplicadas a todos por igual, pero él no era el Gobernador. Entendía que le preocupara ese rumor de que la plaga tenía algo que ver con la prohibición del culto, pero no era razón suficiente.

Y no se olvide de ver que todo anda bien con el del quinto patio.

Hinojosa asintió y evitó hacer comentarios.

Escuchó el parte de noticias de Krupa. La prisión estaba controlada, aunque, quién sabía, quizás los presos solo se habían replegado y tramaban algo. A la Cogotera se la había aislado en una celda del cuarto patio, se habían excedido en los golpes y era mejor que no se la viera en ese estado. Hinojosa le dijo que se mantuviera en contacto con sus informantes. Decían que había preocupación por los reclusos llevados a la Enfermería, por la aparición de ese brote. Una preocupación que tenía visos de transformarse en histeria generalizada si no había respuestas concretas de la Enfermería o si continuaban apareciendo más presos enfermos.

Le tocaba ir al quinto patio. Prefería delegar el trabajo a Krupa, pero Otero le había pedido que lo hiciera él. ¿Qué le quedaba?

Hinojosa hizo preparar un táper con sopa de fideos y a eso le añadió una cuchara de plástico y un pan duro en una bolsa. Encendió una linterna, bajó al subsuelo y caminó por un pasillo húmedo y cavernoso. Gotas de lodo mineral caían del techo. Le sorprendió encontrarse con más ratas de las que hubiera creído que existían en ese subsuelo. Más ratas de las que había visto el día anterior. ¿Tanto trajín las estaba despertando? Chillaban como molestas de que se profanara su reino. Uno se descuidaba, y los animales proliferaban. En realidad todo proliferaba.

A pocos metros de llegar sintió una caricia en la cara y se sobresaltó. Apuntó con la linterna al piso y al techo y a las paredes en los costados. Nada. En los pueblos mineros se creía que el diablo habitaba en las cavernas más profundas, en los túneles subterráneos de las minas. Era probable que hiciera su hogar allí, en ese subsuelo. Eso podía hacer que se entendiera tanta maldad desatada allá arriba.

No abriría la celda para no perturbar el aislamiento. Pero a unos veinte metros de la puerta decidió que tampoco se acercaría más. Le gritó al preso que se reportara. Quería escuchar su voz, confirmar que era quien creía que era. No hubo respuesta. Estaba seguro de que lo escuchaba. Una burda manera de mostrarse desafiante, cuando lo lógico era que se presentara con humildad para así ganar quizás algo de comida o unos minutos de escape de su confinamiento solitario.

Una nueva caricia en el rostro. Volvió a mover la linterna de un lado a otro. Nada.

Quienquiera que seas, repórtate, dijo, teatral.

De pronto, volvió a escuchar sus mismas palabras, pero no como si se tratara de un eco, sino como si las pronunciara otra persona que estuviera cerca de él y que no alcanzaba a observar, alguien que, por el vozarrón intimidatorio, le doblara en tamaño.

Dejó caer el táper y la bolsa. Sintió que la sangre dejaba de circular por el cuerpo y entendió que había gente que se moría de susto. Un viento frío lo rodeó y lo inundó.

Se dio la vuelta lentamente, como asegurándose de que sus articulaciones todavía funcionaban. Dio uno, dos pasos vacilantes y luego se largó a correr.

Krupa lo miró asombrado al llegar a la sala. Estás como si hubieras visto un fantasma, dijo. Lo peor es que no lo vi, respondió Hinojosa. Esos son los más terribles, Krupa habló como si supiera del tema.

[RIGO]

La lluvia arreciaba. Nos acercamos con Castillo a una celda del tercer patio. Al principio la creímos vacía, pero el olor a podrido nos alertó. Eso nos hizo pensar en una solución práctica que recomendaríamos a la doctora, para indicar la presencia de un enfermo. Poner un turril de colores a la entrada de las celdas de los afectados. Allí se podrían dejar medicamentos y comida sin necesidad de entrar a la celda, si es que el afectado o los afectados estaban aislados o habían decidido aislarse.

¿Hay alguien ahí? Una voz de mujer respondió, Váyanse, por favor. No pueden entrar, mi marido está enfermo. Apenas la escuchábamos en medio del chaparrón. Castillo alumbró con una linterna y vimos en un rincón de la celda a un hombre tirado sobre bolsas de yute. El hombre tenía una mano apoyada en lo que parecía ser el cráneo de un animal pequeño, pintado de rojo.

¿Desde cuándo así?

Tres días.

¿Por qué no lo llevó a la Enfermería?

Él no quería. Se cuentan muchas cosas malas de allá. Se va a sanar como se sana en su pueblo. Te encierras hasta que se vaya. No puedes salir porque sale contigo. Dice que lo que le está pasando ya le pasó una vez, hace mucho. Todo el pueblo se encerró y al poco tiempo nadie estaba enfermo.

Si no lo atienden pronto no habrá visitas a ningún pueblo para él. Necesita que lo rehidraten, urgente. ¿Con cuánta gente han estado en contacto?

Solo mi hermana Delfina, que vive en el segundo patio. Ella nos ha estado trayendo comida. El primer día entró, el segundo ya no.

¿Qué hacemos?, dijo Castillo.

Buscamos una idea brillante en la cabeza al ver la confianza de Castillo en nuestras soluciones. Un gemido de agonía rasgó el pecho y nos extravió. Debíamos apurarnos.

La orden era censar a los enfermos y establecer una lista de la gente con la que habían entrado en contacto, familiares y amigos y conocidos, anillos y más anillos, pero un impulso nos pedía entrar. Miedo al encuentro de un abrazo letal cuando franqueáramos el umbral. No sabíamos si la enfermedad se contagiaba por el aire. Nuestra religión nos impedía matar a ningún ser vivo y eso incluía a los virus. *Todo, hasta lo más pequeño*, decía la Exégesis, *muestra un orden, un sentido y un significado, todo en el mundo biológico es armonía, todo melodía.* Los monjes de la orden incluso dormían con un barbijo para no matar por accidente a ningún insecto que les entrara a la boca. Aunque hubiera sido por compasión, habíamos transgredido esa ley con Marilia, habíamos roto esa gran comunidad que éramos todos, y no estábamos dispuestos a volver a hacerlo, por más que supiéramos que quienes propagaban la enfermedad fueran bichos invisibles a simple vista. Qué dirían los monjes. Los más estrictos, que estábamos en falta. Si no se los mataba no habría forma de combatir el mal. Si sí, estábamos en falta. Una duda existencial para atosigar a los metafísicos. Pero nosotros no éramos ellos y nuestras decisiones se basaban en la piel, en lo que a ella le urgía. Esa piel sabía que para restablecer el equilibrio del mundo debíamos mirar de igual a igual a todos los seres del universo sin excepciones.

Castillo nos seguía mirando, expectante.

¿Vas a entrar, no?

No nos dejaríamos torcer el brazo por el Maloso. Sobrevivimos una noche en Los Silbidos, no podíamos echarnos atrás.

Suspiramos. El problema no era el Maloso en Los Silbidos sino nosotros en el mundo. Debíamos olvidarnos del miedo.

Pedimos la linterna a Castillo, hicimos una venia y entramos.

[EL PREFECTO]

A Vilmos le dolía la cabeza. Había visto una película durante la noche, para quitarse la tensión, pero no pudo. Una comedia tonta, de las que le gustaban a Tea, interrumpida a cada rato porque las llamadas no dejaban de llegar. Sus asesores le traían nuevas ofertas en la negociación con los huelguistas. El Juez lo mantenía al tanto de la situación de Santiesteban y del estado de cosas en la Casona. El Ministro de Gobierno lo había llamado para transmitirle la preocupación del Presidente, contaba con su respaldo pero confiaba en una pronta solución, de otro modo se tomarían medidas.

En la cocina se sirvió un vaso con cinco claras de huevo y atisbó desde la ventana la tranquilidad de la calle rodeada por soldados. Una tranquilidad forzada, engañosa. No quería vivir así. Quería acercarse a la gente, volver a caminar por los mercados, como alguna vez lo hizo en los primeros meses de su mandato. Nunca le había interesado besar bebés en sus visitas a los pueblitos del interior, estrechar manos, abrazarse con quienes le mostraban su cariño, posar para gente más interesada en una foto de recuerdo que en sus palabras, persignarse ante las estatuas de dioses que no le iban ni le venían, pero reconocía que extrañaba ese acercamiento. Extrañaba recorrer las calles de la ciudad sin miedo a que lo atacaran por la espalda. No era un hombre duro y se resignaba a serlo para que no dudaran de él. Había dado un paso en falso. No debió haber creído en las palabras del Juez. Sus batallas eran diferentes. A él le preocupaba el ascenso de Santiesteban y la popularidad del Presidente entre los seguidores de Ma Estrella. Al Juez, la expansión del culto.

221

De ahí había salido un perverso matrimonio de conveniencia. Luchaba contra una fe sin tener confianza en la suya. No era un cruzado y nunca lo sería.

Tea le preguntó cuándo creía que se resolvería el conflicto. Se había hecho una intrincada cola de caballo, pasaba todas las tardes así, armando y desarmando su cabellera, probándose vestidos para recepciones imaginarias.

No sé.

Hubiera sido mejor no meterse con ella, me preocupa.

No seas supersticiosa.

Anoche tuve un sueño, jugaba a las cartas en un bar, con una mujer que me ganaba toda mi fortuna y antes de irse me la devolvía. Cuando desapareció me di cuenta de que se trataba de la Innombrable.

Dile Ma Estrella.

Mejor no provocarla más.

Vilmos arrastró sus pies por la alfombra verde de la sala, notó el techo cuarteado por la humedad, la plata sin brillo de los candelabros, el oro desvaído de los marcos de los cuadros. La residencia necesitaba refacciones. Cómo intimidarlos si su lujo estaba al alcance de cualquiera. El Juez vivía mejor que él. Santiesteban, ni qué decir. Eso lo tenía a mal traer. No toleraba la mansión que Santiesteban se había hecho construir, en burdo desafío a la residencia prefectural. Se las daba de hombre del pueblo pero vivía como nadie. Quizás ni creía en la Innombrable y todo era oportunismo puro. Habría que ver en qué momento se entregó a la causa de la diosa. No creía en lo de su hija. Sospechaba que fue cuando las encuestas dijeron que el culto era apoyado por la gran mayoría, con ese cogollo poderoso de familias locales apuntalándolo desde el distrito del templo.

Rita llamó para informarle que los huelguistas no solo no cedían en sus demandas sino que pedían más cosas, la voz chillona, antipática, cuando hablaba en las reuniones del gabinete le daban ganas de taparse los oídos. La huelga continuaría. Hasta las últimas consecuencias, decían. Su vocero insinuaba, atrevido, que sería difícil solucionar el problema con el Prefecto en el poder. Así que ahora, envalentonados, pedían su cabeza. Rita le confirmó que los obreros de las principales fábricas de la provincia se plegarían al día siguiente a la huelga y sugirió hablar con el Ministro de Gobierno para que declarara estado de sitio.

Piensa igual que el Juez, le dijo Vilmos a Tea.

¿Qué harás?

No sé, movió la cabeza. Si me dejaran una salida honrosa, podría ceder. Pero me ponen contra la pared. No quisiera recurrir a la capital. Quisiera resolverlo todo por mi cuenta. Porque luego vendrá el Presidente o uno de sus ministros y pondrán un parche y se llevarán el crédito. Así que mejor el parche lo pongo yo.

Son tantas las cosas que se hacen porque no nos dejan una salida honrosa.

Vilmos se preguntó cómo hacía Tea para estar bordeando siempre la reflexión filosófica con el lugar común.

No me quedará otra que vapulearlos. Y terminar de hacer lo que soñaba el Juez.

El Juez no tiene sueños. Debe soñar con un túnel oscurísimo. Con una boca de lobo. Con un abismo. Debe ver todo negro.

Sí es así, dijo Vilmos, impaciente, entonces tiene sueños.

Al rato llamó el Juez. No le quiso atender.

[DOBLEYÚ]

Estaba atrincherado en las oficinas de la Federación de Trabajadores Metalúrgicos junto al grupo que lideraba la huelga. Se había venido aquí, su viejo hogar de cuando trabajaba como chapista, a apoyar la protesta, después de que los hubieran liberado en la delegación de policía. Mayra, mientras tanto, se había dirigido a la casa de su prima en la zona del templo, a buscar apoyo para ver cómo recuperar sus cosas decomisadas en la toma del crematorio.

No podían salir porque el edificio estaba rodeado de efectivos antidisturbios que se erigían como una barrera ante grupos de choque del partido gobernante, llegados del interior en camiones. Los compañeros más jóvenes vacilaban. El ruido de tanquetas y jeeps en la calle, los rumores de que allanarían pronto el edificio, los llevaban a pensar que quizás convenía no ser excesivo con los pedidos y fuera preferible buscar una salida negociada. Se asomaban a las ventanas del segundo piso, reportaban la llegada de tropas, el sobrevuelo inquietante de un helicóptero, el furor de la multitud oficialista. Dobleyú los amilanaba con la mirada y los conminaba a seguir. Una mirada que derretía estatuas, las cejas boscosas con pelos que se salían de curso y caían sobre los ojos negros. Él sabía de su poder y lo usaba en situaciones en las que debía ahuyentar las dudas innumerables de los creyentes. Habrá una salida mi gente, dijo, pero no negociaremos, y agitó las manos y se las llevó al pecho, melodramático, gozoso en el papel que le tocaba en suerte. Qué más hacer. Era con esos gestos que uno se ganaba al personal.

Dobleyú trajo una efigie de Ma Estrella a la sala de reuniones e hizo que todos consiguieran palos y almohadillas y se pusieran a llevar el ritmo golpeando la mesa. Al rato cantaban un himno en honor a la diosa, fraseos que improvisaba uno y seguía el grupo, versos simples que ante todo procuraban conmover. No todos creen como nosotros, solía decir Mayra en el crematorio cuando veía a Dobleyú exaltado ante esos blandos de corazón, esos de fe epidérmica que venían a orarle a la diosa y luego se iban corriendo al estadio a ver un partido de fútbol. Dobleyú estaba seguro de que incluso entre los creyentes había quienes no creían como él, pero eso no lo hacía bajar los brazos. No debía tener piedad con los leves y con los falsos y debía apuntar al corazón de los dudosos, hacerles ver sus faltas y convencerlos de seguir el camino correcto. Los abrazaba, era importante tocarlos, hacerles sentir que era familia, su hermano o quizás su padre o incluso el hijo, entregado a ellos en procura de construir la sociedad deseada.

Mi gente, Ma Estrella está con nosotros, gritó, no podemos perder ni aunque perdamos. No perder ni aunque perdamos, repitieron los obreros, su voz elevándose, rebotando en el techo agrietado, en las paredes cubiertas de fotos solemnes en blanco y negro de los líderes del sindicato. ¿Cómo es eso? Si perdemos perdemos, dijo un obrero de los antiguos, y los demás lo callaron. Tenemos que seguir en el cumplimiento de nuestra misión, gritó Dobleyú, en nuestro cumplimiento, gritaron los obreros. Esa falta de vacilaciones de Dobleyú sorprendía a Mayra, tan llena de empatía con todos aquellos que mostraban un asomo de interés siquiera. Él pensaba que era la única forma de continuar en la pelea. Sería una huelga hasta la victoria. El Prefecto no haría nada contra ellos. Tampoco creía que se atreviera su círculo más cercano, a varios de ellos los había visto tantas veces en el crematorio, incluso había ido a sus casas, a bendecirlas. Hipócritas, merecían el castigo. Las santitas vendrían con su fino estilete y les cortarían la cabeza. Ma Estrella haría que un fuego los devorara.

Dobleyú estaba exaltado y se sentía cercano a la victoria a pesar de que los rodeaban. Por eso, cuando un asesor del Prefecto llamó para ofrecer una nueva propuesta, por la cual estaba dispuesto a aceptar el culto siempre que se lo mantuviera lejos del alcance oficial, viviendo una vida subterránea, es decir, la misma vida que llevaban los miembros de la administración creyentes en la Innombrable, una política que consistía en dejar hacer mientras no fuera público, a Dobleyú no se le ocurrió otra cosa que insistir a los líderes del movimiento que pidieran la renuncia irrevocable del Prefecto. No habría negociación mientras él siguiera ahí.

Los obreros miraron a Dobleyú, vacilantes. El hombre los llevaba al suicidio y ellos no sabían si seguirlo o salir corriendo y rendirse. Quizás los más jóvenes se preguntaban qué hacía él ahí, quién era. Pero él había estado en todas las reuniones de la Federación hasta que conoció a Mayra y se fue a vivir al crematorio. Todavía pagaba las cuotas del sindicato.

Uno de los líderes, de anteojos con un cristal roto, barba de días y chamarra con el cuello levantado, levantó la mano y bajó la cabeza. Sigamos hasta el final, dijo. Otro lo siguió, timorato. Los demás se fueron plegando. Gracias, mi gente.

[EL GOBERNADOR]

Encontró a Usse regando las plantas en el jardín y le dijo que necesitaba hablar con ella. Se sentaron en el living, Usse expectante y curiosa, y él le contó que había visto a su hija muy enferma en la Casona. La mirada de Usse se ensombreció, ¿cómo así? Parece que es un virus desconocido, dijo él, lo siento. Está en manos de los médicos, hay que confiar en que todo saldrá bien. Les he pedido que le den toda su atención.

Usse pidió permiso para ir a la Casona. Él le informó que debido a la declaración de cuarentena no la dejarían entrar, de modo que escribió una nota en papel membretado, dirigida a los guardias de turno en el portón, en la que les pedía que permitieran su ingreso, y la firmó con trazo alharaco. Ella fue a su cuarto a cambiarse y salió corriendo de la casa.

Otero se dirigió a su escritorio en busca de un libro que lo acompañaba en situaciones difíciles. Poemas dedicados a la Innombrable, escritos por un santón en estado de trance. En la capilla se hincó frente a la cruz, se persignó y se puso a leer los poemas. La luz del atardecer atravesaba los vitrales bañando el recinto de colores.

Acarició la tapa del libro, las hendiduras de las letras doradas, las hojas de papel biblia, la delgada cuerda amarilla que oficiaba de marcapáginas. Anotaciones y subrayados indicaban qué le había llamado la atención. Al libro le faltaba poco para estar todo subrayado.

Tosió. Un leve dolor de cabeza. La garganta le raspaba. Se arrepentía de haber estado de acuerdo con el Juez y de aceptar sin discusión las decisiones de un Comité contra la Superstición obviamente arreglado. Tampoco podía haberse opuesto a órdenes que salían de la Prefectura. Sí, ¿por qué no? ¿Qué le podían haber dicho? La Casona era autónoma, pudo haber respondido. Nadie toca la Casona, yo tengo mis formas de manejarla. Mis reglas propias. En cambio, hubo la acquiescencia bovina, con perdón de los bovinos. Ir contra una diosa que no había hecho nada contra él. Que más bien lo ayudaba a tener la Casona bajo control, y eso era lo que importaba. Lo que le importaba a él. Ahora los reclusos creían que ese virus había sido enviado por la Innombrable y él no tenía forma de refutarlos. Quizás incluso estaban hasta en lo cierto. Lo que se veía se anotaba. Contaban las percepciones.

Leyó uno, dos, tres poemas. Una frase mencionaba la cara niña e ingenua del sol. ¿Quién había sido aquel que, en el punto más bajo de su vida, ingresó borracho al cuarto en el que Usse dormía con su hija? Él mismo, a pesar de que había hecho todo por negarlo, por hacer como si eso le hubiera ocurrido a otra persona. La borrachera no era excusa, aunque la había usado como tal durante largos meses. Una excusa para la primera vez, digamos que sí, ¿y la segunda y la tercera? ¿Qué había hecho? Hubiera querido no acordarse, pero sí, se acordaba. Besos y caricias. Que le tocara la verga. Que le hiciera venir. Limpiarse en su piel. Nada más. ¿Nada más? Suficiente como para hundirse en un infierno de torturas mucho más detalladas que las del infierno del padre Benítez, si es que se ponía a pensar unos minutos en esa noche. Había hecho todo por reprimir los recuerdos, sin suerte. Esos días había visto a Lya seria, limpiando en las salas y dormitorios sin abrir la boca, hasta que al poco tiempo se escapó de la casa y se fue a vivir a la Casona con su tío. ¿Qué habría dicho Usse? Nunca habían tocado el tema. Porque Usse se encontraba despierta esas noches. Ella lo vio entrar y escuchó todo. Las bromas de él, las quejas de su hija. Los eructos de él, los gemidos. Lo vio salir del cuarto y no dijo nada. Nunca dijo nada. Debía disculparse con ella. Usse había sido tan fiel con él, y así le pagaba. Había mantenido el secreto. Su secreto. Aquello que no había querido asumir. Le dolió ver a Lya en la sala del cólera. Tan niña, ella.

¿Y ahora? ¿Era tarde?

Un poema más. Se fijó en la cruz, en el rostro dolido del Señor, y le encomendó su espíritu. Todo saldría bien con Lya. No estaba preparado para otras posibilidades.

Debía hacer algo. Los poemas no le daban la solución pero sí planteaban caminos. Enfrentarse a las órdenes de la Prefectura, liberar a Santiesteban y restablecer el culto en la Casona, por ejemplo, aunque eso le costara la ira y la amistad del Juez e incluso el puesto. Debía reconocer que Celeste lo había decepcionado un poco por la forma fácil en que prefirió salvarse en vez de mantener su posición hasta el final. La hubiera admirado más si ella hubiera seguido el camino de Santiesteban.

No era suficiente enfrentarse a las órdenes del Prefecto. Debía hacer algo personal. Algo que hiciera ver que su fe no eran solo palabras sino también gestos. Una muestra de humildad.

Sus labios temblaban. Sintió frío en el cuerpo y fue a la cocina a hacerse un té. Su cuerpo se negaba a calentarse.

[USSE]

Debió pagar para que la dejaran entrar a la Casona, y eso que mostró la nota del Gobernador. Llegó corriendo a la Enfermería, y allí le dijeron que no podía ingresar por falta de trajes. La orden era minimizar el trasiego. Usse insistió, quería ver a su hija, estaba ahí adentro. No tuvo suerte.

Se marchaba de regreso a casa cuando una enfermera llamada Franchesca se le acercó. La había escuchado, le señaló con un gesto que la siguiera. Ingresaron a la Enfermería por una puerta posterior, desde la cual podría ver la sala del cólera a la distancia y tratar de reconocer a su hija tras las ventanas de plástico. Usse le hizo caso pero no pudo ver nada. Franchesca le pidió esperarla.

Al rato regresó con malas noticias. La niña había fallecido hacía una media hora y se disponían a llevarla al sótano para la autopsia y luego al crematorio. Usse le rogó que la dejara entrar, para cerciorarse de que era ella. Franchesca fue en busca de un doctor para pedirle permiso, y Usse aprovechó ese momento para correr rumbo a la sala del cólera.

Se apoyó en la ventana. La vio, o creyó verla. Esa cara macilenta en la cama de la esquina, ese cuerpito inerte, era su hija. Se tiró al suelo y gritó. Chillidos que parecían salir de sus vísceras. Franchesca no sabía si ayudarla o llamar a los pacos. Se impuso su sentido del deber y llamó a los pacos.

Cuando la cargaban rumbo al portón de la Casona, Usse despertó de su dolor por unos segundos. Franchesca le había dicho que Lya sería cremada. Debía hacer todo lo posible para despedirse de ella de la mejor manera posible. No creía en la diosa, pero la tradición la conminaba a organizar una ceremonia con los últimos ritos.

Antes de llegar al portón logró billetear a los pacos y les pidió que fueran a la Enfermería a hacerse con el cadáver de Lya. No le prometieron nada, las órdenes de la doctora eran tajantes, para evitar posibles contagios se habían prohibido los últimos ritos. Usse estaba dispuesta a quedarse sin ahorros con tal de convencer a las enfermeras de prestarle por unas horas el cuerpo de su hija a espaldas de Achebi y de la doctora.

Los pacos volvieron con buenas noticias. Se le daría el cuerpo por dos horas. Ella tendría que encargarse de buscar quién se hiciera cargo de los últimos ritos. El Tullido, sugirió. Está arrestado. ¿Mas billete? Veremos qué se puede hacer. Pero el Tullido era fiel a la Innombrable y ella no quería una ceremonia bajo sus auspicios. Quizás no importaba. Decían que la diosa prefería a los marginales, ¿y quién más marginal que una atea?

[LA DOCTORA]

No había vuelto a su casa desde la aparición del virus. Dormía en el descosido sofá de su oficina, de líneas amarillas y blancas. El ventilador tartamudeaba, aquejado por los frecuentes cortes de luz. Allí se había reunido con los representantes de Salud que por fin habían venido por la mañana a comprobar la gravedad de la situación. Llevaban trajes de nivel tres pero en la oficina se habían quitado la capucha, algo que ellos mismos no recomendaban hacer a los demás.

Vamos a colaborar con medicamentos, hemos pedido que nos envíen cincuenta nuevos trajes y repartiremos kits higiénicos con barbijos y guantes entre los reclusos, dijo uno mientras observaba las reproducciones en las paredes, inquieto ante los médicos medievales con máscaras de pájaro, como si albergaran un misterio que se le escapara.

Estamos acelerando los tiempos para conseguir que en los laboratorios de la capital examinen las muestras que enviamos a diario, y también es posible que en las próximas horas nos envíen un laboratorio móvil, lo cual reducirá el tiempo de diagnóstico a cuatro horas, añadió su acompañante, de pelo revuelto y mirada medrosa, como si temiera contagiarse con su sola presencia en el edificio. Por lo pronto lo principal es lograr que el virus no se propague fuera de la prisión.

Agradecían que la huelga en la ciudad impidiera la libre circulación de la gente. Ahora había que ver cómo evitar el libre movimiento dentro de la Casona. Es que es una prisión extraña, con demasiadas reglas propias, uno de los representantes puso cara de estarla retando, ¿cómo es eso de que los cuartos no tienen llave y no hay rejas en las ventanas? Y departamentos lujosos, una vergüenza.

He visto cosas que la gente consideraría suficientemente extrañas, contestó ella, pero nada es demasiado extraño cuando estás en la Casona, excepto la misma Casona.

El representante ignoró su comentario y dijo que, en cuanto a la declaración de cuarentena, ratificarían la decisión del Gobernador, a pesar de que se necesitaba al menos diez afectados y todavía no se había llegado a ese número. La doctora dijo que ese número era para infecciones no mortales pero que esto era otra cosa. En la sala del cólera solo había doce camas, todas ocupadas. Algunos enfermos estaban durmiendo en colchones en el suelo. Se había habilitado otra sala, para pacientes sospechosos de infección pero todavía no confirmados, y la de triaje también estaba llena. Ellos le aseguraron que si era necesario podía enviar pacientes al hospital de la ciudad o al de las afueras a cargo de un voluntariado de monjas. También le dijeron que estaban dispuestos a considerar la evacuación de los niños.

La doctora les preguntó qué harían para encontrar al portador del virus. Quería deshacerse de todos los animales de la Casona.

231

Debían tomarse medidas drásticas. Espantar a los murciélagos que habían hecho su casa en las paredes y aleros del techo. Matar ratas y mosquitos, una vez más. Los perros, gatos y loros de los presos podían entregarse a gente de afuera, amigos y familiares. Los animales estaban prohibidos en la Casona, el asunto era hacer cumplir esa prohibición. Los Confines era el lugar en que todos los noes se convertían en quizás, y las decisiones inflexibles tenían infinitas excepciones. Era la lógica del lugar y había que vivir con ella, pero eso no implicaba cruzarse de brazos.

El representante le dijo que la entendía pero que no hiciera nada hasta que se llevaran algunos animales para estudiarlos.

Complicado, al paso que van. Eso debía haberse hecho ayer. El virus nos lleva ventaja. Los que caen hoy han sido contagiados por lo menos dos días atrás.

Nos apuraremos.

La doctora propuso que apenas terminara la emergencia iniciaran una campaña para que el protocolo a seguir para la declaración de cuarentena fuera más directo y tomara en cuenta la potencia de la enfermedad. Le preocupaba la alta mortalidad del virus. La niña había muerto, al igual que el Paciente Cero, la Paciente Uno y cuatro de los siete afectados iniciales del Chicle. Siete de diez equivalía al setenta por ciento. Mucho más alto que el peor brote de la Casona, el de la fiebre hemorrágica o tifus negro de hace unos diez años, que había llegado al treinta por ciento.

La doctora quiso hablar con el Forense pero este no respondió a sus llamadas. Le hubiera servido su presencia en la Casona. La tranquilizaba con su talento para minimizar todo o al menos darle su dimensión correcta. Ahora no sabía cuál era la dimensión correcta. Había nuevos casos a cada rato, y los medicamentos que se daban a los pacientes no servían de nada. Solo ayudaba la hidratación, un poco. Lo que ocurría con los afectados era abrumador. El cuadro clínico podía incluir dolores musculares, agresividad y fuerza desproporcionadas, delirio, hemorragias, sistemas inmunológicos que dejaban de funcionar y fallo múltiple de órganos (hígado, riñones, pulmones). No le sorprendía que el miedo cundiera y que entre los presos no se hablara más que de la plaga. Debía tomarlo con calma, responder a las preguntas que le hicieran, darles la información de la que disponía. Ya había vivido esto y sin duda volvería a vivirlo en el futuro.

Recibió el informe de Rigo sobre el primer patio. Lo encontró a la salida de su oficina y le pidió que lo acompañara a una ronda. Él le rogó que por favor le diera algo de comer, nos morimos de hambre. Ella le consiguió un paquete de galletas, que él terminó vorazmente.

Una sección del primer piso ha creado una barricada que la separa del resto, contó Rigo, los presos agitan termómetros como si fueran revólveres, toman la temperatura a todos los que quieren pasar, solo los sin fiebre pueden traspasar la barricada. Están armados y han hecho escapar a los guardias.

Seguro idea de Lillo, dijo ella.

Bueno, esos presos son sus guardiolas y él se ha encerrado en su departamento. Un ojo se le ha puesto de otro color y cree que se va a morir.

Lo del ojo no lo he escuchado antes, habrá que verlo.

Si se deja.

¿Y ahora qué hacemos con la barricada?

Los pacos han dado un par de horas para que sea eliminada, de otro modo la destruirán a la fuerza.

Ella agradeció el informe y se detuvo a la entrada de la sala del cólera. El problema de salud se convertía en un problema político. Todo por culpa del susodicho Comité contra la Superstición. Rio tanto cuando lo crearon. Tendrán que luchar contra todos, recordaba haberle comentado a Achebi en el sótano. Contra mí también, añadió el doctor.

Le confió a Rigo que a ratos le daba miedo contagiarse pero que quería ser fuerte. Admiraba su valentía. Era incansable, dormía poco y se acercaba sin temor a los enfermos.

Es nuestra misión. El llamado. Si nos toca, volverá el equilibrio.

¿Qué misión? ¿Qué llamado? ¿Qué equilibrio?

Vinimos a Los Confines porque se lo prometimos a nuestra mujer. Marilia. Ella... ese nosotros que era ella murió.

Lo siento, dijo la doctora. No lo entendía, y lo entendía. Prefirió no indagar.

Gracias. Vinimos a predicar la palabra de la Transfiguración. Todos ocupamos un lugar en la creación y cada nosotros puede transformarse en cualquiera de los otros.

¿También los virus? ¿No nos está ayudando a luchar contra ellos?

Luchamos contra las enfermedades, contra los virus, tampoco somos tan estrictos. Hay guerras justas, en las que defendemos más vidas que las que matamos. Pero lo cierto es que los virus tienen su lugar en el mundo establecido por el Mayor. Son iguales a nosotros.

No lo son. Son más inteligentes y no se puede discutir con el saber de milenios. Nosotros quisiéramos ser como ellos. Aspiramos a ser ellos. Somos un virus, decimos. Pero ellos nos ganan, porque no somos inmunes a los virus. Ellos sí.

Rigo pronunció:

> *Los virus no se acaban .*
> *¿Qué vendrá, fantaseo,*
> *en mil años más?*

No se burle, por favor.

Estamos hablando en serio, doctora. No es que los virus quieran atacarnos. Ni siquiera saben que existimos. A ellos les interesa su pequeño mundo que los rodea y nada más. Como a nosotros.

Está hablando de un virus como si fuera una persona.

Los virus son vida. Hay que respetar la vida en la medida de lo posible, es lo que dice la Exégesis. En este caso, claro, se justifica defendernos de su ataque.

La doctora no insistió. Conocía a fanáticos de esos, una pérdida de tiempo razonar con ellos. Con que la ayudara era más que suficiente.

Antes de irse lo vio rascándose los brazos.

Putapariós. Muéstreme.

Rigo se arremangó el traje hasta la altura del codo.

Le presento a nuestros amigos los bichos.

Todos hemos pasado por ellos, en todo caso son más tolerables que un virus. Póngase alcohol todos los días hasta que desaparezcan.

No los tocaremos. Es nuestra culpa, por desequilibrar el mundo.

Vivir es desequilibrarlo.

La doctora entró a la sala del cólera.

[RIGO]

No olvidaremos todo esto ni aunque lo olvidemos, repetía la voz mientras caminábamos por el pasillo del Desconsuelo. Nos escuchaban y nos dejaban trabajar, la noticia de que habíamos dormido en Los Silbidos ayudaba a que nos respetaran. Hacían preguntas y respondíamos tratando de no mentir y a la vez buscando darles esperanzas, aunque una ojeada al lugar bastaba para comprender que el Maloso era el autor de aquel espectáculo. Quizás el Maloso era la misma Innombrable. No creíamos en ella, pero en la Casona debíamos creer en lo que la Casona creía. ¿Y en qué creía la Casona?

> *En la Innombrable brable brable.*
> *En Ma Estrella trella trella.*
> *En el Maloso loso loso.*

En las paredes anuncios de astrólogos que ofrecían leer, «preferentemente de noche», si la plaga estaba mencionada en las estrellas de quien consultaba su futuro, y de médicos aparecidos de improviso, vendiendo ungüentos y curas extravagantes, ofreciendo su experiencia («¡vencí a la plaga del Norte, sé cómo tratarte!»), usando su celda o cuarto como si se tratara de un consultorio. Había quienes preferían no salir al aire libre, pero a otros los tentaba el bisnes y ofrecían trajes protectores de confección casera («no sirven de nada», dijo la doctora), comidas limpias de toda contaminación, veneno de sapo para desintoxicaciones («no son el que yo quiero», se molestó Lillo cuando se lo llevaron a su departamento). Se vendían termómetros, barbijos, medicamentos antipalúdicos, mosquiteros que antes eran desdeñados y solían ofrecerse baratos a los pescadores, escapularios de la Innombrable bañados en agua bendita, especiales para detener a ratas y murciélagos, collares protectores con la cara de la diosa en las cuentas coloridas, santitas de animales bendecidas en el templo de Ma Estrella. Se hacían bailes y entonaban cánticos a manera de ofrendas. No faltaban los desafiantes, que jugaban entre risas un juego de mesa pirateado que se llamaba *Pandemia*, una manera, decían, de ofrecerle buena cara al mal tiempo.

Los pacos recorrían patios y pasillos pidiendo a los reclusos que regresaran a sus celdas para evitar la diseminación del virus, pero apenas se iban volvían a salir. Vanos los esfuerzos por educarlos en las medidas necesarias. Quienes se autoaislaban habían aprendido a hacerlo en sus pueblos azotados por plagas, pero otros preferían pensar que la protección de la Innombrable era suficiente para preservarlos, como la reclusa que había llevado a una afectada por el virus a la reunión de su iglesia Ma Estrella es nuestra luz. El curandero abrazó a la afectada y dijo que el virus no existía, todo era un castigo de la diosa por las medidas del Prefecto y los actos homosexuales en prisión. Pidió a los congregados que hicieran lo mismo y la abrazaran. Seguro poco después algunos caerían enfermos.

Caminábamos con Castillo por los patios —seguíamos sin poder pasar por la zona de Lillo en el primero— e indagábamos en el estado de salud de los reclusos, el corazón acelerado por culpa del calor de agobio dentro del traje, el hambre a cuestas, salvados apenas por un plato de lentejas, más galletas, un poco de queso. Castillo nos decía que no fuéramos tan estrictos, agarraba las papas de un anticucho y hacía como que las tiraba al piso, riéndose de nosotros después de que le dijéramos que las papas tenían alma porque una nueva planta podía crecer de un pedazo de ellas que cayera al suelo. Nuestra boca trataba de hacer el gesto de la risa, y no podía.

Los ojos vieron a una mujer convulsionando cerca de la glorieta de la entrada. Nos acercamos a ella y no pudimos evitar que se desangrara. Alguien gritó que podía observar cómo se escapaba el alma del cuerpo y se hincó pidiendo la bendición de la Innombrable. Castillo y yo rezamos una oración en voz alta y luego él se encargó de llevar a la mujer muerta a la Enfermería.

En una celda del tercer patio la piel se conmovió ante dos ancianos abrazados con la sangre todavía fresca derramándose por las orejas y pústulas explotadas en el cuello. Nos recostamos agotados contra una pared. Estábamos a punto de abandonarnos, de declarar la derrota ante ese enemigo que roía las entrañas de la Casona, y también nuestros huesos. ¿Había que darle hospitalidad también a él? Así también había sido el fin de Marilia, con otro enemigo que había atacado en lo mejor de la relación. No, en lo mejor no, debíamos aceptarlo.

Buscamos fuerzas para continuar. Por ella, por la promesa hecha. Por lo que le debíamos.

Por la noche volvimos a Los Silbidos, a nuestro pesar, porque Domi quiso cobrarnos y nosotros necesitábamos ahorrar. Si la voz había dicho a todos que éramos capaces de dormir en esa celda, ¿por qué no volver a intentarlo?

Apenas nos echamos en el suelo hubo el reptar de los putapariós. Saltaban de un lado a otro, concentrándose en morder la piel hasta que se hiciera la roncha.

Tu culpa, Maloso, gritamos. ¡Tu culpa!

Uiiiih uiiiiih uiiiiih uiiiiiih.

Se nos aparecieron esos muchos que eran Marilia y el Mayor en el oscuro.

Admítelo, gritó Marilia, esa almohada no fue piadosa.

Admítelo, insistió el Mayor, mereces la cárcel.

Congelados de frío, nuestra voz les respondió, solo admitimos el desequilibrio. Una vez equilibrado todo la rueda del mundo volverá a girar.

Eres un falso, dijo el Mayor, dices que no quieres dañar a nadie y sin embargo luchas contra la plaga.

Falso tú, gritó la voz, porque esas veces fuiste un tú y no un nosotros. La Exégesis no te la dictaron los insectos, ellos no hablan así.

¿Y cómo restablecerás el equilibrio?, preguntó Marilia.

Tú también falsa, la voz se quebró, el dúo lo hiciste trío, la unidad se fue.

Desaparecieron y entendimos que todo el tiempo habíamos estado hablando a solas con el Maloso. El pecho un incendio. La cabeza un temporal. Maloso, Maloso, déjanos. Hemos visto tu accionar en la mierda de la pobre gente. En sus mejillas chupadas, en sus ojos idos. En la sangre sangre tanta sangre. No somos el que dicen que somos, déjanos ir.

Uiiiih uiiiiih uiiiiih uiiiiiih.

Maloso, aceptamos tus putapariós, pero por favor no nos enfermes.

El niño enfermo, colgado de una visión,
quietita la lengua como un arma,
se abren las puertas de la oscuridad.

¿Y ahora qué? Enfermos, todos enfermos. Solo que algunos no lo sabían todavía.

> Como cuando alguien ha entrado tanto en una enfermedad
> que todo lo que fueron sus días se vuelve un enjambre
> frío y escaso sobre el horizonte.

Uiiiih uiiiiih uiiiiih uiiiiih.

> Oscurece en la Casona
> palmas sucias y el murciélago rápido,
> blanco plateado del silbar de la celda.

¿Y ahora qué?

> No nos salves, dios Mayor de la Transfiguración.
> ¡No hagas nada por nosotros!

El loco de las bolsas pasó cerca de la ventana, cantando, inconfundible la voz gruesa: *El día que puedas me mandas con alguien, las cosas que ahora pudiera olvidar.* Nos habían contado que llegó sano a la Casona, debido a un desfalco, pero que era violento y un día lo metieron al cuarto patio y lo torturaron. Estaba así desde entonces. ¿Sería?

Se iba cuando alcanzamos a escuchar otro pedazo de canción: *El libro de versos que yo te leía, los días felices que no volverán.* Entramos tan profundamente en el sueño que nos olvidamos de que una celda y un mundo y el Maloso esperaban.

[LA DOCTORA]
Krupa le pidió a Tadic que fuera a ver a Lillo. La doctora respondió que no hacía visitas a domicilio, la Enfermería necesitaba de su presencia, pero Krupa insistió. Era un pedido de Hinojo-

sa, con las donaciones de Lillo se había podido comprar equipamento para el laboratorio, quería convencerlo por las buenas de que dejara de lado la barricada en su zona y permitiera circular a los guardias. La doctora hizo una mueca desdeñosa, eso que se había comprado era obsoleto y no les servía de mucho, pero al final cedió. Krupa comentó que costaba creer que Lillo se hubiera enfermado, un hombre poderoso debía tener los recursos necesarios para enfrentarse al virus. De hecho, decían que no había salido de su departamento desde el primer rumor, que para eso tenía a sus guardiolas. Pero él no había querido privarse de buena comida, de distracciones, y esos guardiolas, si bien no dejaban pasar a nadie por su zona, entraban y salían todo el tiempo. Por uno de ellos debía haber ingresado el virus.

La doctora fue a verlo. Sorprendida, debió atravesar primero una barricada, y escuchó que un preso la insultaba y decía que el virus seguro lo habían creado en los laboratorios de la Enfermería, para deshacerse de ellos. En la puerta dos guardiolas la obligaron a que se sacara la capucha y la interrogaron mientras Coco hacía amago de morderla. Dijo que llevaba medicamentos que podían salvar la vida de su jefe, y la dejaron pasar después de, humillación de humillaciones, tomarle la temperatura. El pekinés la persiguió, Coco de mierda, dejá tranquila a la doctorita. Tadic lo ignoró. Le sorprendió lo espacioso del lugar, lo bien amoblado y provisto que estaba, con mosquiteros y cortinas con diseños geométricos. Le llamó la atención un proscenio con un tubo niquelado en el medio. Con razón Otero y los jefes del Régimen visitaban tanto a Lillo.

Lillo estaba en cama con una máscara antigás puesta, a un lado un balde con vómito, al otro uno de sus amigos o guardiolas o lo que fuera le agarraba la mano. La doctora le pidió que lo soltara.

No tengo miedo, lo que le pase que me pase a mí.

Si le pasa a usted les pasará después a otros y nos complicaremos la vida. Me la complicará a mí, al menos.

El hombre le soltó la mano. Ella se sentó al lado de Lillo. El traje la sofocaba, hubiera querido sacarse la parte superior, alguno de los tres pares de guantes o las botas. Pidió que se quitara la máscara, quería verle los ojos. Lillo le hizo caso. Suficiente ver su cara demacrada para concluir que estaba enfermo. Y los ojos. Uno verde, su color normal, y el otro azulado. ¿Podía ser posible que el virus se hubiera alojado en el ojo? Debían someterlo a pruebas.

Lillo habló de su madre y de un hombre en otra prisión, me trasladarán allá y viviremos juntos o si no contaré de tus planes de fugarte y el Ejército no te dejará no quiero que te fugues no te agarrarán te traerán acá viviremos juntos aunque me odies puede ser cómo odiarme si soy tan tan guapo tantos sacrificios por los dos estoy ahorrando todo todo es para ti para los dos mamá te hubiera aprobado no tengas celos si me meto con alguien es solo por ahorrar.

Hay que llevarlo de inmediato a la Enfermería, meterle una intravenosa a la fuerza e hidratarlo.

No se va de aquí. No puede recibir tratamiento. No cree en esas cosas.

Está enfermo y necesita que lo tratemos.

He dicho que no y es no. Quiero respetar lo que me ha pedido.

Se incorporó. Carita de adolescente, macizo, un gancho en los labios.

No piense en lo que le ha pedido sino en lo que es mejor para él. Sálvelo. Ya no es una decisión que solo le incumba a él. Si está aquí puede contagiar a otros. De hecho puede que lo haya contagiado a usted.

No quiero que se lo lleve. Si le fallo, la Innombrable vendrá por mí.

Ya ha venido en busca de todos nosotros. Si él muere ella estará feliz. Y si no, también, porque él seguirá rezándole a ella.

Él bajó la mirada pero se negó a ceder. La doctora respiró hondo. Insistiría más tarde. Le preguntó con quiénes había estado en contacto desde la infección. Él le entregó un cuaderno. Era el diario que había llevado Lillo desde el momento en que notó el cambio del color de uno de sus ojos. No lo podía sacar del departamento, pero sí leerlo delante de él. Antes borraría un nombre.

8.15 *hoy no resulta visita del vidente*

9.10 *les he dicho a todos q a la enfermeria ni muerto. el decidite me ha prometido el veneno de un sapo. ese veneno me hinchará dice y luego se me pasara todo. entre creer y no creer creo*

11.25 *ya no queda adonde escaparse*

14.40 *bien el almuerzo. me trajeron una sopa cargada. de postre una galleta con premio. vole, imagine un ejercito de guardias robots*

18.00 *el tiralineas y sus rollos. lo aguanto por lya pero dice q esta enferma. vino para pedirme tela para su curacion. no se si miente pero q haya salido de su cuarto significa q es importante. me daria mucha pena*

21.20 *he dado ordenes de pertrecharnos. q compren viveres como en caso de ataque nuclear. es un decir pero me entienden.*

9.15 *me veo en el espejo y pareezco un bicho. me duele el ojo mucho. hay un monstruo ahí adentro lo se. no es necesario q me lo diga nadie*

15.00 *he pedido a mi gente que se armen bien y no dejen pasar a nadie por la zona. rumores de un virus pero es tarde porque yo ya se. fiebre alta diarrea con sangre vomitos. tengo todos los sintomas + el ojo maloso. ojo ojete. el ojo cantor. el gran ojo que todo lo mira. el que a ojo mata a ojo muere*

23.40 *buen polvo con el decidite y dos zorras. un rato de esos me canse y preferi sentarme a ver la accion. luego el decidite me la chupo y yo feliz y contento*

7.00 *dolor en el pecho. calor y el aire acondicionado no funciona. zel me ha vuelto a hablar del bisnes pero le digo q espere un poco.*

mande a un guardiola al mercado a comprar termometros. si quieren q pase la gente por aqui sera solo si no tienen temperatura. he dicho
 16.20 enojado con el decidite. no consigue el famoso veneno del sapo. tiene amigos en una tribu en la selva dice esta consultando pero se me hace q hablo demas y no sabe q hacer ahora. no debe ser facil
 18.00 hable con ~~vacadiez~~ y le dije que necesitaba más armas. me pidio que le prometiera q sería cuidadoso. como no, como no. lo man-de al decidite en su busca. dice q lanzo un discurso para justificarse dijo que la plaga es por culpa de los abusos en el cuarto patio. tiene fotos + videos que prueban los abusos. no me importa su rollo pero el decidite lo escucho. como no, como no. le dio lo convenido, le pago y se marcho. yo feliz y contento.
 21.50 depre y cansado. me va mejor cuando cierro los dos ojos. una de las niñas vino a alimentarme. me trajo mas galletas volado-ras
 23.00 el decidite se hizo ayudar con varios presos para sacar ar-mas del furrielato. mas facil de lo que creimos, todo bien descuida-do, los guardias estan en otra.
 8.10 me fui en mierda. la cama embadurnada. pobre decidite
 10.45 hable con hinojosa y le dije q por mas que hubiera lios con su mierda del culto no podia cerrar todo asi como asi. sin comercio se muerte mi bisnes y el de todos. hablare con otero
 15.00 grito pelado de dolor
 18.15 de nuevo el vidente y naranjas. el decidite insiste q vaya a la enfermeria. no me decido. esos me van a carnear
 24.00 me fui en mierda
 03.15 no puedo dormir. me han dicho q no sea terco le reze a la in-nombrable. que no se trata de creer sino de hacerse uno el que cree. lo voy a intentar. también le pediré a jesus ya q estamos. lo q no quiero es juntarme con la gentuza en este lugar. pero bueno no pier-do nada
 05.10 ay mi ojo ay mi ojo

06.30 *todo lo aposte al veneno del sapo y naranjas. que le corten la cabeza al decidite*

07.00 *vomito vomito vomito. de niño le decíamos gomitar no se por que*

10.15 *ya tenemos todo gracias, mis guardiolas bien pertrechados y hay de sobra por cualquier cosa, ahora si que nadie pasara por aqui*

11.40 *ya es bien. pensar en ella me pone feliz y contento*

[FRANCHESCA]

Comenzó esa mañana su trabajo rezando junto a los doctores y ayudantes en la sala de triaje. Eran las siete, su turno terminaba dentro de doce horas. Veía caras nuevas, gente contratada en el pueblo, su prima entre ellas, que quería ganarse unos pesos. Una burla la cuarentena, se suponía que nadie debía entrar ni salir de la Casona, había disminuido el trajín pero igual seguía habiendo movimiento. En este caso no le molestaba, la Enfermería necesitaba gente dispuesta a ayudar.

Fue al depósito a ponerse el traje. Todo eso no debía llevarle más de veinte minutos. En el depósito se encontró con presos que se habían ofrecido de voluntarios. Fumigadores que los bañaban con cloro cada vez que entraban y salían, lavanderos que limpiaban y desinfectaban los instrumentos y las ropas, limpiadores que quemaban la ropa de los pacientes y llevaban los cadáveres a la sala de autopsias. El olor agrio y el humo del incinerador la tomaron por sorpresa. Tan temprano y ya en marcha.

En la sala de espera para los pacientes sospechosos de estar infectados lloraba una mujer. Se llamaba Delfina y quería que la dejaran ir. Tenía una fiebre ligera y nada más. No había pacos en la Enfermería, los muy cobardes procuraban mantenerse lejos, por lo cual era imposible obligar a nadie a quedarse si no quería. Franchesca habló con ella, le dio un vaso de agua, la calmó. Mi hermana está enferma, la voz entrecortada de Delfina, yo no. Mi hermana, por acompañar a su marido en su celda. Yo solo le traía comida. No puedo estar enferma. Franchesca le dijo que solo era cuestión de tomar precauciones. Pero era cierto que esos días había comprobado que no había orden en la forma en que atacaba el virus. Había quienes vivían durante días junto a enfermos y no les ocurría nada y otros que con solo cinco minutos de compañía se enfermaban.

Tranquilizaba a Delfina cuando un doctor le pidió que la acompañara a la sala del cólera. Franchesca aceptó porque no tenía otra opción. Prefería mantenerse alejada de esa sala tanto como pudiera, aunque no podía escaparse de la hora de turno obligado. Era una sala peligrosa porque los enfermos hacían movimientos bruscos o escupían o vomitaban y podían contagiar fácilmente a las enfermeras y doctores. Yandira, la enfermera a la que le había tocado la mala suerte de hacerse cargo de la Paciente Uno, había sido enviada al hospital de la ciudad, y los rumores decían que estaba muy mal. Se despidió de Delfina, le prometió que todo saldría bien.

En la sala vio a un niño luchando con una botella de solución rehidratadora, sin fuerzas para llevársela a la boca. Buscó una botella de medio litro que fuera más fácil para el niño. El niño le preguntó por su mamá. Franchesca no sabía a quién se refería pero le mintió diciéndole que estaba bien, esperando que se sanara.

El doctor le pidió que la ayudara a amarrar una cuerda al techo y colgar de ella una intravenosa para un paciente conocido como la Jovera, echada en la cama con las mejillas y los ojos hundidos. Luego quería instalar un manguito de presión sanguínea para que la bolsa con el suero pudiera salir más rápido. Franchesca le vio el brazo hinchado a la Jovera. Se le ha infectado, dijo el doctor. No le habían estado cambiando la línea intravenosa con regularidad, lo cual había producido una sepsis. No era fácil encontrar una vena con las manos protegidas por tantos guantes. Tampoco se la cambiaban porque era riesgoso para los enfermeros. Buscar una vena producía reacciones inesperadas en los pacientes, como aquella vez en que de un manotazo uno hizo que una enfermera se hiciera un corte en el traje por el que luego se infectaría, al toser el paciente.

Franchesca pensó en los que morían no por culpa de la infección sino por los tratamientos asociados al intento de detener el virus. Todo tan precario. No sabía por qué estaba ahí. A los catorce le había preguntado a su padre qué profesión debía seguir si su intención era ayudar a la gente. Él le había dicho doctora o enfermera. Ella le hizo caso e hizo una carrera respetable en los hospitales de Los Confines. Llegó a gustarle lo que hacía, pero un día le dijeron que la prisión pagaba más y se le ocurrió postular. Se arrepentía.

Se subió a una silla de plástico y colgó la cuerda del techo. Luego instaló el manguito de la presión. El doctor se lo agradeció y se marchó.

Franchesca se despidió de la Jovera. No hubo respuesta. Tenía la sospecha de que no la volvería a ver.

[EL TULLIDO]

A pedido de la madre de Lya y con la anuencia de Hinojosa, el Tullido improvisó una ceremonia en la celda. Los pacos habían llevado el cuerpo de Lya envuelto en una sábana y lo dejaron en el centro del recinto. Luego ingresó Usse y ellos se quedaron a cuidar la puerta. Le pidieron al Tullido que se apurara, Hinojosa o Krupa o cualquiera de sus chupas podían aparecer, lo que hacían era sumamente arriesgado.

Usse repartió la sustancia violeta entre los reclusos, debía aceptar las reglas del Tullido. Descubrió la sábana, y el Tullido y los demás se acercaron a verla. Usse le había hecho poner un vestido floreado de una pieza que le llegaba a la mitad de los muslos. Ay de bella, parece una santa, el Tullido se apoyó en una muleta que le había dado Hinojosa. Otro se apartó, le daba impresión las manchas en el cuello.

Será una ofrenda silenciosa, dijo el Tullido mientras depositaba una Innombrable de yeso al lado del cadáver de Lya. No diré una sola palabra en voz alta, Usse, eso te hará feliz. Todo lo que diga lo diré dentro de mí y ustedes me escucharán en sus corazones. Preguntó a Usse si vendría el Tiralíneas. No lo sé, replicó ella. Nadie sabía dónde estaba. Quizás se escondía en algún recoveco de la prisión, un patio que no conocían, quizás se había escapado.

El Tullido decidió que debía ordenarse de ministro de Ma Estrella apenas terminara la crisis. Fardarse. No sabía si estaba haciendo lo correcto, si se enojaría la diosa. No era ministro del culto y sin embargo había sido uno de los líderes de la revuelta contra su prohibición. Haría lo que le había visto hacer al padre Benítez, que, debía reconocerlo, tenía un buen corazón. Se ofrecía de voluntario en todo lo que se necesitaba, dando aliento incluso a presos que creía destinados al infierno por no tener fe en su dios. El secreto consistía en hacer sentir a la gente que no estaba sola. Hacerles ver que lo peor nunca era lo peor con Ma Estrella al lado. Eso lo prepararía para ser un buen delegado. Los delegados habían sido todos unos gramputas abusivos, pero él enseñaría que otra forma de ser delegado era posible. ¿Qué diría la Casona? Que tenía el corazón bien. No volverían a quejarse las paredes del edificio.

Usse lucía digna en un traje negro de una pieza, con un cintillo verde cruzándole la frente. El Tullido le preguntó si quería un ruego especial. Sí, uno contra el Gobernador. Nada más. El Tullido quiso negarse, no estaba para transmitir energías negativas, eso sería un despropósito, pero Usse le dijo que no creía en Ma Estrella y por lo tanto era la más indicada para recibir sus favores. Ella era la diosa de la venganza y sin ese ruego no participaría en la ceremonia. Él tuvo un atisbo de comprensión de que quizás la gente usaba a la Innombrable de maneras harto diferentes a las de él. No estaba para cuestionarlas, así que asintió, aunque con dudas. ¿Ser delegado era tragarse sapos vivos? ¿O debía oponerse a las cosas que no le parecían? Por lo pronto, decidió que era un falso problema, porque todavía no era delegado.

Colocó velas en los costados del recinto, contra las paredes. Se hizo un rectángulo chispeante. Sintió que la sustancia cosquilleaba en el pecho. Quemó un palosanto que llenó la celda con un olor penetrante y dulzón a pino, y agarró las manos de Usse. Se puso a hacer ruidos con la boca, como los de un murmullo continuo, y lo imitaron. Las misas debían ser así, sin palabras, solo la voluntad de la gente transmitiéndose sentimientos. Veía los rostros exaltados y felices y sentía la trascendencia del momento. Su madre lo había llevado a ese lugar, a fuerza de prohibiciones pero también de un trato que no era diferente al de sus hijos sin impedimentos físicos. Porque lo suyo no era un impedimento, y debía contentarse con la pierna con la que había llegado al mundo y donar todos sus ahorros a Antuan, para que se apurara en construir la estatua. Debía agradecer esa iluminación a la niña. Se iba y la despedían, su cuerpito un nunca más, un algo fue, un quizás también.

Dos hombres se pusieron a girar sobre su propio eje. Los derviches improvisados se dejaban caer sobre los demás entre lamentos y empujones. Se levantaban y volvían a girar guiados por el murmullo del grupo. El Tullido hubiera querido levantarse, que ocurriera el milagro, que pudiera bailar como ellos. Vomitó en una esquina de la celda. *Cuando bebas mucho, recurre al poder de la tierra, del líquido la tierra libra, del vómito libra el suelo*, entonó. Lo tensaron las arcadas.

Ahora todos giraban sobre su propio eje. La gente se empujaba, caía, se levantaba. Carcajadas, aplausos. El ruido atrajo a los pacos. Pidieron silencio, pero nadie hizo caso.

[EL TIRALÍNEAS]

Le habían dicho dónde se llevaba a cabo el ritual de despedida de Lya. Se acercó, Luzbel en brazos y en un bolsillo un atado de quivo que le había sobrado de lo que le diera Lillo y que quería entregar a su hermana para solventar los gastos. Prefirió quedarse en el patio, para no llamar la atención. Demasiada luz lo nervioseaba, le hacía ver reflejos de figuras movedizas en las baldosas, en las paredes del edificio, que escondían, detrás de sus grafitis, dibujos en blanco y negro de cabezas llameantes con bocas aulladoras.

Suelte esa gata, ordenó el loco de las bolsas, dice la doctora que es peligroso. El Tiralíneas se negó y el loco quiso quitarle la gata y Luzbel rasguñó su mano embolsada, carajo. Saltó de sus brazos y se escapó. El Tiralíneas la persiguió por el patio pero el animal se subió a un palo borracho y no bajó más.

Me devuelves mi gata o no respondo, le dijo el Tiralíneas al loco.

Entonces no respondes, gritó el loco y se fue corriendo.

Se quedó un rato a los pies del palo borracho. Terminó la ceremonia y vio a dos guardias salir llevándose a Lya. Esperó a que apareciera Usse. Iba camino al portón y la siguió un trecho y se dio cuenta de que no podía hablar con ella. Su pelea había ocurrido hacía mucho, quizás ella ya no la recordaba, pero él la tenía muy presente y de vez en cuando volvían los insultos. Soñaba con esos insultos como palabras vivas que lo buscaban para comérselo.

Tiró el atado de tela a los pies de Usse. Escuchó que ella lo llamaba, pero él no se dio la vuelta y continuó rumbo a su cuarto.

En la mesa de la cocina yacían las cucarachas que había matado a pisotones. Una seguía moviendo sus antenas. Las tiró a la basura y se limpió las manos. También tiró a la basura siete bolsitas de tonchi que le quedaban. Había que quemar las sábanas y las frazadas con las que había dormido Lya, sus ropas, cuader-

nos y adornos, los afiches de sus cantantes favoritos y su ornitorrinco de peluche. Trapear todo con cloro.

Se detuvo en medio de la habitación. La ausencia de Lya no
se desanudaba del pecho.

Luzbel volvería. Pero no quería dejar abierta su ventana favorita, el cuarto se llenaría de mosquitos. El calor se le hizo inso-
portable. Un horno, con todo cerrado. El sudor se le agolpaba
en la frente y las axilas. Se sacó la polera, no aguantaría mucho.

Luces azules en el baño. Ondulaban sin descanso, entre las
junturas de los mosaicos, y subían hasta el techo y se alojaban
entre las grietas producidas por la humedad. No debió haber
salido, la Entidad había ingresado al recinto y no se iría más.

Se disponía a refugiarse en el altillo cuando una voz que estaba en su cabeza y que podía ser la de Lya o la de Usse le dijo
que no lo hiciera.

Basta de escaparse.

No era fácil, vivir con el susto encima.

Se tocó la frente. No había fiebre.

¿Subir o no subir?

No lo haría.

Abrió la ventana.

Luzbel apareció, displicente, y se encaramó sobre el borde
de la ventana. El Tiralíneas la acarició, y ella ronroneó.

[GLAUCO]

Llevaba una navaja escondida en el interior de la bota derecha.
Solía andar patapila pero Krupa le había conseguido las botas
para que pudiera introducir la navaja al cuarto patio. La había
hecho bendecir en la capilla, tocando con ella el vestido de la
Innombrable. No era así nomás eso de limpiarse a alguien, él se
lo tomaba muy en serio. Era su tercera vez, prefería cosas me-
nudas como pateaduras a deudores, puñetazos cuando lo con-
trataban de guardiola, robos a un billetudo del primer patio.

Nada que lo intranquilizara mucho. Lo aliviaba que 43 fuera un abusaniños. Ningún abusaniños había durado mucho en la Casona. Recordaba un linchamiento y una paliza masiva que convirtió al golpeado en vegetal. Escoria que no merecían vivir. Aunque, para ser sinceros, necesitaba tela y hubiera considerado cualquier bisnes.

Había salido de la Enfermería gracias a Krupa. Él insistió en que estaba bien, que los otros del Chicle eran los enfermos, pero ellos querían que se quedara en observación, por si acaso. Krupa habló con un doctor, le dijo que necesitaba a Glauco libre y le recordó favores pasados. El doctor dudó pero terminó por descargarlo mientras la doctora Tadic estaba ocupada en otra sala. Una vez fuera Glauco fue enviado a la celda de 43. Allí también estaba el Flaco, que dormía en el piso y se veía pálido y tembloroso.

Krupa le había prometido a Glauco que si se deshacía de 43 le daría una mejor celda, quizás incluso el depar de Lillo, todo un palacete, muchos ambientes, ¿en serio ese?, había entrado ahí llevando comida, se sorprendió del lujo, mujeres y harto tonchi. En serio, Lillo estaba en las últimas, apenas temblequeara podría irse a vivir allí. ¿No me la estarás charlando, no? Cómo se te ocurre, Glauco, lo estoy gestionando en serio. Haz tu parte y yo la mía. Habrá tela también, ¿no? Claro que sí. Podría matar por ella, rio.

Cuando les llegó el momento de salir por un par de horas de su confinamiento, el Flaco se quedó en la celda, insultando a las autoridades. Glauco se sentó junto a 43 en un tablón de madera adonde les llegaba el sol. Tenía mal aliento y su polera percudida y sus shorts de boxeador hedían tanto como su cuerpo.

43 quería saber en qué andaba lo del virus. Primera vez que agradezco estar aquí, murmuró. Glauco lo puso al tanto de la prohibición del culto, del amotinamiento, de la infección. 43 estaba enterado de casi todo gracias a los reclusos que habían ido llegando. Por lo visto nada nuevo. Glauco le contó de lo

ocurrido en el Chicle, de cómo había terminado en la Enfermería, durmiendo una noche en una sala de infectados.

¿No estarás con el virus?, dijo 43.

Hierba mala ya sabes qué. Estoy como nuevo, por algo me han dejado ir.

No le contó que todavía no se le iban de la mente las imágenes que había visto en la sala del cólera, los presos rabiosos zarandeándose, tirando el suero al piso, sacándose la jeringa, las voces delirantes por la noche contando de insectos enormes que aterrizaban en sus cabezas. Él se había desdoblado y un Glauco se quedó en la sala para que lo atendieran los médicos y sufriera los gritos de los infectados y otro Glauco vio todo flotando cerca del techo con los ojos bien abiertos. A ratos sentía que los dos Glaucos seguían separados y eso era cuando un zumbido trepidante estallaba en su cabeza.

Glauco no sabía cómo reaccionarían los demás en el cuarto patio. El Gringo, que, apoyado contra la pared, se sacaba a punta de pellizcos una garrapata de entre los dedos del pie. El Niño asesino. El que, sentado en una esquina, miraba al cielo como esperando una señal que anunciara la hora de la liberación. La Cogotera, con señales de haber sido golpeada, los ojos atontados, la cabeza arribabajo sin parar. Krupa no le explicó qué pasaría si se deshacía de 43 con tantos testigos cerca. ¿No hablarían contra él? ¿O es que lo que se le hacía a un abusaniños simplemente no contaba para nadie? Mejor hacer lo convenido sin que nadie lo viera, pero eso era imposible.

43 se levantó para orinar en una esquina y Glauco lo siguió. El corazón se le aceleró, una subida de la tensión que en sus primeros trabajitos se le hacía tan intolerable que lo llevaba a desanimarse. Había aprendido que era cuestión de dejarse llevar por esa energía, ser rápido y hacer lo suyo en medio de las palpitaciones. No era para él el gesto frío, la indiferencia, aunque sí podía fingir que todo estaba bajo control.

No me sigas, ¿o quieres coger?

No sería una mala idea.

Chupame y vemos qué sale. ¿Seguro que no tienes el virus?

No tengo, carajo.

43 se bajó los shorts y Glauco se metió la verga flácida y bicolor a la boca. Se esforzó por no respirar, lo atufaba la hediondez, debía haber todo tipo de bichos entre la espesura de esos vellos. La verga fue creciendo. No debía distraerse.

43 terminó en su boca y lo forzó a no escupir el semen. Glauco se lo tragó de golpe, y de inmediato buscó la navaja en la bota mientras 43 dejaba caer unas últimas gotitas y se sacudía, los shorts todavía en el suelo. Glauco se abrazó a 43, que trató de separarse de él, sorprendido. Le clavó la navaja en la panza. Le tapó la boca con una mano y movió la navaja como si estuviera abriendo una puerta, un gesto fácil y letal.

El Gringo escuchó los gritos de 43 y fue corriendo a separarlos. Le dio un empujón a Glauco y sacó la navaja del cuerpo de 43, tarde. Glauco lo había hecho como si lo supiera. Por más que lo volviera a intentar mil veces no saldría de nuevo tan perfecto.

[SANTIESTEBAN]

Lo que más le hace sufrir, cree mientras se va sacando las uñas y metiéndoselas a la boca, es esa sensación total de abandono. Podría aguantar mejor si cada tanto viniera un paco a verlo y pudiera charlar con él, si hubiera rituales del desayuno almuerzo ducha unas horas en el patio. Le han traído algo de comer y ya, instantes en que ha debido ponerse la capucha para que el paco no lo reconociera. La celda es un cubo perfecto y ya ni siquiera puede distinguir dónde está. No hay ranuras por ningún lado. Se ha quedado sin botones del pantalón. Tenía cinco y los tiró y no encontró uno solo. No sabe cómo hacen para desaparecer si está en un espacio finito. Quizás no, ahora duda de esa finitud. El cubo, esa celda, puede que sea solo un resumen del infinito que acecha ahí afuera, donde cruzan raudas las estrellas por el cielo lechoso. Una tortura perfecta, en la que no es necesario tocarlo. Ni siquiera escucha un solo ruido. Las primeras horas, distinguía el crujir de unas garras contra la tierra y creía que se trataba de un topo escarbando en la profundidad, abriendo campo para que del subsuelo surgiera un dios siniestro. Ahora no hay ese consuelo. No hay nada. No sabe qué pasa más allá de la celda. A veces, tirado en el suelo de tierra apisonada, ve acercarse al Juez Arandia. Limberg Arandia es un enano mogólico que da vueltas en torno a él y no necesita gritar para imponer sus órdenes. Es suficiente con que aparezca. Santiesteban se hinca, la cabeza contra el piso. Está incluso dispuesto a confesar el negociado de la compra de la avioneta con Lillo. No quiero morir, dice, y se sorprende de ser todavía capaz de articular palabras. De ser dueño de un vocabulario. Si abrieran la puerta correría a abrazarse de quien fuera y exclamaría que se arrepiente de su osadía. ¿Quién me creí?, se dice. ¿Quién? Acuérdense de mí, por favor. Acuérdense y vengan. Cansado de la noche que solo sabe ser noche. Pero no, es mentira. Está bien creerse lo que uno es. Me harán temblar pero y qué. Tenemos derecho a quebrarnos si nos levantamos. Toca la tierra en la celda, está muy viva. Pululan los insectos y no los ve. Cuando se queda dormido lo visitan, enormes. Le hablan y le dicen que es uno de ellos. Tienen el caparazón escamado y verdoso de los escarabajos y los ojos hexagonales de las moscas, y se frotan sus patitas mientas esperan el turno de hablar. Conversa con ellos aunque las palabras no salen de su boca. Esos insectos, ¿son una manifestación de Ella? Podría ser, si creyera del todo en Ella. Siente su corazón abrirse, transformarse, un esfuerzo más. A Ella le gusta aparecerse en la mierda de los animales, dicen. En los cadáveres putrefactos, cuando no se los crema. Él está viviendo en la mierda. Esa mierda que apesta y se acumula en una esquina de la celda. Todo es mierda todo es mierda. El orín es otra cosa. Se lo hace en sus pantalones. El líquido tibio entre sus piernas. Cuando puede orina entre sus manos para beberse la sustancia amarillenta. Él huele a orín, la celda huele a orín y mierda, y qué importa. Eso es lo que dice, lo que trata de decir. Se mete las uñas a la boca y se las muerde. Qué será de su compañeros del culto. De Celeste y los demás. ¿Qué estará ocurriendo? Quizás su papel se agotó. Ya hizo lo suyo, mostró el camino. En realidad se lo mostró su hija que no está, la santa niña, cuando se fue. A Delina debe todas sus batallas. Un culto se impone cuando los otros, los descreídos, sienten la necesidad de estar bien con él. Fue un adelantado en eso. Quiso estar bien porque su niña le decía en sueños que hacia allá se dirigía la comunidad. El Prefecto y el Juez pueden luchar contra Ella pero saldrán perdiendo. Rompe otra uña, se mete el dedo a la boca, siente el sabor de la sangre. No era líder de nada. No era Secretario General de nada. Apenas un seguidor, de los que decían que había que estar bien con Ella. Quizás no tan ilusos, después de todo. Quizás veían que había que anularlo porque acumulaba mucho poder. Quizás leyeron bien su estrategia. Quizás no importaba tanto el culto sino la acumulación de poder. Un insecto enorme flota delante de él. Sus ojos lo traspasan. Sus zumbidos lo ensordecen. De nuevo el temblor en el pescuezo. Oh, quisiera ser rey de ese espacio insondable pero es apenas una mota de polvo. El insecto desaparece en la noche, aleteando, intrépido. Sueña con el conejo estirado que le llevaba a comer su padre en una pensión en las afueras que su madre odiaba por sucia, un concierto de moscas revoloteando en torno a ellos, posándose en los platos. El cordero que hacían hervir bajo la tierra, en un hueco relleno con papa y plátanos dulces. Crujidos en el estómago. Imaginar comida solo le hará mal. Vuelve incluso la sopa de murciélago con especias que toman los trabajadores del servicio de caminos en los puestos a la vera de la carretera, alguna vez le hicieron probar cuando los visitó, no sabía a pollo como le habían dicho, carne más dura como la del venado pampero, ver el cuerpo del quiróptero flotando en el caldo le hizo pensar que ese pueblo no solo estaba alejado en distancia de la capital sino también en temperamento. ¿Qué hago yo aquí?, se dijo tantas veces los primeros días. Supo la respuesta apenas conoció los barrios pobres de las afueras, donde escaseaban el agua y la luz, no había alcantarillado y la malaria acechaba. Querían hacerle dudar y lo lograban. Esas dudas lo harían mejor, pensaba, si es que lo dejaban salir de allí, lo cual, bien visto, no estaba nada claro.

[KRUPA]

Me acerqué al cuarto patio junto a dos de mis audaces. El cuerpo de 43 tirado en el piso sobre un charco de sangre. Ordené que esposaran a Glauco, hincado y dándonos la espalda. Más te valdrá estar frío, dije, te jodiste. El Gringo me miraba con la navaja ensangrentada entre sus manos. Yo no fui, señor Krupa, sollozó. Se la quité, prepárate, vendrán a tomarte declaraciones. Vuelvan a sus celdas, no se podrá usar el patio hasta nuevo aviso. Los presos obedecieron en silencio. Un valiente fue en busca de una camilla.

Wa wa wa en una celda. El Flaco hablaba solo en un rincón, como si no se hubiera enterado de nada. Quiero salir, la voz quebrada, quiero verlo, hagan algo. Le dije que no lo haría y él: tarde tarde muy tarde. Quizás era mejor sacarlo de ese patio. Mucho había sufrido, ya estaba como para ir a dormir al aire libre con los terminales del tercer patio. Hablaré con Hinojosa, le prometí, él se hará cargo. Apúrese por favor. Y esa luz, ¿qué es esa luz? Se dio la vuelta y miró a la pared.

Salí del patio escoltando a Glauco. Recibiría una tunda y estaría alejado de la gente hasta que se calmaran las cosas. Le susurré buen trabajo. Me preguntó si lo llevaría al departamento de Lillo ya mismo. Esperá un poco, hay que guardar las apariencias. ¿Me llamaba, jefe?, dijo el valiente que lo escoltaba. No es a vos carajo, respondí.

En el pasillo rumbo al segundo patio yacían dos muertos. El susodicho virus era en serio. Quizás debía usar nomás el traje protector.

Al rato hablé con Hinojosa para contarle mi versión de la muerte de 43. Le informé que había metido a Glauco a la celda de al lado de la sala de los guardias. Pareció no sorprenderse. Otra cosa lo atareaba.

Han desaparecido armas y municiones del Furrielato, y como por arte de magia los guardiolas de Lillo están muy bien armados. Hay que cambiarle la chapa. Averiguá entre los guardias, uno de ellos tiene que ser. ¿Quién más, si no? Solo hay una copia extra y esa la tienes tú.

Mi llave no ha salido de mi posesión, jefe. Yo no fui.

No estoy diciendo nada. Hazte cargo.

¿Y qué hacemos con Lillo? Ese desacato no se puede tolerar. Se nos hacen la burla.

No empeoremos las cosas. Es amigo del Gober, hay que manejarlo con cuidado.

Uno no daba para disgustos.

[VACADIEZ]

Después de entregarle la llave del Furrielato a uno del grupo de Lillo —un chiquillo musculoso con andar de pato— se quedó en el patio mirando en derredor con ojos movedizos, como aprestándose a que le llegara el golpe, policía, manos arriba carajo, y solo le faltara saber de qué lado provendría. La paranoia era un caballo que corría a mil por su cabeza. Para colmo el dolor no cesaba.

Se metió cuatro analgésicos que le habían recetado. Podría volver a la sala de los guardias pero no estaría tranquilo. No eran ellos, era él. ¿Qué harían con la llave? ¿Habría una matanza y sería su culpa? Las armas que le vendía a Lillo las había justificado gracias a su trato con él de no usarlas contra los pacos y tenerlas solo para casos de autodefensa, pero ¿ahora? Todo el edificio estaba nervioso por la prohibición del culto, no ayudaba el reptar del virus entre sus habitantes, y Lillo no era el más indicado para tener la cabeza fría.

No sabía dónde ir, de modo que regresó a la sala de los guardias. Se refugió en el baño, se sentó en la taza. Bajarse los pantalones lo hacía sentirse indefenso. Dormía poco en las noches, no era fácil, lo atarantaba saberse rodeado de tantos presos que no vivían en celdas. Cualquier rato podía aparecérsele uno por detrás, con un cuchillo carnicero. Se duchaba temblando. Escuchaba un ruido detrás de él y se daba la vuelta, apuntando calato con el revólver. Otros guardias se habían dado cuenta de su ansiedad y lo asustaban esperándolo detrás de las puertas. Sería peor ahora.

Chillaron las cañerías. Se levantó, estremecido. Contaban que hacía poco en la ciudad una serpiente subió por las cañerías y atacó a los dueños de una casa. Una leyenda urbana, quizás, pero ¿para qué arriesgarse?

Una idea lo zarandeó. Volvería a la Enfermería, pero no diría nada del dolor en las costillas porque eso no tenía prioridad. Se quejaría de diarreas y vómitos, haría que sospecharan del virus. En tiempos de plagas, ¿qué mejor lugar para esconderse?

Eso fue lo que hizo.

Apenas entró a la Enfermería se desplomó en el pasillo. Una enfermera se le acercó pero no se animó a tocarlo. Un enfermero con guantes de látex y barbijo estudió su palidez, le tomó la temperatura, nada, dijo, no tiene nada, pero de todos modos ordenó que por si acaso lo llevaran a la sala de triaje y lo tuvieran en observación.

Vacadiez respiró aliviado en la camilla. Podría quedarse a dormir ahí. Esa paz no duraría, debía aprovecharla.

[EL JUEZ]

Arandia se enteró de la toma de la Federación de Trabajadores Metalúrgicos en su oficina en el Palacio de Justicia. Cuatro muertos, la noticia lo ensombreció. Pese a que el Prefecto Vilmos había obrado con paciencia y negociado para evitar pedirle al Gobierno que declarara estado de sitio, al final los huelguistas no cedieron. El Prefecto había convencido al Gobierno de replegar las tropas y los efectivos antidisturbios. El asalto ocurrió después del repliegue. Los responsables eran un grupo de choque del partido de Vilmos. ¿Habrían tomado el edificio con su anuencia? Hubiera sido raro que no. Ahora los muertos no harían más que profundizar las dudas de Vilmos con respecto al Comité y a sus propias acciones.

Por la ventana observó la lluvia que empañaba el día. Frenaría a los manifestantes por un par de horas. El pésimo sistema de desagüe inundaría las calles de los barrios bajos y las avenidas principales.

Una bandada de loros cruzó el cielo. El Juez bajó al café a la entrada del palacio. El canal oficial transmitía un programa de cocina, pero los demás dedicaban su cobertura al asalto a la Federación. Los analistas se preguntaban cuándo hablaría el Prefecto y qué haría el Presidente. El Ministro de Gobierno anunciaba que esa misma tarde estaría en Los Confines. Líderes de las protestas se afirmaban en un comunicado en su decisión de no retroceder y pedían que desapareciera el Comité. Jóvenes encapuchados quemaban llantas y bloqueaban avenidas. Los reporteros hablaban con ellos, uno aludía a la peste que diezmaba a los reclusos de la Casona. Obra de Ella, decía, castigo divino.

El Juez hizo notar su molestia al camarero que le trajo el café. Tanta superstición ahoga, dijo, y al camarero le bailaron los ojos. El Juez quiso discutir contra ese absurdo y concluyó que no había forma. El rostro receloso del camarero lo perturbó, al igual que la mirada huidiza de los soldados apostados en la puerta. No sabía quiénes estaban con él. Había venido al palacio como forma de volver a la rutina, pero las calles estaban bloqueadas y hubo compañeros de trabajo que se excusaron diciendo que no podrían llegar. Vilmos anunció que se trabajaría con normalidad en las oficinas públicas pero la noticia de las muertes no había hecho más que exacerbar la sensación de crisis y descontrol.

Trató de calmarse resolviendo un crucigrama. Se empantanó con las preguntas de astronomía, acerca de planetas que orbitaban en la inmensidad del universo. La Tierra podría ser plana y a él le daría igual; lo urgente estaba a metros de uno. Marina apaciguaba sus ansiedades con facilidad. Solo la muerte no tiene solución, decía ella desordenándole el pelo, pero ni siquiera eso era consuelo ahora.

Cuando volvió a su oficina la lluvia repiqueteaba con violencia en las paredes, difuminaba el paisaje recortado en la ventana, los autos y las mototaxis estacionadas en torno a la plaza, los palos borrachos en flor, las palmeras en la medianera de la avenida, el quiosco donde compraba los caramelos de menta a los que era adicto, las tanquetas que bloqueaban el ingreso.

No pudo comunicarse con el Prefecto. Tuvo la sensación de que se decidían cosas a sus espaldas. Se apoyó con impotencia en el alféizar de madera pulida de la ventana.

[CELESTE]
Acababa de volver a casa cuando me informaron de la toma de la Federación. De las muertes y el arresto de Dobleyú. Busqué a Lucas pero no lo encontré. Usse me informó que había ido a la

prisión y no había vuelto, dicen que no volverá. La miré como si no estuviera segura de lo que escuchaba, pensé en las cosas extrañas del dolor y la cobardía, la normalidad suspendida y hacía un buen rato nuevas reglas. La abracé, un abrazo por ella misma y su hija, por Mayra y Dobleyú, lo siento lo siento. Nunca entendí del todo por qué Lya se había ido a vivir con su tío aunque lo sospechaba, quise no saber nada, porque ¿qué podía hacer? Era otra yo otra yo yo yo yo yo otra. Me puse a rezar, cerré los ojos me dejé llevar por la letra, decía que no debía temer nada y me indicaba el camino a seguir, apuntando a las nubes rosadas que colgaban del cielo en la ventana, se transformaban y un momento plantas carnívoras y otro la gran boca que todo lo devora. La gran boca, rodeada de las santitas, me decía deja todo ven con nosotros a la selva negra junto al Tatuado, ¿qué, qué? Ven a la selva negra ven a la selva negra, oí en un susurro, luego silencio y el rumor de los insectos en el jardín, todo armonía, y debía seguir las indicaciones. La mujer que era yo en las imágenes que proyectaba con los ojos cerrados, en el cinematógrafo de mi cerebro, llegaba a un castillo, un castillo en medio de la selva y la mujer intuyó que ahí vivía Ma Estrella. Nuestro reino la venganza, dijo la diosa, escuchaba las palabras correctas, mi reino el de los marginados, no llegarían a ocupar un mejor lugar por la buena voluntad de los señores, había que descabezarlos, yo una de ellas pero ya no no no no. Solo la ruina del mundo existente podía permitir el nacimiento de otro mundo para Usse Mayra también para mí. La oración terminó, las palabras correctas, ¿está bien señora? Nadie está bien Usse. Perdóneme pero no creo en Ella dijo. La abracé. Golpes en la puerta, Usse se asomó a ver y unos tipos de civil la apuntaron. Preguntaron por mí, Usse me señaló. Corrí a encerrarme en el baño, me encañonaron a empujones me hicieron subir a un jeep.

[EL PREFECTO]

Vilmos escuchó el informe de Rita y se encerró en el baño con la carpeta que le había entregado. Sentado en la taza hojeó las fotos de la toma de la Federación. El edificio estaba precintado, los cadáveres de los cuatro huelguistas habían sido llevados a la morgue. Las fotos no dejaban lugar a dudas de la violencia con la que el grupo de choque de su partido había ingresado al lugar. Puertas astilladas, ventanas rotas, muebles desparramados en el piso, un reguero de sangre en un pasillo, y los muertos. Uno debajo de una mesa con un balazo en la frente. Un anciano en posición grotesca, ladeado detrás de un escritorio. Una mujer a la que habían pillado en el baño de hombres, baleada por la espalda, el vestido dejando entrever una mancha amarilla en los calzones. Fotos de los arrestados con las manos esposadas, la mirada a veces sumisa y otras desafiante.

En su despacho lo esperaba Rita. Debía convocar a una reunión extraordinaria de gabinete. Con esa evidencia no había forma de presentar la historia a la prensa como un intento desafortunado de defenderse ante los ataques de los huelguistas. Él había ordenado quebrar a ese grupo recalcitrante que pedía su renuncia, pero no contaba con la torpeza de su propia gente. Una mala idea tras otra. Debía salir a explicar los acontecimientos y herir así su credibilidad.

Rita le dijo que un colegio había sido tomado y negociaban con los responsables, que pedían la disolución del Comité e insistían en su renuncia. Los grupos de choque habían sido replegados y el Ejército se hacía cargo. Jóvenes del partido habían sido arrestados. Vilmos le dijo que hablara con los delegados y transmitiera la orden de no responder a provocaciones. No debían disparar bajo ninguna razón. Había que volver a la paciencia inicial.

Se alisó el bigote. Una crisis innecesaria, producida por sus mismas decisiones. Buscaba una excusa para salir de ella sin necesidad de reconocer su error. Una excusa, y no la encontraba.

Pidió que no lo comunicaran con Arandia. Lo responsabiliza-ba de la crisis, aunque era justo reconocer que las decisiones las había tomado él. El Juez solo había hecho lo que se esperaba de él, viboreado con comodidad dentro de su espacio predecible. Era él quien debía haber tenido la visión de más largo alcance. ¿Qué le costó ser más paciente incluso de lo que había sido?

No era el momento de los reproches. Una y otra vez se sentó en la mesa de negociaciones, pero él y la oposición discurrían por vías paralelas, mirándose de reojo, incapaces de salirse de su discurso y hacer concesiones.

Rita le informó que la plaga en la Casona había cobrado más víctimas y no tenía visos de detenerse. Le dijo luego que tenía una noticia preocupante.

El Gobernador ha decidido restituir por cuenta propia el cul-to. Dice que la Casona es territorio libre y que es él quien go-bierna allá y que ni usted ni nadie tienen autoridad sobre ese espacio. Ha prohibido que ingresen los soldados enviados en su ayuda. Dice que solo los guardias del Régimen Penitenciario tienen permiso para circular por el edificio.

Está loco e irresponsable, Vilmos levantó la voz, la plaga esa se los va a comer a todos. Debe estar con tragos. O con la sus-tancia, dicen que le mete duro al asunto. No es su estilo. Se hace el gallito pero hasta ahí nomás llega. De sublevado no tie-ne un pelo. Hable con las autoridades del Régimen Penitencia-rio para que pongan en orden a los guardias.

No será tan fácil, Rita agitó una carpeta en el aire estancado del recinto. Estos guardias son fieles al Gobernador por sobre to-das las cosas. Hay que actuar rápido. La oposición se envalento-nará si lo ve tolerante. Los soldados son necesarios para ayudar a contener la plaga. Sin ellos ahí todo puede salirse de cauce.

Todo ya se ha salido de cauce.

El Prefecto se llevó la mano a la barbilla. No quería más muer-tes pero tampoco toleraba el desafío a su autoridad.

Debe ser consecuente, insistió ella. Es necesario restablecer el orden. Pedirle al Gobierno que tome la Casona y destituya al Gobernador por desacato.

Vilmos resopló. Era una maniobra complicada. Tocar a Otero era arriesgado, podía implicarlo. Rita tampoco sabía del quinto patio. Si el Gobierno se hacía cargo de tomar la Casona, se quedaba con Santiesteban, una carta aun más valiosa que la del Gobernador. Pero ¿podía evitarlo?

¿Entonces?, preguntó Rita.

Entonces entonces, respondió Vilmos. Haremos lo que tenemos que hacer.

¿Y qué tenemos que hacer?

Lo que tenemos que hacer.

Al caer la tarde su comitiva se reunió con el Ministro de Gobierno en un salón reservado del aeropuerto. El ministro Nacif, morocho y calvo, lo abrazó calurosamente, pero luego, apenas los dejaron solos, le transmitió la preocupación del Presidente. Debía resolver la crisis sin un solo muerto más y entregarle la cabeza de los dirigentes del grupo de choque del partido. La provincia podía ser intervenida.

Vilmos lo escuchó preguntándose cuán verdadera era esa preocupación. En las últimas elecciones Los Confines no había votado a favor ni del candidato a Prefecto del partido del Presidente, ni del Presidente mismo, a quien, populista y todo, veía como un típico político de la capital, despreocupado de los problemas de las provincias sureñas. El Presidente rara vez se hacía ver por Los Confines. Sin embargo, su apoyo sólido se encontraba entre los seguidores de la diosa y crecía sin descanso desde que Vilmos llegara a la Prefectura.

No debía ser cínico. Un solo muerto afectaba a su administración, ¿cómo no afectaría a la del Gobierno nacional?

El ministro le previno que se reuniría más tarde con los líderes de la revuelta y que para calmarlos les ofrecería la disolución del Comité contra la Superstición y el restablecimiento del culto.

No puede ofrecerles eso, Vilmos se molestó, es mi competencia.

Sabe que podemos.

Vilmos aceptó la disolución del Comité pero le pidió que le dejara a él comunicárselo a la provincia, y que por lo pronto no dijera nada del culto. No todavía. Era su única baza. Si lo hacía, lo desautorizaría, y no habría manera de restablecer su credibilidad. En cuanto a los responsables de las muertes en la toma de la Federación, los entregaría y no se opondría a que fueran arrestados y trasladados a la capital.

Haga aparecer a Santiesteban, pidió el ministro. Eso es urgente, ayudará a calmar los ánimos.

Vilmos no se sorprendió de escuchar el pedido de forma tan directa. Podía negarse, pero era imposible que el Ministerio de Gobierno no sospechara que él estaba detrás de su desaparición. ¿Sabrían que estaba en el quinto patio? Probablemente no.

Haré lo posible. ¿Y qué hago si sigue la huelga?

Le daré un par de días para resolverla. Ya conoce la consigna. Ni un muerto más.

¿Y la Casona?

Las Fuerzas Especiales de la Policía intervendrán. De eso no se preocupe. Hace rato que tenemos un informe negativo de la prisión. Los problemas enumerados son tantos que se recomendó cerrarla. Esta puede ser una buena excusa. La Casona debe dejar de ser la Casona. Sí, ya sé, ¿quién se anima a quebrar un espacio tan tradicional? El día después será duro. Tendremos que hacerlo juntos.

Vilmos asintió, bajando la cabeza.

¿Y ahora? Intuyó lo que se venía. ¿Por qué le había hecho caso al Juez? El quinto patio era para que Santiesteban no saliera vivo de ahí; jamás había pensado en opciones alternativas por si salía mal la jugada. Un tremendo error. Una vez libre, Santiesteban podía convertirse en dirigente opositor y fundar un partido. O aliarse al Gobierno y hacerse cargo de la reacción popular a Vilmos. O contar de su paso por las mazmorras de la Casona y proclamarse mártir de la causa de la Innombrable. O todo a la vez. Ninguna opción era buena. Su supervivencia en el puesto estaba en juego.

Perdón, ¿me hablaba?

No dije nada.

Vilmos se fue de la reunión pensando que podría hacer llegar un mensaje a través de un emisario a los encargados de seguridad de la cárcel, para que hicieran desaparecer a Santiesteban. Hinojosa y el otro, ¿cómo se llamaba?, eran fieles a Otero pero no le hacían ascos al billete para hacerse cargo de trabajitos sucios.

Había que aferrarse a algo.

[EL GOBERNADOR]

Otero salió de la casa rumbo a la Casona. No paraba de toser y le dolía la garganta. Nubes negras se desplazaban con rapidez oscureciendo el cielo. Nubes grandes, algodonosas, preñadas de tormenta. Lluvias que refrescaban el ambiente, que desataban por un rato el nudo caliente que envolvía a la ciudad.

Llegó al portón principal sin escoltas y los guardias se apresuraron a dejarlo entrar.

Por favor póngase el traje, se animó a decirle uno. Hemos guardado uno para usted. Esta vez nos han dicho que hay que tener cuidado en todo el edificio.

¿Tú por qué no lo usas?

No hay para todos.

Otero hizo un gesto con la mano: no necesitaba el traje. Atravesó la explanada y no se sorprendió de encontrarla desierta. Se había ordenado a los presos no salir de sus cuartos. Le llamaron la atención los turriles y cestos coloridos ubicados a las entradas de las celdas.

Dos guardias se cuadraron al pasar a su lado y él respondió al saludo. Entró a la oficina de Hinojosa. El Jefe de Seguridad llevaba un traje protector amarillo que le quedaba grande. Se sacó el barbijo y los anteojos de esquí al verlo.

Se ha declarado la cuarentena. Llega a tiempo para poner orden.

Ese es su trabajo.

Hay cosas que me exceden. La gente de Lillo no deja pasar a nadie por su zona, están armados, sí, no me mire así, han desaparecido armas del Furrielato. No sabemos cómo consiguieron la llave pero lo hicieron. Y todo porque Lillo está con el virus y no quiere que nadie se le acerque.

¿Armas? Eso es grave.

Es lo que estoy tratando de decirle. Krupa sugiere mano dura pero esto se puede desmandar y no necesitamos más complicaciones. Lillo le hace caso a usted, quizás todo se pueda solucionar a las buenas.

¿Cuántos son?

No más de diez, creo.

Hablaré con Lillo, el Gobernador tuvo un ataque de tos. La flema le colgaba de la boca y se limpió con un pañuelo.

¿Se siente bien, Gober?

Creo que sí. Vengo para quedarme. Estaré en el cuarto de siempre. Asígneme guardias si quiere. Que no estén muy cerca, quiero estar tranquilo.

¿Quedarse? ¿Una manera de mostrar que no le tiene miedo a la plaga? No sé si es la adecuada. La Enfermería no da abasto y hay enfermos por todas partes.

Una manera de mostrar que yo estoy a cargo de la Casona. La he declarado zona libre. A partir de ahora las leyes de la provincia no se aplican aquí. Las leyes del Comité, las leyes del Prefecto, las leyes del Presidente, nada sirve. Por favor, diga a todos que pueden volver a rezarle a su diosa.

Esa no es la orden que recibí de la Prefectura. Me acaban de llamar. La doctora pidió voluntarios y el Ejército está mandando soldados.

¿Me hará caso a mí o a ellos? Los soldados no tienen nada que hacer aquí.

Los necesitamos. Tenemos gente muriéndose. Los guardias están paniqueados. Han caído unos cuantos, y varios enfermeros también han descalabrado.

Usted depende de mí y mientras eso no cambie seguirá mis instrucciones.

Hinojosa lo miró como si tratara de descubrir si hablaba en serio. Se cuadró y dijo, a sus órdenes, jefe.

Iré a la Enfermería. La niña... la hija de la mujer que trabaja conmigo. ¿Cómo está?

Me advirtieron que preguntaría por ella. Ya no está. Murió poco después de su última visita.

Otero se quedó en silencio, pensando qué hacer, qué decir.

No quiero que la envíen al crematorio. Que se la despida con una ceremonia.

Ya hubo la ceremonia, la pidió su madre. No estamos enviando a nadie al crematorio. La hemos enterrado en un lote detrás de la Enfermería. En una fosa común.

Sáquenla de ahí y pónganla en una fosa individual.

Veré qué se puede hacer.

Una cosa más. El del quinto patio. Tras-ládelo a una celda de cualquiera de los otros patios.

¿En serio, jefe?

Dele un cuarto del que no pueda salir, será nuestro comodín. Solo usted puede saber de esto. Nadie lo debe reconocer, no todavía.

A sus órdenes, jefe.

Otero salió de la oficina y cruzó el primer patio en diagonal acompañado por un guardia. La brisa arrastraba las flores rosadas del palo borracho. Un trueno retumbó en la lejanía. Vio una barricada en un ala del primer patio y otra en el pasillo que bordeaba la fila de cuartos del segundo piso, los guardiolas de Lillo custodiándola, uno de ellos apoyado contra el travesaño de la baranda, su perfil recortado contra la pared grafiteada.

Se acercó a la barricada, quiso pasar rumbo al departamento de Lillo pero los guardiolas no lo dejaron. Llamó a Lillo y le contestó una voz que no reconoció. Le pidió que depusiera las armas por el bien de todos. La voz lo insultó y le tiró el teléfono.

Otero volvió a tener un ataque de tos.

Respetaría por lo pronto el deseo de Lillo de aislarse. Pediría a Hinojosa y Krupa que sus hombres no se acercaran para evitar enfrentamientos. Una solución temporal, lo sabía. Volvería a intentar comunicarse en un par de horas, y si no había respuesta le daría un ultimátum. Lillo era práctico, llegaría a un acuerdo. De todos modos era un poco raro recuperar la Casona y encontrarse con que no la controlaba del todo.

Pensó que se especializaba en ir apagando incendios, en ordenar el desorden hasta que el nuevo orden volviera a desordenarse, y así sucesivamente.

Cruzó los pasillos rumbo al segundo patio. Había más gente afuera que en el primer patio. Los presos lo saludaron, uno lo quiso abrazar y el guardia que lo acompañaba lo tumbó de un culatazo. Otero le pidió que no se exaltara. Compró ungüentos, se hizo leer el futuro por un vidente («la plaga no te tocará»), se dejó poner un escapulario de la Innombrable, escuchó un himno que, decían, había sido compuesto bajo los auspicios de la diosa y serviría para derrotar la plaga, aceptó que le regalaran la santita de un cordero. Pidió que no tuvieran miedo, que siguieran las órdenes de los guardias y los doctores, que rezaran por todos los muertos de la plaga, sobre todo los niños. Una mujer con la boca cubierta por un barbijo se puso a llorar hincada delante de él y le agradeció que hubiera venido. Él le tocó la cabeza y se esforzó por no dejarse vencer por la emoción.

Cuatro cuerpos tirados en el suelo a un costado del patio, bajo un palo borracho. Tres de ellos inmóviles. Moscas gordas en la cara de uno, sangre seca en la nariz y los labios. Se sorprendió de que no se hubieran llevado los cadáveres todavía. La que quedaba viva era una anciana. Susurraba ayes lastimeros y tenía la camisa bañada de sangre, como si le hubiera explotado el pecho. Una cinta verde brillaba en su pelo.

Otero gritó el nombre de Hinojosa. Un guardia con traje amarillo se acercó y Otero le dijo que se la llevara a la Enfermería. No sé si la recibirán, no hay espacio. Hágame caso, dijo Otero. El guardia desapareció y volvió con una carretilla.

¿No hay camillas?

Es lo único que encontré.

Otero agarró a la agonizante de las manos y el guardia le pidió que tuviera cuidado, está sin traje. A la mierda el traje, ayúdeme. El guardia la sostuvo de las piernas. La colocaron en la carretilla, ovillada, y el guardia se la llevó.

Otero había reconocido a la anciana. Era la que, días atrás, la última mañana en que él mismo pasó lista a los presos e hizo quemar las imágenes de la Innombrable, se le había acercado a pedirle por su hijo enfermo. La anciana lo había tocado esa vez.

Volvió a tener un ataque de tos. Le dolió la garganta. Se tocó las mejillas y la frente. ¿Estaban calientes, o era solo su impresión?

[EL FORENSE]

Despertó sudando y tembloroso por la madrugada. En el baño orinó sangre. Abrió la boca frente al espejo y vio sangre en sus encías. Se sentó en la taza y lo que salió fue una diarrea acuosa, amarillenta. Tenía todos los síntomas y ya no se podía decir que fuera una falsa alarma.

Salió a tientas de la casa y contempló el jardín descuidado con las primeras luces del día. El pasto amarillento, en el que brillaba una lagartija de piel muy verde, que se escondió entre los matorrales apenas lo vio. El hueco donde antes había estado un almendrillo, que debió talarse porque se llenó de hormigas venenosas, y que Robert le había prometido reemplazar por otro árbol. No se hacía cargo de nada. No lo culpaba, ese era el arreglo que tenían desde que comenzaron a vivir juntos. Entendía que Robert no hubiera querido lidiar con lo que significaba hacerse cargo de una casa. El Forense lo preservaba de la realidad a cambio de su compañía. Había funcionado los primeros años, cuando trabajaba un turno regular en el hospital y Robert traducía libros técnicos en casa. Aceptar el puesto en la Enfermería fue un error. Por más que se esforzara en no estar allá más de ocho horas diarias, no había día en que no trajera los problemas de la prisión a casa. A veces sentía que el sueldo lo justificaba, sobre todo en las vacaciones de fin de año, pero en general no era así. Y mucho menos para Robert, que se quejaba de sus ausencias. Un ascenso que era un descenso.

La brisa agitaba las palmeras y los árboles de mango del jardín. Ese era el mejor momento, al igual que el atardecer, porque el resto se lo llevaban, furiosos, el calor, la humedad. El aire acondicionado lo había hecho tiritar por la noche. Quiso bajarlo pero no lo hizo porque Robert se hubiera quejado.

Podía ir al hospital a hacerse atender, pero lo ganaba el miedo visceral a los doctores. No se imaginaba en una sala de operaciones, él anestesiado, olvidado de lo que ocurría en torno suyo y con un par de médicos encima de él, revisando sus entrañas de la misma manera que él revisaba cuerpos maltrechos, órganos golpeados. Sabía de los errores que se cometían, los cortes imprevistos de arterias, las suturas mal hechas, las infecciones que regresaban poco después.

Volvió al cuarto y se puso una inyección antimalárica pese a su nulo potencial para ayudarlo. El pensamiento mágico lo visitaba. Tomó las pastillas para el dolor de los músculos que recomendaba a sus enfermos. Lo primero que pedía a los jóvenes médicos que entraban a trabajar con él era no automedicarse y confiar en sus compañeros de profesión. No seguía el protocolo. Pero ¿qué podía hacer? Debía escucharse a sí mismo.

Se vistió. Abrió la puerta del cuarto de huéspedes y caminó por el pasillo, tratando de no hacer ruido. La puerta del cuarto que compartía con Robert estaba entreabierta. Le tentó acercarse pero prefirió evitar riesgos.

Manejaría durante unas cuatro horas, hasta llegar al pueblito donde vivía su madre. Se aislaría, y no volvería hasta no estar sano.

[CELESTE]

Se me hizo una breve entrevista, requerida por el Comité, ofrecí mis datos biográficos conté de mis visitas al crematorio. Me dijeron no está arrestada, el Juez y el Prefecto han intercedido por usted y solo le pedimos una declaración pública para que todo se aclare, ha habido rumores de su participación en ceremonias dedicadas a la Innombrable. Cuando lo hice el culto no estaba prohibido por lo que tenía todo el derecho a hacerlo, dije. De todos modos un personaje tan público como usted debe cuidarse porque su influencia debe ser positiva en todos quienes la escuchan. Ahora que el culto estaba prohibido me pedían que dijera públicamente que nunca había estado en una de esas ceremonias, que de hecho ni siquiera conocía el crematorio. Era cierto, tenían fotos y pruebas de que sí había estado, medios independientes podían contradecirme si negaba mi presencia en esas ceremonias, pero el Comité tenía formas de asegurarse de que esos datos desaparecieran, una vez que afirmara mi desconocimiento del crematorio se me dejaría libre, sin cargos, entonces ¿colaborará? Afirmé con la cabeza quería irme a casa. Estuve un par de horas en un cuarto mientras preparaban la filmación, en una pared un cuadro panorámico de Los Confines, tantas cosas, sin tiempo para Dobleyú para la hija de Usse, tantas cosas. Miré todos sus detalles, la delicadeza con que se habían pintado sus plazas templos barrios, la prisión en la esquina superior izquierda, al lado de la selva negra. Me vi caminando por esas calles ingresando a esos templos perdiéndome en esos barrios. Todos los caminos conducían a la Casona quizás todo Los Confines la Casona quizás todo el mundo la Casona. Una mujer entró y dijo todo listo, salimos del cuarto nos topamos con un camarógrafo y policías. La mujer me colocó un micrófono en un bolsillo del pantalón dijo la entrevista será en vivo para el noticiero solo le haré una pregunta. ¿No podemos postergarlo? No me hizo caso. El productor hizo una seña de que comenzaban a rodar, la mujer saludó a la cámara comentó acerca de los avances en la implementación de las directivas del Comité en la provincia, luego dijo que tenía una exclusiva con la mujer del Gobernador, de quien alguna vez se había rumoreado que participaba en las ceremonias del crematorio, es importante que ella, es decir yo, tenga derecho a defenderse, dar su versión de los hechos. La cámara me enfocó, iba a decir algo pero no pude. La mujer insistió me pidió que delante de todos negara esos rumores, mi oportunidad. Me quedé callada. La mujer dijo un corte y volvemos. Me rodearon. En ese momento el productor hizo un gesto, que esperaran que esperáramos todos, alguien le informaba de algo importante a través de sus audífonos. Una resolución de la Prefectura, se acaba de disolver el Comité contra la Superstición.

[SANTIESTEBAN]

Oye un ruido metálico que proviene de la puerta, pero no hace ningún movimiento por acercarse. Ha tenido alucinaciones auditivas, por las noches se ha despertado creyendo escuchar goznes enmohecidos, con el júbilo anticipado del que cree que ha llegado la hora de su salida. Las falsas alarmas lo han vuelto cauteloso. Su estómago cruje. La boca reseca, sueña con conejos estirados, con esas ubres y mollejas tan bien hechas en el restaurante a media cuadra de su oficina, la cabeza de cordero que espantaba a su mujer cuando la pedía, ¿te vas a comer los sesos? ¿Y los ojos? ¿Una de las razones por las que ella lo dejó? Pero no, no es falsa alarma, esta vez es en serio. La voz le dice que se ponga la capucha. Apúrese mierda, no quiero estar aquí más de lo necesario, este lugar, este lugar, eso. Busca la capucha en una esquina de la celda, se la coloca, llena de tierra, se siente como un personaje de las revistas que Said le prestaba, un prisionero con una máscara de hierro. La puerta se ha abierto. Un olor acre, es capaz de escuchar las finas palpitaciones de su corazón, o quizás solo se lo imagina. Como imagina los bichos que pueblan el lugar, asomando sus patitas y antenas por la tierra pedregosa del recinto. Puede que solo venga para cerciorarse de que está vivo, ha ocurrido antes. Se le acerca, le pide que se levante. Le cuesta moverse. Le duelen las rodillas, la espalda, todos los músculos. La nariz, donde le dieron un golpe. Poco espacio en la celda, y él aún se encogía más, como un acto reflejo, como para proteger su cuerpo de un ataque, de uno de sus carceleros o quizás de un monstruo salido del fondo de la tierra. Una voz conocida, de una cara que no distingue del todo en la penumbra, de un paco que vino a visitarlo antes, le dice que lo acompañe. ¿Entonces es en serio? Lleva un traje brillante en la oscuridad. Le pone las esposas. Da un paso, otro, se detiene, otro. Ahora está ¿afuera?, por primera vez en ¿cuántos días? Un tenue goteo en el pasillo, el gemido de un animal. Ningún movimiento en falso, dice la voz, sígame. ¿Así que es en serio? ¿Lo va a dejar salir? ¿El Juez permitirá esto? Se le nublan los ojos. Debe prepararse para lo que vendrá. Un latido nervioso en el cuello, una vena que quiere explotar. Respira hondo, como asegurándose de tener aire para lo que se viene. Lo que se viene se viene se viene. Puede fallarle a todos si es que le ha fallado a Ella. La ha negado. Se ha visto como un oportunista. Creyó que no lo era, pero en la celda se vio a sí mismo y no se gustó nada nada. Cómo no tener dudas en ese espacio tan reducido del que creyó que no saldría más. ¿Así que es en serio? ¿Así que sí? Quiere morderse un dedo pero las esposas no lo dejan. Tranquilo, qué van a pensar. Que piensen lo que quieran. Delina lo puso en el buen camino. ¡Delina! Ay, qué dolor. Ay, qué ausencia. Está fardado y eso es de por vida. Uno no se desfarda. Ahora es cuestión de recuperar la fe. O conseguirla. Estar con la mayoría es su consuelo. Quizás no sea el momento de seguir la pelea. Quizás sea el momento de replegarse. Curar sus heridas por un tiempo. Pero no. Se debe a esa mayoría, y no puede fallarle. Cuando salga, los escuchará y sabrá qué hacer. Palabra.

TRES

Tadic deambulaba por los pasillos y salas de la Enfermería con aire de derrota. Se cumplían veinticuatro horas desde que el Gobernador Otero se fuera a vivir al penal y el Gobierno ordenara sitiarlo a las Fuerzas Especiales de la Policía, sin animarse a tomarlo por el temor a la reacción de los presos y a las derivas impensadas de la plaga. Un helicóptero sobrevolaba la Casona, sus circunvoluciones tan bajas que se podía ver el logo de las Fuerzas Especiales a la altura de los hombros en el uniforme negro de sus ocupantes, el detalle ridículo de la máscara antidisturbios en forma de calavera.

La doctora quería que se solucionara el conflicto por la vía pacífica. No podía lidiar con la insensatez de los hombres. Se resignaba a lo peor, y sin la compañía del Forense. Había recibido un mensaje de él, frases agitadas que mencionaban una fiebre alta y la sospecha de que esta vez le había tocado la lotería. Una despedida. No volvería a la Casona mientras no se curara. Confiaba en ganar su lucha particular, pero por favor que no lo buscaran. Ella le dijo que lo entendía y le contó detalles de la reciente muerte de la Jovera, tan querida por sus colegas y por los presos; ya no recibió respuesta.

Por la mañana un laboratorio de la capital había enviado los resultados de las muestras sacadas con el método ELISA. Se trataba de un virus desconocido, en forma de filamentos, diferente a los redondos con los que ellos solían tratar. Los virus filamentosos eran tan escasos como letales, con una tasa de mortalidad que superaba el sesenta por ciento. No había vacunas para combatirlos, solo precarias técnicas experimentales usadas con virus similares.

La doctora estaba preocupada porque en la sala del cólera y en la de triaje había alrededor de sesenta enfermos, muchos más de los que podían atender. Habían tirado colchones en el piso y eso no ayudaba al aislamiento de los pacientes. La actividad frenética hacía que no se siguieran los protocolos de seguridad. Las enfermeras se habían quejado de que los trajes protectores enviados por Salud eran ordinarios y se rompían fácilmente, exponiéndolas al contagio. Ella misma se los tuvo que cambiar dos veces en un par de horas, hasta que decidió seguir con uno con un corte en el antebrazo derecho. En las salas había jeringas con sangre tiradas por todas partes. Hacía un par de años la plaga se había diseminado por culpa de jeringas sin adecuada esterilización. No aprendían. Cuando le dijeron que el incinerador había dejado de funcionar, fue a revisarlo y encontró que pantalones y poleras que debían quemarse yacían en el piso y no en los turriles acondicionados para ellas. Pegó un par de carajazos pero no insistió, porque Franchesca, una de las que más ayudaba, le dijo abrumada que pensaba renunciar ese mismo día si las cosas seguían así. La doctora no quería quedarse sola. Tres enfermeras se habían contagiado con el virus y de estar a cargo de la sala del cólera habían pasado a ser pacientes en la misma sala.

La doctora tenía discusiones constantes con un director joven de Salud, de barba bien cortada y largas patillas, que llegó con ínfulas de hacerse cargo de la plaga. Hinojosa lo había dejado entrar pese a que Otero había prohibido la presencia de autoridades de la administración provincial. Ella se resistió a los deseos del representante de Salud, le dijo que mientras no regresara el Forense ella era la responsable, pero el representante no se amilanó y siguió dando órdenes, de modo que doctores, enfermeras y voluntarios debían hacer caso a dos personas que a veces daban instrucciones opuestas. Fue él quien estuvo a cargo de un grupo que atrapó setenta ratas, cuarenta y cinco ratones y siete murciélagos, sin que en las muestras se encontrara el virus. También hizo revisar muestras de mosquitos e hizo hacer un puré con más de quinientos ácaros, con resultados negativos de acuerdo a un test rápido. Pese a ello bautizó lo que ocurría como «la plaga del murciélago». Un simple vistazo a la Casona le había hecho ver la cantidad de murciélagos que vivían allí. Hacía unas semanas, en una caverna llena de ellos a cien kilómetros al norte, un campesino se había contagiado de un virus también desconocido pero similar al de la Casona. El campesino había muerto. Con toda seguridad, o casi, los murciélagos eran los culpables. La doctora le insistió que no tenía pruebas, y el director asintió, pero el nombre quedó igual y se diseminó entre la población. Los presos dijeron que algunas anticucheras vendían carne de murciélago en vez de carne vacuna, aparecieron testimonios de gente que la había comido antes de enfermarse y también de quienes habían tocado un murciélago en los días previos a la diseminación de la plaga. El Flaco, que había sido liberado del cuarto patio, contó que una noche calurosa un murciélago entró a su cuarto por la ventana abierta y él lo mató y que no limpiaron bien la sangre en el piso y su hija había jugado ahí al día siguiente. Se echaba la culpa de todo y no era fácil hablar con él. En plena conversación podía ingresar a un mutismo del que no salía hasta un par de horas después.

Los presos se pusieron a cazar murciélagos. Un paco consiguió un soplete y quemó a varios y espantó a otros. El representante de Salud y la doctora se oponían, había que atraparlos vivos, seguir sacando muestras, pero no era fácil luchar contra la furia dirigida a los quirópteros. Al final acordaron tratar de ahuyentarlos con bolsas de naftalina ubicadas en sitios estratégicos al mismo tiempo que seguían intentando agarrar vivos a algunos.

Tampoco ayudaba que Lillo siguiera con su pequeña insurrección o que el Gobernador estuviera en la Casona. Molesta, la doctora no había querido visitarlo. Los presos veían su visita como el gesto de solidaridad de un poderoso que quería vivir lo mismo que ellos, pero la doctora sabía que sus razones eran más íntimas, más personales. Tampoco se apartaba tanto de la norma, porque en el mes anterior a la plaga había dormido siete noches en la Casona. Ella se enfocaba en el lado práctico y entendía que se había convertido en una distracción para los pacos destinados a protegerlo, y para el Gobierno y la administración provincial, que esperaban afuera, agazapados. Algunos pacos se habían entregado a las Fuerzas Especiales porque decían que seguían las órdenes del Gobierno nacional y no las del Gobernador, pero la mayoría se había quedado con él, lo cual la impresionaba y perjudicaba. Otero había rechazado la ayuda de soldados ofrecida por las autoridades, pese a que necesitaban voluntarios. Los medios también se concentraban en él y dejaban de hablar de todo el drama que flotaba en la Casona y con el que ella convivía.

La doctora se apoyaba en Rigo, que, de haber censado primero a los enfermos, esforzándose por evitar que el virus siguiera expandiéndose, con suerte relativa, ahora se hacía cargo, junto a otros voluntarios, de circular con una carretilla por la prisión, por si encontraba muertos en el camino, a los que llevaba a enterrar a un cementerio provisional habilitado en un lote baldío detrás de la Enfermería. El representante de Salud dijo que eso era ilegal, un procedimiento insalubre, y trató de impedirlo, pero no tenía una sugerencia alternativa para hacerse cargo de los muertos mientras el crematorio estuviera cerrado.

Krupa se le acercó para decirle que según sus informantes se había ordenado tomar la Casona. Hinojosa había intentado mediar, sin suerte. Las cosas no pintaban bien.

Para complicarlo más, continuó, el grupo de Lillo ha crecido, hay más armados con fusiles y pistolas. Debíamos haberlo parado antes.

¿Con la infame Ley de Krupa? Mejor no, gracias.

El Gober le tuvo miedo, no sé qué le pasa, no era así. Ahora todo se irá al chancho. Bueno, ya igual todo se fue al chancho.

La doctora recordó el diario de Lillo. Vacadiez. Lillo se refería a él. ¿Debía haber hablado antes? Las anotaciones no eran claras, y además debía respetar la confidencialidad de su paciente. Era una situación difícil. Prefería no hacer nada para ayudar a Hinojosa y Krupa, pero tampoco quería que por su culpa se complicaran las cosas.

¿Qué harán ustedes?

Nos debemos al Gober. Dejaremos que ustedes salgan pero nada más.

No podemos salir así nomás. Estamos en cuarentena.

¿Y desde cuándo hacemos caso a esas reglas?

¿Ustedes se quedarán a resistir? Eso es una locura.

Lo sé. Varios de mis valientes se quieren ir.

Les habrá dicho que no pueden, que están en cuarentena.

Les da igual, estalló en carcajadas y le costó parar. Pero no se moverán. No quieren que se los envíe a la cárcel por desacato.

No veo lo chistoso, dijo ella. No es lo mismo ser preso que ser guardia.

Es lo mismo doctora, es lo mismo. Algunos de ellos ganan más que nosotros y tienen mejores casas. Ya quisiera yo el departamento de Lillo. Nos lo vamos a rifar cuando estire la pata, que va a ser cualquier rato. Lo único que alivia es saber que la Innombrable ya no está prohibida. Si viera la procesión a todas horas en la capilla. Hasta el cura Benítez ha ido allí. Quiere estar bien con Dios y con la diabla.

Todo lo que ayude a que la gente tenga esperanzas me parece bien. Si hay que rezarle al diablo, adelante.

La doctora vio llegar a Rigo, un par de muertos en la carretilla, las ropas manchadas de sangre, pústulas en las mejillas. Uno de ellos solo llevaba una chinela y ella se distrajo pensando dónde se habría quedado la otra.

Los encontramos en la zona de los enfermos en el tercer patio.

Hay que hacerles una autopsia, la doctora trató de mantener la calma. Necesitamos tener información de estas muertes.

Achebi dijo que a los nuevos muertos había que enterrarlos directamente. No da abasto.

La doctora bajó al sótano en busca del doctor. Las ráfagas de un ventilador de pie zarandeaban a las moscas. Cuerpos apilados en el piso. El olor a putrefacción la hizo llevarse la mano a la boca. Arriba estaba mal pero esto era peor.

Encontró al doctor enfundado en un traje protector, inclinado sobre el cadáver de un niño en la mesa de autopsias.

Cavar una fosa y enterrarlos, murmuró el doctor. Cavar una fosa y enterrarlos.

Me dicen que ha ordenado que no se haga autopsias a todos. ¿No le parece prematuro?

Solo no puedo con todo. Ya no habrá espacio para tumbas individuales. Cavar una fosa y enterrarlos. Es un virus extrañísimo. Mire lo que ha hecho la hemorragia. Ha afectado al tercer espacio. ¿Sabe lo difícil que es eso? Entre la piel y la carne.

La doctora observó lo que señalaba el doctor.

No sé si la cuarentena está funcionando, continuó Achebi. Salvamos a la ciudad del contagio, pero a la vez el virus se disemina más rápido en la prisión y los presos son víctimas fáciles.

¿Qué sugiere?

Ninguna solución es buena a estas alturas. Cerrar la Casona.

¿Y qué hacemos con los presos? ¿Los guardias? ¿El Gobernador?

Trasladar a todos a una nueva prisión, construida para resolver el problema. Esa prisión se llamará la Casona.

Estoy hablando en serio.

¿No se cansa?

¿De trabajar aquí? ¿De hablar en serio?

Las dos cosas.

La doctora no le hizo caso. Hubiera querido saber qué hacer. Quizás debía dejar que el representante de Salud se hiciera cargo. Literalmente, cargarle los muertos.

Se fue del sótano con náuseas y pensando que algo estaba mal con el doctor Achebi. Quizás algo estaba mal con todos. Algo estaba mal con ella, que seguía en pie, creyendo que la plaga podía solucionarse, cuando esta quizás era la definitiva, la que se llevaría a todos, la que borraría la Casona y Los Confines del mapa. Apenas se instaló ese pensamiento en su cabeza comenzó a cuestionarlo y desmontarlo, porque era una tonta vanidad sentir que con la catástrofe que le tocaba a uno llegaba el fin de los tiempos. No, era apenas una pequeña crisis en la larga noche, la sacudida de un perro para librarse de sus pulgas. En los grabados en su oficina los doctores medievales luchaban contra plagas con sus máscaras de pájaros. Ella hacía lo mismo con una máscara de astronauta. Se acabaría el gótico microbiano y la vida continuaría, hasta un nuevo gótico que quizás le tocara a ella, o no.

Pidió a Krupa que prohibiera las congregaciones, que disolviera las reuniones en la capilla, que exigiera a los presos que se quedaran en sus celdas y cuartos. Estaba cansada de repetirlo y de que no se le hiciera caso. El autoaislamiento era la única receta que funcionaba. Krupa le dijo que era tarde para eso. Algunos hacían caso a las recomendaciones de los médicos pero la mayoría, incluso los guardias, prefería confiar en la Innombrable.

La Innombrable no los salvará.

¿Cómo lo sabe? Puede que algunos mueran, pero quizás vean eso como una salvación.

¿Usted es o se hace?

Le dio la espalda a Krupa y se dirigió a la sala del cólera.

[ANTUAN]

El día en que el Gobernador levantó la interdicción Antuan comenzó a trabajar en la estatua de Ma Estrella a escala humana y se comprometió a apurarse. Lo haría gratis, una ofrenda para saciar a la diosa. Después del incendio que había destruido su cuarto quería ser más generoso. Por ahora estaban viviendo en la carpintería en el tercer patio y negociaba para alquilar un departamento de dos ambientes en el primer patio. Por las noches sus hijos se soñaban con el incendio; a pesar de sus ruegos no dejaba que salieran a jugar por miedo a que se contagiaran. Su mujer lo había sorprendido por su fortaleza; creyó que se hundiría, pero se había negado a irse a vivir donde su hermana hasta que pasara el caos y le decía que a pesar de sus dudas iniciales estaba orgullosa de él por negarse a pagar el seguro de vida.

Esa tarde en la capilla, reunido junto a otros presos que desafiaban las órdenes de los pacos de no congregarse, el Tullido se le acercó y, después de comunicarle que era el nuevo delegado, le dijo qué era lo que se esperaba de él y que no los defraudara. Antuan le preguntó quién lo había elegido nuevo delegado. El Tullido respondió que no había habido elecciones, la situación no lo permitía, pero que contaba con el apoyo de gente importante.

No sé de qué hablas, dijo Antuan. Dame nombres.

Tú solo hazme caso. El delegado es el delegado.

Antuan agachó la cabeza. No quería seguir discutiendo. Esperaba que no comenzara con eso del seguro de vida, perdición de la Cogotera y de otros delegados. Se preguntó cuánto tiempo duraría el Tullido en el puesto. No tenía físico para llegar a fin de mes. Pero eso no debía atarearlo. La estatua le podía tomar diez días, un par de semanas si lo hacía con la meticulosidad que reservaba a los encargos de los jefazos. Ella no se merecía menos. Por lo que haría recibiría a cambio la multiplicación de los encargos. Esos días de enfermedades y descontrol no habían sido buenos para el negocio. Decían que la ciudad estaba peor, cadáveres apilados en las aceras.

En la capilla se sorprendió de encontrarse con el Tiralíneas, que no solía salir de su cuarto. Sentado en un banco en la parte posterior, rezaba en silencio. Quiso acercarse a saludarlo. Habían sido buenos amigos al principio, desayunaban juntos, coincidieron trabajando en el mismo restaurante antes de que Antuan pusiera su negocio. El Tiralíneas era un buen futbolista, un delantero centro que no fallaba los goles que él le servía en bandeja. Eso había durado un par de meses.

El Tullido dirigía las oraciones desde su silla al lado de la estatua de Ma Estrella, que Antuan encontraba imperfecta, mal calculado el tamaño de sus brazos, desproporcionada la nariz. Todos en la capilla se hincaron y se postraron en el suelo. Él hizo lo mismo y se levantó cuando el Tullido indicó que se levantaran. Quien no se levantó fue el Tiralíneas. No pudo más de la curiosidad y se acercó.

Sorpresa verte aquí.

El Tiralíneas no levantó la cabeza. Antuan le puso la mano en la barbilla. Al tocarle la cara sintió el calor, y al verle las mejillas estragadas supo que estaba muy enfermo.

No debiste venir.

Se lo prometí a mi sobrina, dijo el Tiralíneas.

Sal de aquí, la voz firme de Antuan. Antes de que te vean. Te acompaño a la Enfermería.

El Tiralíneas siguió hincado sin hacerle caso. Antuan insistió, y los presos sentados en los bancos cercanos los miraron. Uno se llevó la mano a la boca, pidiéndoles silencio. Otro señaló al Tiralíneas. Hubo quienes al verlo se levantaron de inmediato y salieron corriendo de la capilla.

Antuan se sintió mal de haber llamado la atención a los demás. No quería meter al Tiralíneas en líos. Calma, me lo llevo. ¿Así que tú has venido con él?, dijo uno y le tiró un puñetazo.

Antuan debió agarrarse de un banco para no caer. No tengo nada que ver, calma, era tarde. Se abalanzaron sobre él y el Tiralíneas. No lo toquen, gritó, pueden contagiarse. No le hicieron caso.

Los dejaron tirados en el suelo. Antuan se incorporó escupiendo sangre, sintiendo un diente flojo. El Tiralíneas no se movía. El Tullido se acercó. La capilla estaba vacía.

No tengo nada que ver, exclamó Antuan. Estoy sano. Estoy sano.

Lo siento, dijo el Tullido. Es pues muy arriesgado que lo hayas traído. Te tendremos que quitar el bisnes. Hasta nuevo aviso.

Pero si yo no lo traje.

El Tullido salió. Antuan quería huir pero se contuvo. Se inclinó sobre el Tiralíneas y le buscó el pulso. Debía llevarlo a la Enfermería. Lo había tocado dos veces y no quería tocarlo más. Mejor iría en busca de ayuda.

Apoyaba una mano en un charco de sangre que provenía del cuerpo del Tiralíneas. Salió corriendo rumbo a la Enfermería.

[RIGO]
Ruidos cerca del portón de entrada, nos acercamos a curiosear. Las Fuerzas Especiales rodeaban el edificio desde ayer. Hinojosa pidió que nos desentendiéramos del asunto y volviéramos al trabajo. La blusa verde con lamparones a la altura del pecho, entre los bolsillos superiores. La lavandería colapsada. Le había dado su traje a un paco tembleque, iría a conseguir otro.

Quisimos desentendernos pero no pudimos. No creíamos en su capacidad negociadora, todo lo que podía haber salido mal había salido mal.

Costaba respirar con el barbijo. Los anteojos se empañaban con facilidad, y con las botas caminábamos como pisando algodones. El calor hacía perder peso. No debíamos quejarnos. Era un nuevo traje, el último roto en una axila cuando alzamos a un niño tirado en un baño con llagas en la cara. Su sangre nos salpicó en las mejillas pero preferimos creer que nada sucedería, el virus no siempre contagiaba, también era necesaria la buena o mala suerte.

El primer patio desierto. Los rayos del sol golpeaban en las baldosas, el calor producía ondas oscilantes y temblorosas cercanas al suelo, como si el aire se hubiera estancado en el recinto. Cerca de las aguas de la fuente zumbaban los mosquitos y no quisimos acercarnos.

Bajo el cielo estrellado el mundo
entra y sale de nuestras sandalias
como de un hormiguero.

Los guardiolas de Lillo nos apuntaron. Alzamos las manos. Nos pidieron sacarnos los anteojos y el barbijo para identificarnos y nos tomaron la temperatura. No teníamos fiebre y nos dejaron pasar. El control del edificio se le había ido de las manos a Hinojosa, incluso con el Gobernador presente.

Un guardiola nos pidió que no volviéramos por la sección, mientras menos gérmenes peligrosos por ahí mejor. Le dijimos que no éramos pacos pero nos trataron igual que ellos, conminados a no regresar por la zona si no queríamos bala. Le mencionamos la gran comunidad, estábamos todo en esto, el guardiola se rio, me la paso por los huevos. Quisimos explotar, tanta frustración acumulada, pero no ganaríamos nada.

Volvimos a ponernos el barbijo y los lentes. La piel tuvo ganas de quedarse en ropa interior. Las lluvias de ayer no habían ayudado mucho.

En el segundo patio dos hombres muertos cerca de los escalones. Uno con zapatos de cuero nuevos, tentados de quedárnoslos. Nos los llevábamos y tuvimos miedo y los regresamos.

Cargamos a un muerto sobre otro en la carretilla, las cabezas juntas, mirando a un mismo lugar, los ojos de uno cerrados y los del otro con la cualidad lechosa de los ciegos. Puntos rojos a la altura del cuello. Las manos enguantadas en los brazos de la carretilla, empujamos rumbo a la Enfermería. Según el nuevo protocolo una enfermera comprobaría que estaban efectivamente muertos y daría el visto bueno para llevarlos al descampado, donde esperaban voluntarios con picota y azadón.

En la puerta de la Enfermería Franchesca comprobó que los cuerpos en la carretilla estaban bien muertos. Un joven los roció con cloro y nos dio permiso para llevarlos al descampado.

Achebi ya no los verá, ¿no?

Está superado el pobre.

Bah y Yimmy esperaban en el descampado. Bah vivía de taxista a la entrada de la Casona y la falta de trabajo lo había llevado a ofrecerse como enterrador. Yimmy era hermano de un paco que murió por culpa del virus y decía que en la hora de necesidad todos debían poner el hombro.

Tres tumbas más, dijimos, inundados por el olor tóxico de la descomposición.

Demasiado lujo, Bah se puso a cavar. Una grande para los tres, mejor.

Yimmy fue a sentarse a un costado. Le dolía la cabeza y no aguantaba más el sol.

No le hagas caso, Bah se detuvo. Me contó de un sueño que tuvo anoche. Estaba en la sala del cólera y el virus era una enredadera que salía del piso, le daba vueltas y lo convertía en planta.

Un sueño imaginativo. Que venga a dormir a Los Silbidos. Ya verá qué le toca.

Yo sueño que duermo entre estas tumbas y hablo con los muertos. Pero no soy imaginativo, porque esta mañana estaba solo y me puse a hablar con un muertito. Un niño de unos cuatro años, en un triciclo. Y el muertito me contestó. Terminó de hablar y se desintegró. Literalmente, se hizo polvo.

Mejor no saber qué te dijo. Cava, por favor.

Cava, cava, escarabajo, que algo quedará.

Ese nosotros que era Marilia, ¿dónde estaría enterrada? La habíamos dejado en la cama de la habitación. Escuchamos pasos, pensamos que podía ser el Mayor, y salimos por la ventana y nos fugamos por los techos. Nos prometimos volver, porque habíamos quedado en ser enterrados juntos. Ahora todo esto nos pesaba y la piel intuía que no nos iríamos de aquí. Seríamos enterrados en este descampado, con una nueva identidad con el mismo nombre. Seríamos el doctor que había matado a un paciente casi diez años antes. Nosotros veníamos a hacernos cargo de los males de ese doctor.

Amigo, no llores, pidió Bah.

El Maloso ha ganado. Todo esto nos supera.

Ma Estrella gana incluso cuando gana el Maloso. Nunca te olvides de eso.

Quisimos abrazarlo, traje protector y todo, pero nos contuvimos. Queríamos confesarnos. Decirle lo que le habíamos hecho a Marilia.

Vuelve al trabajo, dijo Bah. Es la mejor receta. Cuando me está venciendo es cuando más duro le doy. Mi cabeza deja de pensar y luego veo todo blanco y me voy tranquilizando.

¿Si te contáramos algo nos entenderías?

Lo importante es que te entiendas tú y te entienda Ella.

No creemos en Ella. Creemos en el dios Mayor de la Transfiguración.

Ese dios también es Ella. ¿No lo sabías? *Sobre el agua está el cielo y en el aire el universo, olvida el aire y el agua, todo es Ella. Mira, este mundo y el otro mundo son ella: no hay otra cosa y, de haberla, también es Ella.* Cuéntame. ¿Qué ocurre?

Todo se reducía a la Innombrable para Bah. La piel se dio cuenta de que no podíamos decirle nada.

Tienes razón, dijimos. Ya se me pasó. Mejor volver al trabajo.

Nos dio la espalda y se puso a cavar. Parecía aliviado de que no le hubiéramos contado nada. Quizás vio algo en nosotros, sospechó qué palabras se venían. Quizás quizás. Salimos del descampado. Yimmy silbaba una canción. Recibimos unos versos:

> *Rezos diurnos*
> *todo tipo de locos*
> *bajo el sol.*

[HINOJOSA]

El Jefe de Seguridad se dirigió al portón a hablar con el Comandante Quisber. Daba pasos torpes, dificultado de moverse con comodidad por los pantalones impermeables y los cubrebotas con suela antideslizante del traje nuevo. Acababa de llevarle comida a Santiesteban. Lo tenía en una celda del tercer patio sin ventanas, ni siquiera Krupa sabía que lo había trasladado ahí durante la noche, lo notó entre orgulloso y agradecido, las manos no dejaban de temblarle. Cuando inquirió acerca de qué pasaría con él le dijo que no sabía nada, él solo cumplía órdenes. Que agradeciera en todo caso que había salido vivo del quinto patio. No le mencionó que Krupa y él habían recibido una torpe oferta de un amigo con conexiones en la Prefectura para hacerlo desaparecer. Debía tener cuidado con otros presos y guardias. Reconocía que lo impresionaba estar cerca de alguien tan importante. El Gobernador también lo era pero ya se le había vuelto muy familiar y conocía todos sus enguilles.

Mientras caminaba por la entrada bordeada por palmeras de hojas mustias, el silencio del lugar lo conmovió. Un monstruo invisible había rodeado el edificio hasta ahogarlo, esfumando el coro de ruidos que lo salpicaba a lo largo del día, los insultos de los presos, las órdenes de los guardias, los cánticos de los predicadores, las ofertas de los vendedores ambulantes, los gritos para apostar a LOS FUTUROS. Los reflectores de las torres de observación iluminaban parcialmente el penal pese a que no había llegado la noche, como si con esa luz se quisiera compensar la falta de ruidos.

Ese silencio no duró mucho. Krupa se le acercó a decirle que los guardiolas de Lillo estaban distribuyendo las armas conseguidas en el Furrielato a otros presos, para resistir en caso de que las Fuerzas Especiales ingresaran a la Casona.

No podemos hacer nada, jefe. Mis valientes andan con miedo a contagiarse y no quieren enfrentarse a los presos.

Hinojosa levantó los brazos. Es que, ¿podía ser posible? El Gobernador le había fallado, nunca habló con Lillo, estaba en otra. Quizás no hubiera conseguido nada pero igual. Resopló. Todo se complicaba.

Krupa, vaya a buscar al Gobernador. Dígale que se lo necesita.

A sus órdenes, jefe. Aunque se me hace que será para nada.

El Comandante Quisber, al mando de las Fuerzas Especiales, era un gigantón de ojos negros y bigote fino y blanco. Tenía la piel estirada y su postura rígida parecía sacada de una serie de comandos. A su lado se encontraba su segundo, Peláez, retaco, gesticulante y con la cabeza rapada. A unos ciento cincuenta metros, detrás de una barricada, podía verse a los familiares de los presos y los guardias de la Casona pidiendo información desesperados, exigiendo que las Fuerzas Especiales no tomaran el edificio. La misma mujer de Hinojosa había llegado a estar allí un par de horas, pero él le había pedido que no complicara las cosas y se volviera a casa. Cada rato hablaba con ella por el celular, preguntaba por los mellizos, eso le daba fuerzas.

Quisber miró a Hinojosa con el desdén que las Fuerzas Especiales reservaban a los policías comunes, hizo un comentario burlón acerca de su uniforme aparatoso. ¿Podrá hablar a través de esa capucha?

Hinojosa no le respondió. Era un policía como él, pero entre ellos no había ningún tipo de hermandad. Conocía a Quisber desde los tiempos de la Escuela de Policías. Lo consideraba un oportunista. En la Escuela tenía un apellido extranjero que no lo ayudaba, y al poco tiempo ese apellido desapareció. No era de muchas luces, no ascendía con rapidez, y por eso se cambió a la recién creada Unidad de Fuerzas Especiales. Allí preferían las operaciones rápidas en vez del día a día. Así cualquiera. Lo difícil era la rutina.

Quisber dijo que tenía órdenes de arrestar al Gobernador, tomar la prisión y restablecer la ley.

Esto ya está de buen tamaño. Esto ya se salió de cauce. Sabe que esta hora llegaría, más bien que los civiles son muy pacientes, yo no hubiera esperado ni cinco minutos. Si el Gobernador no se entrega ya, tomaremos la plaza. Lo mismo si ustedes no se entregan.

Su voz aflautada contradecía la intimidación que provenía de su tamaño. Hinojosa se quitó la mascarilla respiratoria para poder hablar. Detrás del Comandante los policías especiales en posición de firmes, esperando órdenes. El chaleco antidisturbios, las máscaras en forma de calaveras. Guantes anticorte, protectores para las piernas, botas de cuero negras: impresionaban pero él prefería a sus hombres mala traza, con más recursos de calle.

La ley nunca la abandonamos, procuró mantener la calma. Y deje de soñar con que el Gobernador o nosotros nos entregaremos voluntariamente.

A partir de este momento estoy a cargo entonces. Abra el portón, por favor.

No les recomendaría ingresar así como están. Necesitan trajes protectores, el virus no está bajo control.

No se preocupe por nosotros, Hinojosa.

No se daba cuenta de la magnitud del peligro. No había visto a sus compañeros morir o ser presas del virus, tampoco la agonía de los reclusos. Vómitos y mierda, vómitos y mierda. Hinojosa había tenido días malos y quería que todo terminara pronto, que el virus desapareciera y el mal olor dejara de empaparlo, para luego pedir que lo trasladaran a otro lado, lejos de cárceles. Se había olvidado de plagas anteriores en las que había jurado que la Casona era su territorio y lo seguiría siendo hasta que el último bicho infectara al último recluso y de él solo quedara alimento para el crematorio. Estaba agotado. Extrañaba su casa, aunque a veces dudaba de si la verdadera era aquella donde vivían Sammi y sus hijos o la prisión. Ojalá que todo se fuera al carajo de una buena vez, que el virus lo limpiara todo. Para comenzar de nuevo. Sin él, sin Krupa, sin el Gober. Porque si estaban, lo volverían a mandar todo al carajo. No confiaba en la voluntad de regeneración de nadie y menos en la suya.

Abra el portón, por favor, insistió el Comandante.

Hinojosa ordenó a los guardias que lo abrieran e hizo una mueca desdeñosa ante el proyecto descabellado del Comandante.

El portón se abrió y Quisber dio a sus hombres la orden de ingresar. Ninguno le hizo caso.

¿Qué pasa, carajo?

Es que, Comandante, la plaga está ahí adentro, respondió Peláez. Nadie quiere contagiarse. Por algo están en cuarentena.

Qué plaga ni qué plaga. Cumplan la orden y ya.

Un preso asomó por el portón abierto. Llevaba una pistola y caminaba con pasos vacilantes, descalzo. Otro vino detrás de él, también con una pistola.

Ayuda, por favor, estamos enfermos.

Hinojosa, Quisber y Peláez se encontraron en el medio, entre los efectivos de las Fuerzas Especiales que retrocedían sin dejar de apuntar a los presos, y los presos que salían armados por el portón.

Hinojosa se dirigió a los presos para pedirles que volvieran a la cárcel. Se preguntó qué ordenaría el comandante.

[EL TULLIDO]

Un preso se le acercó para decirle que se corría la voz de que habían venido a arrestar al Gobernador. El Tullido ordenó que para ganar tiempo un grupo se acercara a la puerta del cuarto del Gobernador y formara una barrera protectora. No se lo llevarían así nomás. Otero había cometido el error de querer imponer en la Casona la decisión equivocada de la Prefectura, pero luego tuvo el coraje de rectificar. Era justo defenderlo. El preso salió corriendo a cumplir las órdenes del Tullido.

Apoyado contra una pared grafiteada cerca de la capilla, el Tullido pronunció los cincuenta y ocho nombres de la Innombrable y un conjuro para llamarla en auxilio de los habitantes de la Casona. Lo sobresaltó el graznido de un cuervo posado en un alambre. Abría el pico y se podía comer el atardecer. El cielo se había puesto lila. No, ponerse no, nada se pone así nomás. Ella lo ha entintado.

Se echó a andar. Tardó en llegar al cuarto del Gobernador, casi junto al pasillo que comunicaba el segundo patio con el primero. Un contingente de presos rodeaba la puerta, Krupa y tres pacos frente a ellos.

El Tullido hizo ruido con su muleta de metal y se voltearon a verlo.

Señor Krupa, dice la diosa que usted no es bienvenido. Este es territorio libre y así lo queremos.

Yo también hablo con Ella, dijo Krupa, su odio es bien jodido cuando pronuncian su nombre en vano. Déjame negociar esto, Tullido. Necesito hablar con el Gobernador.

Usted lo va a arrestar.

Mis valientes no lo arrestarán, tranquilo.

El Tullido escuchaba un enjambre de frases contradictorias en su cabeza y debía esforzarse para oír. Frases que trataba de entender guiado por la intuición, recordando a su madre, que le insistía en que era capaz de todo, que no era menos que nadie. Las armas de los pacos resplandecían bajo las últimas luces de la tarde. Su gente, en cambio, estaba desarmada. Quizás un cuchillo escondido entre las ropas, piedras filosas en los bolsillos. Observó sus rostros cansados. Días y noches de prueba, en los que no se rindieron a la maldita plaga, en los que vieron a compañeros y familiares irse de su lado, no podían terminar de esa manera. Debía ser inteligente y buscar una salida sin confrontación y en la que tampoco tuvieran que rendirse. Porque eso podía significar el regreso de la interdicción. ¿Podría confiar en Krupa?

En eso se abrió la puerta y asomó Otero.

[EL GOBERNADOR]

Otero escuchó el alboroto, se acercó a la ventana y a través de las cortinas vio la llegada de los presos y guardias. Vio a Celeste descalza y lejana con una bata floreada. Las flores amarillas se movían, crecían y se convertían en árboles, y luego ella estaba perdida entre esos árboles que conformaban la selva. La selva se desvanecía y era ella nuevamente la que estaba ahí, los pómulos como si acabaran de ser lustrados. Él era capaz de ver la calavera detrás de la carne. Ella se irá, yo me iré, todos nos iremos y en unos años nadie nos recordará. Pero ha valido la pena.

Desde la cama contemplaba el piso acercarse y alejarse, podía ver todas las hendiduras de la madera y el revoque mal hecho de las paredes. Veía la araña inmóvil en una esquina del cuarto y escuchaba el zumbido de los insectos, termitas que horadaban la madera y que algún día, pacientes, meticulosas, se llevarían el edificio por delante. O mejor, los edificios. No por delante. Una imagen desafortunada. Harían que se hundiera y se juntara con el cementerio ahí abajo, si había que creer en la leyenda, apuntalada por los que sabían que ahí abajo estaba el quinto patio. Se acordó de los prisioneros que había metido bajo la tierra a lo largo de los años y que acabaron ahí, y les tuvo pena. Celeste tenía razón, en los primeros años había sido divertido, pero ya no lo era. La culpa la tenía la Innombrable. Al menos había salvado a Santiesteban.

Los ruidos detrás de las paredes, en el patio, sonaban como si estuvieran ocurriendo ahí mismo, a su lado en la habitación. Escuchaba palabras sueltas, frases desarmadas. Creyó ver a Celeste. La había visto caminar rumbo a ese cuarto luminoso que era la cocina. Se le vino a la mente la imagen de una Lya diminuta asomando su cabeza por los ventanales de un tren que pasaba raudo a su lado. Un tren que no viajaba de estación a estación sino que se desplazaba en el tiempo, rumbo al futuro. Un tren que se llevaba a Lya como se había llevado a tantos presos, no solo ahora sino también antes, en otras plagas. Algún día él llegaría al futuro y descubriría maravillado a todos esos que se habían ido de su lado, con los que había podido compartir minutos horas días años del presente. Lya había estado ahí, revoloteando en ese presente, y él hizo como que ella no existía. Se había acercado al descampado, a despedirse de ella, escondida bajo un túmulo en una esquina. No estaba bien, no era suficiente, pero debía aceptarlo. Le tomaría días semanas meses. Porque de nada servía decirse que si tuviera otra oportunidad no vería a Lya como había visto a Usse y a tantas otras y otros. Lo volvería a ganar aquello que lo ganaba siempre. ¿Qué lo ganaba siempre? Aquello que lo ganaba siempre.

Sal antes de que sea tarde, se dijo. Celeste se dirigía de la cocina hacia la cama cuando desapareció antes de llegar. Como si un pliegue en el tiempo y el espacio se la hubiera tragado. Celeste, dónde estás. Un pliegue, y ahora ella estaba en otro universo, en otra realidad en la que no existían ni él ni la prisión. Estaría feliz allá, iniciando otra vida, sin recordar nada del mundo en el que vivió antes. La gente se iba a otros tiempos, a otros espacios, y lo dejaban solo.

Se levantó tambaleante y se puso los pantalones tirados en el piso al borde de la cama. Se preguntó si en algún lugar del cuarto yacía agazapado y bullente el virus que se había llevado a unos cuantos y a Lya. Un corpúsculo que flotaba delante de sus ojos y que ni él ni nadie podían ver. Eso sí que era otro mundo dentro de este mundo. Un verdadero fantasma, capaz de producir más terror que los aparecidos de los cuentos populares. Decían que era de forma filamentosa y que alguna vez vivió con las garrapatas o los putapariós o los murciélagos antes de venir a dañarlos a todos. Pero ese daño no era daño. Era solo una orden de la Innombrable. Una orden que dios, su dios, no había podido contradecir, tan dispuesto a que las maldiciones se hicieran carne en la tierra.

Fue hacia el lugar de la habitación donde había desaparecido Celeste. Escuchaba su voz lejana, como si se hubiera caído a un pozo que comunicara con el centro de la Tierra. Un pozo que era la casa del demonio. La llamó, y la voz contestó cada vez más alejada de él. Celeste, Celeste, no me dejes solo. No hubo caso. Había un pliegue del tiempo y el espacio en ese lugar. Había otros pliegues repartidos a lo largo del mundo y quizás él se iría en alguno y se encontraría con Celeste allá lejos, en el oscuro, pese a que ella hubiera preferido no volverlo a ver. O puede que se encontrara con Celeste y ellos, desconocidos de lo ocurrido en ese otro mundo donde había una Casona, iniciarían una nueva vida, aunque no habría salvación para él. Como no hay salvación para nadie, decía la Innombrable.

Se dirigió a la puerta con pasos imprecisos. Le costó llegar. A cada paso que daba la puerta se distanciaba de él. Es un engaño, me sigue esperando ahí. Insistió. Había caminos que lo acercaban a medida que se alejaba. Ese era uno de ellos.

Así fue como concluyó la travesía y llegó a la puerta. Su cuerpo se había enfriado, como si hubiera transcurrido una temporada bajo la nieve. Lo aceptaba. Los escalofríos eran mejores que la fiebre. O mejor, la Fiebre. El indicador de que el cuerpo libraba una batalla contra un agente desconocido. Una batalla que solía saldarse con la derrota.

Abrió la puerta.

Había escuchado voces de gente conocida, pero ahora solo veía rostros extraños que hablaban apresuradamente, siluetas que no podían estarse quietas. Un territorio crepuscular y hostil. ¿Qué hacía él ahí? Hubiera querido cerrar la puerta, conminar a todos a su desaparición. Se dirigían a él y no entendía. Las palabras iban y venían. La brisa le sacudió el rostro. Supuso que era la brisa. Tuvo temor de esas voces y quiso meterse bajo una mesa. La de la cocina serviría. O una cama. Todo se movía con rapidez de agobio. Ese cuarto, ese patio, esa prisión flotaban en el espacio, corpúsculos invisibles en un mar insondable. Hubo forcejos, escuchó gritos y disparos. Se tiró al suelo y quiso cavar un hueco en la tierra para esconderse allí hasta que pasara todo.

[EL COMANDANTE]

Quisber vio a los presos salir por el portón principal de la Casona y no supo qué hacer. En mala hora le habían encomendado esa misión. Por favor Ma, por favor, no me hagas nada. Prefería estar lo más lejos posible de la Casona y de la Innombrable, a la que respetaba pero no quería. No es mi intención, yo me negué, no, no, no. Tenía recuerdos desalmados de la cárcel desde que años atrás su hermano fue a dar allí por haberle vendido un dron trucho a la prefectura. Lo fue a visitar todas las semanas durante seis meses a un cuartucho con televisor en el segundo patio, le llevaba comida en una canasta, y se sorprendía de la suciedad, el hacinamiento y los cuentos tétricos de su hermano, que hablaba de ruidos extraños en las paredes por las noches, gemidos como de gente enterrada viva, un preso ejecutado un siglo atrás y cuya celda despedía una luz mala. Por suerte la tela habló, al final no quedó más que ceder y pagar para que lo dejaran salir.

Le tocaba ordenar a su gente que detuviera a los presos de cualquier manera, ordenar que dispararan si era necesario, pero al mismo tiempo los veía tan débiles, tan enfermos, que dudaba. Entrada por salida, Ma, te lo prometo. Quizás Hinojosa tenía razón. ¿Qué sabía de la plaga? De la Prefectura no le habían dado muchos detalles, y en la prensa los informes eran escasos. Sus hombres temblequeaban. La ansiedad les había comido el cerebro durante la espera.

Un preso se echó a correr.

No disparen, dijo Quisber, deténganlo.

El preso se perdió rumbo al grupo de manifestantes detrás de la barricada. El Comandante le ordenó a Peláez que se hiciera cargo del preso. Su segundo tenía los ojos muy abiertos y estaba excitado, seguro que se había metido tonchi, lo hacía en cada misión.

Peláez ordenó a los especiales que fueran tras el preso. Dos le hicieron caso.

Ahora eran ocho, nueve los reclusos que se asomaban por el portón, algunos sin armas.

Hinojosa, dígales que no se muevan, pidió el Comandante.

El Jefe de Seguridad hizo un gesto de lavarse las manos.

Usted me dijo que la plaza es suya, así que adelante.

Un preso alzó su fusil y apuntó a los policías de las Fuerzas Especiales.

Viva la Innombrable, dijo, desfalleciente.

Antes de que Quisber tuviera tiempo de decir nada, uno de sus hombres le disparó al preso entre ceja y ceja. El preso se desplomó, y luego otros presos se pusieron a disparar y el Comandante ordenó a Peláez que tomaran la Casona.

Las Fuerzas Especiales ingresaron a la cárcel. Atravesaron la explanada, llegaron al primer patio y fueron recibidas con disparos desde la sección de Lillo. Peláez gritó a sus hombres que se cubrieran y lanzaran los frascos de gases.

[RIGO]
Recuperábamos fuerzas en la sala de triaje de la Enfermería y de pronto ruidos provenientes del segundo patio. Nos están dispa-

rando, gritó un paco asomándose a la puerta. Qué pasa, preguntó la voz, y mencionó a las Fuerzas Especiales gramputas. Hubo reclusos que corrieron hacia el tercer patio en busca de refugio; un grupo de presos apareció armado por la sala y se dirigió hacia el primer patio. No sabíamos si seguir a un grupo o parapetarnos en la sala hasta que pasara la conmoción. Las luces de los reflectores iluminaban el segundo patio. Se iba el atardecer.

Una serie continuada de disparos, luego silencio. Desde una ventana los ojos vieron a cuatro pacos y presos tendidos en el piso y a los especiales aparecer en el segundo patio disparando al aire. El que estaba a cargo gritó a través de un altavoz que tomaba el lugar en nombre del Gobierno y que nadie debía moverse de donde estaba. Volvieron a arreciar los disparos.

Los presos de la sala nos miraron esperando instrucciones. Un viento frío nos erizó. Habíamos sobrevivido a la plaga y no podíamos irnos todavía.

Tómanos cuando termine esto a cambio de lo que hicimos, susurramos. De lo que hice. Restablece el equilibrio pero déjanos luchar contra la plaga. La amaba, dije, quería envejecer con ella.

Dios Mayor de la Transfiguración, no me salves.

No se muevan, dijimos, espérennos.

Nos sacamos el traje para desplazarnos con agilidad. Nos quedamos con el barbijo y los anteojos.

Un disparo quebró una ventana y nos tiramos al piso. ¿Debíamos salir?

Sí, nos necesitaban. Nuestro espíritu quieto calmaría el barullo.

La Enfermería tenía una puerta que daba al segundo patio y otra al primero. El cuerpo corrió hasta dar con la salida rumbo al primero y evadir así el pasillo tomado por los especiales. Una vez en el patio tratamos de orientarnos en medio de la refriega; no estaba tan iluminado como el segundo, y había sido gaseado. En el desconcierto unos presos se animaban a enfrentarse a las Fuerzas Especiales y otros se replegaban hacia sus celdas y cuartos. Había quienes se dirigían hacia el portón principal e intentaban fugarse; los pacos no sabían si detenerlos o salir con ellos, reforzar a sus compañeros o protegerse de las balas. Los especiales arrestaban a presos y pacos.

Escuchamos el llanto de un niño. Tomamos el revólver de un paco tirado en el piso. Los presos empuñaban cuchillos y fusiles. Nos sacamos el barbijo, la voz exclamó que cesaran los disparos, todos somos hermanos, con diferentes disfraces pero hermanos, y en el Reino se nos espera por igual, allí el Mayor no hace distingos.

Nos hicieron callar de un empujón. El olor picante del gas nos revolvió la cabeza, y perdimos el revólver. Nos arrepentimos de habernos quitado el traje. Los anteojos al menos nos protegían los ojos.

Disparos desde el segundo piso, cerca del departamento de Lillo. Sus guardiolas se habían parapetado detrás de la baranda y, pese a los gritos que pedían rendición, a las voces que decían rendirse, a los clamores por Ma Estrella, a los mareados por el gas, algunos resistían. Salía humo de un cuarto, las llamas pellizcaban las ventanas. El cielo se iluminaba con bengalas, su trayectoria describía una suave curvatura hasta explotar en mil relámpagos. Los murciélagos planeaban cerca del suelo, agitados. Los perros no dejaban de ladrar. Una oleada fría nos volvió a estremecer. Entonamos un rezo, una letanía. Podía ser inútil, pero era lo que nos salía.

Dios mosquito, no nos salves. Dios ruiseñor, no nos salves.
Dios murciélago, no nos salves. Dios putaparió, no nos salves.

Una mujer apareció por un pasillo, se detuvo en medio del patio e imploró que cesaran los disparos. Era Franchesca, la enfermera. Solo la protegía un barbijo. Se llevó las manos a la cara, trató de taparse la nariz y los ojos, impactada por el gas. Los disparos continuaron a su alrededor. Se desplomó, mareada. Nos desplazamos entre tambaleos hacia ella. Arrastramos el cuerpo hasta que estuviera protegido detrás de la fuente. Sus ojos estaban rojos y trataba de hablar. La voz le pidió que se callara, que economizara esfuerzos. Debíamos hacer lo mismo: el gas se posesionaba de la garganta y de la cara.

Mis pacientes, dijo. Mis pacientes.

Le cedimos los anteojos. No habría equilibrio. O sí lo habría, pero solo por unos segundos, hasta que algo volviera a desordenarlo. Esa era la naturaleza de las cosas. La Exégesis, equivocada. O correcta, si es que entendíamos que cuando hablaba de la armonía del mundo atrapaba apenas un instante en fuga permanente.

Los reflectores se apagaron. De pronto, todo se calló.

[EL LOCO DE LAS BOLSAS]

Quién hace tanta bulla y no respeta la paz que va quedando. Un poco de consideración por favor. Es solo el silencio el que te llama, cansado ante la tarde gris de angustia. No te pongas triste de saberte solo, sal pronto a la calle, vístete temprano, la Casona está llena de voces y pasos, y tú estás solo en un mundo de metal. Un poco más de consideración en la línea mortal del equilibrio. Disparos, disparos. ¿Y de quién este cuchillo? ¿Quién lo ha tirado aquí? ¿Para mí, para mí? El reposo caliente aún de ser. No a mí, yo no hice nada. Gran circo gran señores, con la famosa cabra hipnotizadora. Y ahora. Con una coima los dejaré salir. Ma Estrella es mi señora, nada me faltará. Abran su corazón, señores, no es una raza maldita, ellos no tienen la culpa. Los microbios hacen lo que pueden. Millones de galaxias, tanto espacio en el universo, para que vengan esos bichos justito aquí y nos coman. Un turbión maloso. Anoche soñé con ellos, flotaban en el aire, estaban en todas partes, incluso dentro de mí. No disparen por favor. Un poco de consideración. Luego si nos morimos todos, ¿quién va a quedar? El día que puedas. Se me llena la mantera. De felicidad. ¿Quién va a quedar? ¿Quién? ¿Y el cuchillo?

[SANTIESTEBAN]

Escucha disparos y gritos y no sabe qué ocurre. Pasos apresurados, golpes en puertas, paredes que se cimbran. No ha tenido tiempo de alegrarse por lo que le ha ocurrido, lo que le está ocurriendo. Ha dormido poco, lo han sacado de esa celda infame y húmeda en las profundidades de la tierra pero no lo tranquiliza saberse en la Casona. ¿Era para tanto lo que hizo? ¿Qué fue lo que hizo? No importa al fin, uno entra por cualquier razón y no sale más, le han dicho. Ruidos metálicos en la puerta. El que lo ha traído aquí se asoma nervioso. Salga, apúrese. Le dice que lo necesitan. En el penal muchos lo conocen y lo seguirán, el Gobernador está enfermo. A Santiesteban le escuecen las mejillas y se las rasca, y las articulaciones de las piernas están como inflamadas; el dolor percute y se extiende por el cuerpo a partir de ellas. Este es el momento con el que ha soñado, el de dejarlo todo por sus convicciones, pero la paradoja es que no se trata del momento ideal. Aprieta los dientes, lo ha hecho toda la noche hasta hacerse sangrar las encías. Hay que estar a la altura. Altura. Altura. El que lo ha traído deja la puerta abierta y desaparece. ¿No es una trampa? Vacila, se acerca a la puerta, sí, está abierta. Tantea, da un paso afuera, ha salido, está libre, al menos dentro de la Casona está libre. Se encuentra en un segundo piso, desde la baranda puede ver cuerpos tirados en el patio. Un disparo quiebra una ventana, un grito de dolor lo retuerce. Camina por el pasillo, baja por las escaleras, el calor lo golpea. ¿Qué hacer? Un preso se le acerca, ¿lo reconoce? Le entrega un fusil, a luchar carajo. Las balas cruzan cerca de él. Se tira detrás de un turril en el patio, un disparo impacta en el turril, el ruido metálico reverbera en torno a él. ¿Cómo ser líder en este caos? No hay forma. Solo queda ser uno más. Ni siquiera sabe contra quién está luchando. El preso que le dio el fusil está tirado en el suelo a su lado, la ropa en jirones y un corte en el antebrazo, balbucea que son las fuerzas del Prefecto y él pregunta por qué. Porque el Gobernador no se rinde, dice el preso. Somos ellos o nosotros. Nos quieren quitar a la diosa. ¿Quitar? Prohibir. ¿Prohibir? No repitas mis palabras. ¿Eso basta? Quizás no pero lo solivianta. Hay una plaga, dice el preso. ¿Qué plaga? La historia es larga, dice el preso. Una bala silba cerca de ellos y los calla. Imagina que vienen por él. Vienen por él, sí. Agarra el fusil con firmeza. Soldados a lo lejos. Va a disparar, será la primera vez. El dedo agarrotado. La vena que pulsa en la frente. Son ellos o él. Todo esto es un sueño. Alguna vez, en el velorio de Delina, se preguntó cómo imaginaba morir. En una cama, de viejo. Imaginaba una vida heroica pero no una muerte heroica. Tampoco la imagina ahora. Delina, Delina, salvame. Esto es una burla. Santiesteban dispara. Las palomas escapan de los tejados.

[LA DOCTORA]
Tadic, que hacía su trabajo tratando en vano de aislarse de los gritos, de los presos y pacos que entraban y salían de la Enfermería, se sorprendió al ver llegar al Gobernador arrastrado por dos pacos, una figura desguarnecida de los oropeles del puesto. Tenía los síntomas del virus: la fiebre lo hacía delirar y el cuello florecía en manchas rojas. Le aflojó la camisa de inmediato, le quitó el cinturón, hizo que lo llevaran a la sala de triaje y que lo recostaran en una camilla.

Eres mi alma, dijo el Gobernador. La dama azul que nos espera a todos. Hablar es tan fácil. Eso, eso. Quinto patio, quinto patio.

Los pacos la dejaron sola. Se enfrentaban con laques a presos armados de cuchillos en el pasillo. Los pacientes reaccionaban a la conmoción de los disparos en el patio, y unos huían mientras otros se protegían de las balas usando los colchones tirados en el piso a manera de escudos, o tirando mesas y camillas para impedir el paso, llegando incluso a trancar la puerta.

La doctora no veía a Rigo por ninguna parte. Y comprendía que la necedad del virus no era nada ante el barullo desorbitado de los humanos. El virus era lo que era, no tenía opciones. Los humanos, en cambio, se esmeraban en el desmadre cuando asomaba el peligro, en la búsqueda de salidas que no tuvieran en cuenta a todos, en la piedad hueca, tanta religión no servía de mucho.

Estaba con el traje protector y procedió a conectarle una intravenosa al Gobernador. No era fácil, con tantos pares de guantes. El Gobernador movía los brazos y se resistía. Logró conectarle la intravenosa, solo quedaba esperar y que la suerte decidiera. Sin un antídoto a mano, cualquier tratamiento no hacía más que delatar la precariedad de las respuestas al virus.

Una vaharada maloliente la golpeó. El Gobernador se había ido en mierda. Debía trasladarlo a la sala del cólera, colocarlo en una cama adecuada. No quedaban disponibles. ¿Debía invocar el principio de autoridad y darle prioridad al Gobernador?

Decidió que no. Todos eran iguales ante el virus.

Lo desvistió y se dispuso a limpiarle la mierda. Al menos eso.

Los pacos lograron reducir a dos presos. Uno tenía un corte en el cuello y ella procedió a curar la herida.

[EL TIRALÍNEAS]
En la sala del cólera, el Tiralíneas miró el techo y observó su ondulación. Es la Entidad, ha venido en mi busca. Estaba afiebrado y escupía sangre sin parar. Había intentado pedir que vinieran las enfermeras, pero su voz era un hilo que se disolvía

apenas salían las palabras de la boca. Quería que le trajeran a Luzbel. La había dejado sola en el cuarto, hasta en eso le fallaba a Lya.

Las enfermeras no habían durado mucho en la sala. Intentaban auxiliar a los enfermos hasta que un grupo de presos con pistolas y cuchillos entró a la sala y las hizo huir. Revolvieron cajones en busca de medicamentos, fueron de paciente en paciente, ¿buscando a alguien en particular? Una enfermera recibió un golpe y cayó de bruces al suelo.

El Tiralíneas se hizo el muerto. No le era difícil. Tenía toda la facha, la sangre vomitada cubría parte de su cara y sus ropas.

Más disparos. No sabía qué ocurría, por qué los presos estaban tan sublevados. Algunos gritaban que la Innombrable les ordenaba vengarse. Tosió. ¿Qué era eso entre sus dientes? ¿Un pedazo de carne? ¿Se derretían sus entrañas? ¿Vomitaría pronto el corazón? No podía ser de otra manera. Estaba quebrado y quería irse. Que se lo llevara la Entidad.

Ruidos de cristales rotos. Alguien pateaba una puerta. Alguien lloraba. Alguien gritaba. Disparos. Alguien que quizás moría. Luzbel, Luzbel.

Qué bien se sentía cuando llamaba a las putas de Lillo a que fueran a atender al jefe y de paso se dieran una vuelta para verlo. Qué bien cuando se embolsillaba buen quivo vendiendo tonchi a tanto desamparado en la Casona. Cuando... cuando... Haberle prestado más atención a Lya. Ay ella, tan necesitada. Cuidarla de tanto depravado, pero bien poco eso. Ahora no estaba. Así se acababa todo. Sin anestesia.

Un preso entró a la sala con un cuchillo de cocina. Lo reconoció o creyó reconocerlo en medio de la fiebre. El loco de las bolsas. Iba de cama en cama preguntando, amigo o enemigo. Todos decían, intimidados, amigo, amigo.

Amigo o enemigo, le preguntó al Tiralíneas una vez que lo tuvo cerca.

Amigo, balbuceó, loquito.

No quería morir así. Prefería que se lo llevara el virus.

El loco de las bolsas le preguntó si creía en Ma Estrella.

El Tiralíneas mintió y le respondió que sí.

Yo no, dijo el loco, y le mostró el cuchillo.

Yo tampoco, balbuceó el Tiralíneas.

Yo sí, carajo. Es nuestra salvadora. Cualquier rato va a volver.

Yo también. Viva Ma Estrella.

¿En qué quedamos, campeón?

Que sí, que sí.

Ya, está bien. Te la dejaré pasar.

El loco se iba cuando el Tiralíneas se arrepintió de haber negado a la Entidad, y susurró que no.

Que no qué, se dio la vuelta el loco.

No creo en... Ma Estrella.

El loco le apoyó el cuchillo en el pecho. Lo levantó. El Tiralíneas cerró los ojos.

Una carcajada. El Tiralíneas abrió los ojos.

Cómo pues, papito, yo no soy de esos.

El loco le dio un beso en la boca y se fue entre carcajadas.

El Tiralíneas se recuperaba del susto cuando miró el techo y el cuarto comenzó a girar. ¿Era una araña peluda esa cosa inmensa en el techo? Colgaba de su tela, y descendía en su busca. ¿La Entidad?

Intentó incorporarse y no pudo. Su garganta emitió un gemido, y volvió a vomitar sangre.

[KRUPA]

Casa de putas, casa de putas. Mis valientes que me dejan solo no son mis valientes. Me rindo, no disparen. No seré tonto para que me maten gratis, carajo, solo les digo que a ustedes no les debo nada. Solo me debo a la Casona y a mi jefazo. Ya, está bien, me rindo, ¿en qué idioma quieren que les diga?

[EL FLACO]

Carito, dijo el Flaco cuando aparecieron los especiales y le apuntaron. Saba, mi niña. Déjenme en paz, apaguen esa luz.

[FRANCHESCA]

Entreabrió los párpados, se sacó con esfuerzo los anteojos; no sabía dónde estaba. La espalda contra el suelo, el dolor en la columna. Corrían las nubes por el cielo, una de ellas se doblaba y parecía apuntar con el dedo hacia la ciudad. Le ardían los ojos y la garganta. Escuchaba voces, ¿la llamaban? No, no era a ella. Ladridos, incluso el canto de un gallo despistado. El chirrido de los grillos. Disparos y gritos. ¿Dónde estaba?

[EL TULLIDO]

Cuando se desvaneció el Gobernador en la puerta de su departamento en el segundo patio dio órdenes rápidas para que lo llevaran a la Enfermería. Seguía con esfuerzo a los reclusos que lo cargaban, pero escuchó los primeros disparos cerca y se detuvo. No podría huir de los soldados.

Al rato llegaron los especiales. Lo encañonaron, y él se puso a rezar la plegaria de los cincuenta y ocho nombres.

Ríndase a nombre del Presidente.

Las luchas terrenas no me interesan, balbuceó. El Prefecto, el Presi son lo mismo. Yo solo estoy con quien me asegure que somos libres de querer a Ma Estrella.

Dicen que usted es el delegado, dijo un especial, así que no se haga, estas cosas le interesan. Venga conmigo, lo necesitamos.

Una explosión hizo trastabillar al Tullido.

No me necesitan. Hagan lo que tengan que hacer pero respeten al Gobernador.

Todo será más fácil si nos ayuda a tranquilizar a los reclusos. Recibirá cosas a cambio, esté seguro de eso.

El Tullido pidió que le permitieran terminar la letanía.

[VACADIEZ]
Escuchó la conmoción tirado en un colchón en una sala de la Enfermería. Había rumores de la toma de la Casona por parte de las Fuerzas Especiales. Uno de los presos, que lo miraba con recelo, insinuó enfrentárseles, pero él se sintió más tranquilo con ellos acercándose. Se quedaría callado hasta que lo evacuaran. Una vez que lo llevaran a otro hospital contaría su historia. No sabía si hacer públicas las fotos y los videos. Quizás le sirvieran para negociar que lo dejaran en paz si alguien lo conectaba con el robo de las armas. Quizás a cambio de su silencio le permitieran renunciar a la policía e irse lejos de Los Confines.

Quizás quizás. Él, ¿qué sabía? ¿Qué control tenía de su situación? Quizás venían solo por él. Quizás no se había dado cuenta y ya todo había acabado para él.

Un especial se asomó a la sala y los encañonó. Vacadiez levantó las manos al igual que el resto.

Bienvenidos, balbuceó. Por favor no me confundan, estoy del lado de la ley, estoy del lado de ustedes.

El especial lo miró sin saber a qué atenerse. Se cercioró de que era un guardia y lo separó del resto. Vacadiez quiso abrazarlo, agradecido, pero el especial retrocedió y le gritó que ni se le ocurriera tocarlo. Vacadiez le dijo que no tenía nada, todo era una mentira, era largo de contar pero lo haría, y el especial llamó a su jefe y este ordenó el arresto de Vacadiez y lo obligó a volver junto a los presos enfermos.

Vacadiez trató de convencerse de que no importaba, lo esencial era salir del penal como fuera. Pero volvió a su colchón, lo ganó la ansiedad e intuyó que nada terminaba para él. Todo, más bien, comenzaba.

[SANTIESTEBAN]

Se arrastra por el patio hasta la parte posterior de un arco de fútbol y se parapeta detrás de un palo borracho. Chinelas y gorras por aquí y por allá, un cuaderno de dibujo, una billetera de tela de jean, un triciclo azul volcado. Presos tirados en la explanada, rostros ensangrentados, una carretilla en la que yacen dos cuerpos, qué extraño todo. El sol se hunde en el horizonte, la sombra del edificio se agiganta y va envolviendo a todos en el patio. Un estruendo lo despierta de su ensoñación. Santiesteban dispara a todo el que se mueva que aparezca por los pasillos, en la confusión no distingue los uniformes de los especiales de los de los pacos, sabe que algunos pacos están de su lado y otros se han entregado al bando de los especiales, una locura todo y ni siquiera bella, más bien el eructo de un monstruo en la noche. Desde los balcones del segundo los presos gritan su nombre, Gober, le grita alguien, Secre, le grita otro, Secre Secre, detén esta matanza pues, ¿qué es lo que creen? ¿Que los especiales lo respetarán ahora que saben quién es? Dispara hasta quedarse sin balas. Le duelen los dedos agarrotados, el hombro golpeado por la culata en su retroceso. Delina, Delina, no soy el Secre de nada ni de nadie, quizás ahora podría creer en Ella de verdad, agarrarme del cometa que cruza Los Confines y a su paso de pura venganza abre esperanzas. Sí, apenas pueda irá al templo y pedirá disculpas por sus mentiras y negociados, por no creer cuando debió creer, por usarla y ser un oportunista. Dirá que ahora cree, ahora le ha llegado la fe de verdad, en plena Casona, aunque es muy probable que no le crean. ¿Y qué?

Está en eso cuando una bala roza su antebrazo. Se lleva la mano al lugar de la herida, mana la sangre, ¿hilillos?, ¿ríos?

Sería tonto terminar así. Un raspón nada más. Pero le duele. Pero le arde. Grita.

Pero. Pero. Pero.

Gober, Gober. Secre, Secre.

Ma, Ma, Ma.

[EL COMANDANTE]

Era de noche cuando Quisber se enteró a través de Peláez que el primer patio había sido tomado y se animó a trasponer el portón de la Casona. Perdón, Ma, perdón. Los reflectores habían vuelto a encenderse. Ingresó vacilante, como si estuviera profanando un templo sagrado. Quizás lo estaba.

Le preocupaba que la máscara antidisturbios no fuera suficiente para protegerlo y que esas bacterias que deambulaban por el edificio se le pegaran al cuerpo y la ropa y se fuera a casa con ellas. Incluso con la máscara podía sentir un leve picor en los ojos. Valoraría la valentía de sus hombres, pediría ascensos, bonificaciones. A los tres que se habían resistido a entrar los esperaba la corte marcial. Y yo nunca más, te lo prometo, Ma, la siguiente diré no, esta vez quise pero no me dieron opción, mi antigüedad, debía dar ejemplo, a quién, a quién.

Gente tirada en el primer patio, algunos con uniformes de la policía y otros reclusos, incluso un par de especiales, cerca del palo borracho macizo bajo el cual alguna vez había charlado con su hermano. Unos no daban señales de vida, otros lanzaban ayes lastimeros. Niños y ancianos. Chinelas, laques, trapos, piedras, palos diseminados por el suelo de mosaicos, rodeando la fuente. Humo en una sección del segundo piso. En una celda cerca de la sala de los guardias un preso gritaba que lo liberaran, ¿dónde está el señor Krupa?, él me va a defender. Las palmeras meciéndose en la brisa. Una pared salpicada de sangre.

Un grupo de especiales en una esquina apuntaba a presos y pacos que hacían esfuerzos por proteger sus rostros del gas y no paraban de moquear, llorar y toser. Se entremezclaban los heridos en la contienda con los enfermos por la plaga. Sus hombres intentaban alinear los cadáveres en el piso. Ordenó que lo hicieran después y reforzaran a las tropas en el segundo patio, Peláez necesitaba ayuda. Esos muertos no son míos, mamita, te lo prometo.

Le señalaron a Lillo, según los pacos el responsable de distribuir las armas entre los presos. Esposado, una máscara antigás en la cara. A su lado un recluso con cara de adolescente con el cadáver de un perro entre sus brazos.

No se me acerque más, las palabras de Lillo raspaban su garganta, les costaba salir, proyectarse a través de la máscara. No debieron entrar, no debieron venir. Nos iremos todos al carajo.

Ya nos estamos yendo por su culpa, dijo Quisber y vibró el diafragma de plástico delante de su boca. De esto no se salvará. ¿Sabe lo que le espera? Una prisión de máxima seguridad. Lo pondrá nostálgico de sus días aquí.

No llegaré allí. Estoy ciego. El veneno de sapo no sirve de nada.

Quisber se alejó de Lillo, dio una vuelta por el primer patio, alumbrado por reflectores intermitentes. El olor pestilente lo arrinconaba. No tenía el traje protector recomendado por Hinojosa y no quería arriesgarse. Prométeme que no me pasará nada, mamita. Las palabras del Jefe de Seguridad lo perseguían, de niño el virus de un mosquito en su pueblo había provocado un exceso de bebés microcefálicos. No sabían mucho. No sabían nada. Ay mamita, ay mamita.

Peláez le informó por walkie-talkie que la toma del segundo y tercer patio procedía de acuerdo a lo planeado, allí no habían necesitado usar gases, lo mismo el cuarto patio. Al Gobernador lo habían encontrado en la Enfermería y estaba bajo resguardo. También tenían al delegado de los presos, que los había ayudado calmando a su gente.

El Comandante se contuvo de recriminar a Peláez por tanta

violencia indiscriminada. Lo haría después. En vez de eso preguntó cómo estaba el Gobernador.

Delira, la voz gangosa a través de la estática. Según la doctora, está con el virus. Al menos no está sangrando como otros porque según la doctora ya no tienen bolsas para transfusiones.

Mucho cuidado con él. El Prefecto lo quiere vivo.

Hay que evacuarlo ya. Apenas se calme todo le pediré que dejen entrar al personal de auxilio.

Si el Gobernador y el delegado están fuera de combate todo será más fácil.

No crea. Ahora es más caótico. Pero es cierto que muchos están deponiendo sus armas cuando escuchan al delegado. Hay algo más, es un poco loco lo que le voy a decir.

Dígame.

Arrestamos a un preso y unos reclusos decían que era Santiesteban. Lo he visto, y sí, es él. Pero ¿qué carajos hace aquí?

¿Santiesteban? A mí no me pregunte esas cosas, Peláez. ¿Está bien?

Mejor que usted y yo juntos aunque asustado como el que más. Tiene una ridícula herida en el cuello.

Encárguese de él como de los demás. Veré qué me dicen.

Quisber se comunicó con la Viceministra de Régimen Interior para contarle la buena nueva del arresto del Gobernador. Le contó que debido a su estado de salud sería enviado de inmediato al hospital. Ella le preguntó si ya se podía contar con que la Casona había sido tomada. En eso estamos, dijo él. Luego le contó de Santiesteban. La Viceministra creyó que estaba bromeando. Gran noticia si es verdad, dijo, pero sería raro que lo fuera. Que sea uno de sus primeros evacuados. Veremos qué nos dice.

A sus órdenes, colgó.

Quisber encontró a Hinojosa cerca de la fuente, las manos atadas, su cabeza protegida por la capucha.

Esto no le saldrá barato, dijo Quisber. Bien grave es el desacato.

Ahora que la Casona no es mía ya verá lo que es fardarse con ella, Hinojosa levantó la mirada. Ahora le toca a usted no olvidarse de nadie. No se olvide de los enfermos del tercer patio ni de los del confinamiento solitario del cuarto patio.

¿Podrá hacer que se enciendan todos los reflectores?

Es todo lo que hay. Los demás están quemados.

¿Hay algo que funcione bien aquí?

¿Hay algo que funcione bien en este país? No somos ninguna excepción que confirma la regla. Somos la regla que confirma la regla.

Quisber vio en el cielo el revoloteo de los murciélagos.

Así que esos son los malosos.

Ojalá. Puede ser el mosquito que lo acaba de picar. Los putapariós. Cualquiera.

Quisber preguntó ansioso a qué mosquito se refería.

Una broma de mal gusto.

[RIGO]

El cuerpo atontado por culpa del gas. La nariz y la garganta irritadas, los ojos ardidos, los párpados hinchados, el lagrimeo incesante. Frascos tirados en el suelo, los especiales los habían usado al llegar. Buscamos a tropezones el baño del primer patio en busca del alivio del agua pero un recluso con una toalla que le cubría la cara no nos quiso dejar entrar, el recinto rebalsaba de gente. Solo cuando silbaron los disparos cerca permitió el ingreso.

Los especiales nos obligaron a salir del baño. Mujeres y niños allí, no hubo resistencia. Marchamos con los brazos levantados, apenas veíamos. Un especial nos condujo contra una pared en el primer patio, junto a otros presos y pacos. La voz le informó que nos estaban desperdiciando, podíamos ser más útiles acompañándolos al segundo patio, avisándoles qué secciones evitar. Cállate, dijo. Tampoco podíamos hacer mucho. Aun así, no queríamos dejarnos vencer. Buscábamos ser útiles en un edificio que ya era nuestro, en la tierra de Marilia, el paraíso perdido del que tanto nos habló. La doctora tenía razón, éramos peores que un virus. Pero los virus, ¿no los teníamos nosotros, en nuestro sistema? ¿No nos ayudaban a luchar contra los virus? ¿No eran los virus también antivirus?

Mi cerebro no estaba funcionando bien.

En el plan del Mayor había un lugar para ellos. ¿Lo hacía bien respetando a todas las criaturas, incluidas las más nefastas?

No lo sabía. No lo sabía.

Órdenes y contraórdenes en la semioscuridad, sombras de pacos y presos que resistían y otras que se rendían. Cuerpos despatarrados sobre los mosaicos, aullidos de dolor. Espectros reducidos a la fuerza y otros acobardados a los que se juntaban sin diferenciar sanos de enfermos. Oraciones a la Innombrable.

Nosotros nos callábamos: el Mayor no nos oiría.

Nos estremecimos pensando en el desastre que aguardaba al cese de la conflagración. El desparrame de cuerpos en el patio era solo el preludio. La Casona sería tomada pero a qué costo.

Sirenas de ambulancias y carros bomberos. La voz preguntó por la doctora Tadic. En la Enfermería, dijo un especial. Respiramos agradecidos. Respiré agradecido.

Una mujer doblada en convulsiones al lado. Un niño de cerquillo revuelto aferrado a ella. No lo protegía nada y supimos qué le aguardaba. Lo mismo al especial nervioso y bravucón que nos amenazaba con el chicote eléctrico.

Le dijimos al especial que la mujer moriría si no recibía atención. Veré qué puedo hacer, respondió y se perdió. Nos sentimos desguarnecidos sin el traje. Le pedimos al Mayor que nos cuidara del Maloso en forma de virus. Insistíamos con los pedidos. El Maloso ya estaba adentro y podía hacer lo que quería.

Los murciélagos chillaban, revoloteando en el cielo, tratando de escapar del humo, asustados por la luz de las bengalas. Dijo la voz:

Vuelan vuelan los murciélagos
mientras se mueven los planetas
y se afina la melodía del mundo.

Un poema ofrecido por Marilia, pensamos, pensé.

¿Afina o desafina?

Dijo la voz: *y se desafina la melodía del mundo.*

Estábamos en eso cuando un especial nos condujo aparte y nos preguntó si nos llamábamos Rigo. Hicimos un esfuerzo y asentimos. Nos pidió que lo acompañáramos al segundo patio. Las Fuerzas Especiales lo habían tomado, prácticamente la Casona estaba tomada, solo quedaban unos cuantos recalcitrantes en el tercer patio. Querían ayuda con una sección abarrotada de enfermos. Que los tranquilizáramos. Habían repetido nuestro nombre, mi nombre.

No podemos ver mucho. Nos arde todo, oficial.

¿Quién podemos? Haga un esfuerzo, carajo.

De modo que nuestros esfuerzos no son vanos, pensamos, y luego nos arrepentimos del pensamiento narciso. El Maloso no descansaba.

¿Y la mujer? Hay que llevarla a la Enfermería.

Paciencia, solo han llegado dos ambulancias.

Lo seguimos, vacilantes. Cuerpos tirados en el pasillo, de reclusos conocidos fugazmente en esos días. Escuchamos que evacuaban a Krupa en una camilla y pensamos hierba mala cualquiera. Debíamos volver al trabajo anónimo. Nos pellizcaron los putapariós en los huevos.

Nos detuvimos y nos hincamos.

¿Pasa algo?

No podemos más. Necesitamos que alguien nos vea. Los ojos. Nos desplomamos.

Y dije, viendo pasar las nubes con los ojos cerrados: Marilia, yo te maté.

No fuimos una comunidad en ese momento. Fui yo, la casa hospitalaria de los putaparió s y del Maloso.

El Maloso entró en mí, pero él no tuvo la culpa.

Fui yo, fui yo.

No fue por salvarte. Fue por salvarme yo.

No hay perdón. No hay más.

El Mayor lo hizo primero. Tú lo hiciste primero. Pero eso no importa.

Que me toquen mil plagas más. Seguiré haciendo esfuerzos por deshacer lo que hice. Nada será suficiente.

Solo quiero que sepas que lo sé.

¿Ya está?

¿Ya estamos?

Tosimos. Cerramos los ojos.

[EL COMANDANTE]

Apenas Peláez le anunció que la Casona había sido tomada, Quisber volvió a llamar a la Viceministra de Régimen Interior para ponerla al tanto y confirmarle la noticia de que Santiesteban —lo había visto, era él— ya estaba fuera de la prisión. Ella ordenó que lo llevaran de inmediato a una revisión en el hospital, al igual que al Gobernador, y lo felicitó por la labor cumplida.

El Comandante llamó luego al Prefecto. No se llevaba bien con él pero debía ponerlo al tanto. Vilmos estaba enterado de todo gracias a sus asesores. No le interesaba la Casona o la salud de los presos sino el Gobernador. Le insistió, imperioso, que era importante cuidar al Gobernador. Ese era el golpe simbólico que le preocupaba, ofrecerlo ante las cámaras, maniatado, respetando su autoridad. Quisber le dijo que confiara en él. Lo tenían en la Enfermería, le habían confirmado que estaba con el virus. Vilmos le pidió que lo filmaran vivo, por si acaso, y le sugirió que lo trasladaran al hospital central. El Comandante le pidió que no se preocupara, estaba hablando con la Viceministra. Antes de colgar le contó que entre los presos se había encontrado a Santiesteban.

¿Vivo?

Vivísimo.

Vilmos escuchó los detalles en silencio, le envió unas tibias felicitaciones y colgó.

Quisber llamó al Juez Arandia para contarle del éxito del operativo. Le daba pena el Juez, era su amigo y quería estar al tanto de todo. Tenía buenas ideas y se frustraba cuando no le hacían caso, como ahora. El Juez le preguntó por el prisionero del quinto patio, como si Quisber estuviera enterado de todo, y él le contó que no sabía nada del quinto patio, pero que la gran novedad era que habían encontrado a Santiesteban y que ya había sido evacuado de la Casona.

Una estupidez, dijo Arandia, un tremendo error.

El Comandante se quedó callado.

Ahora se vendrá lo bueno, continuó Arandia.

¿Más?

Más.

Quisber colgó. Por lo pronto, eso no debía atarearlo.

Caminó por el primer y segundo patio dando palmadas a sus hombres. Los veía agotados y confundidos. Uno se le acercó para implorarle que le dijera que no se contagiaría. No te pasará nada, te lo prometo, le susurró al oído. El especial respiró hondo, se lo agradeció y siguió su camino. El Comandante apretaba en sus manos un escapulario con la imagen de Ma Estrella, para acompañarlo en medio de la sopa de bacterias que debía ser el edificio. No me hagas nada, te juro que apenas termine mi trabajo estaré fuera. Perdón, no hubiera querido pero me obligaron. Perdón, no me hagas nada.

Habían llegado más ambulancias a la Casona, los voluntarios se desplegaban sacando a los heridos en camillas, cubriendo con sábanas a los muertos tirados en patios y celdas. Se sorprendió de ver a reclusos tomados por el virus. Rostros huesudos y pálidos, ojos hundidos, marcas rojizas que se extendían por pechos y cuellos. Con razón no habían resistido tanto al operativo. Un olor a podredumbre lo hizo detenerse. Las arcadas lo doblaron. No era el único. Algunos de sus hombres vomitaban, golpeados por la pestilencia.

Quisber estaba seguro de que pasarían los años y quizás se olvidaría de todo, pero el olor quedaría. Durante los días siguientes no pararía de olerse la ropa, perseguido por ese tufo mierdoso que lo anegaba todo, y se ducharía dos, tres veces al día, convencido de que la pestilencia se había quedado a vivir con él.

En la Enfermería un preso con las manos esposadas hizo unos pasos de baile y se puso a cantar delante de él. Gran circo gran, señores. Arcos zigomáticos. Deben extinguirse como los dodos. Ma Estrella es mi pastora, nada me faltará. Quisber ordenó a Peláez que se lo llevaran. Hacía eso cuando un preso enfermo salió de un baño a atacarlos con un cuchillo. Un especial lo tiró al piso, comprobó que el cuchillo era de juguete. El preso gritaba hasta que un golpe en la cabeza lo calló. El Comandante notó una mejilla llagada. Una enfermera le informó al especial que el preso necesitaba atención inmediata. Lo evacuaremos, intervino Peláez.

Creí que todo estaba bajo control, dijo Quisber.

Está hasta que no está.

El Comandante sintió que sus nervios se erizaban. Quería estar fuera del edificio tan pronto como pudiera. Debían apurarse.

La doctora Tadic atendía en otra sala al Gobernador, recostado en una camilla. Los ojos cerrados y sudor en el rostro. El cuerpo se estremecía. Perdón, mamita. Me perdonarás, ¿no? Hay que evacuarlo ya, dictaminó la doctora y el Comandante debió hacer un esfuerzo para entenderla, su capucha tenía más barreras que su máscara.

Hay que evacuar a todos, señaló Quisber.

Comenzando por usted.

Haga su trabajo y no diga tonterías.

Mire nomás cómo está todo. Estábamos mejor antes de que se le ocurriera su maldita reconquista.

Todos sabemos de los abusos que se cometían aquí. Ojalá esta prisión se cierre. Pero no me interesa hablar de eso con usted. Solo atienda al Gobernador.

Estaba delirando y de pronto se calló. Lo prefiero hablando, su silencio me asusta.

El Comandante le abrió la mano al Gobernador y puso su escapulario entre los dedos.

No lo toque, dijo la doctora. De verdad que no tienen idea de lo que es esto.

Quisber había jugado juegos de estrategia con el Gobernador, en casa del Juez. Lo sacudía verlo así. Debía, más tarde, llamar a la esposa del Gobernador, darle su apoyo.

Peláez se le acercó junto a un preso rengueante, apoyado en una muleta.

Le estamos muy agradecidos al delegado, nos ha ayudado a calmar a su gente.

Gracias, señor delegado, dijo el Comandante. Ha evitado mucha cosa innecesaria.

El Tullido blandía la muleta como si estuviera considerando arrojarla. Decía que había sido engañado.

Me lo prometieron y solo por eso ayudé. Ahora dicen que no. Ya verán lo que ocurre.

¿Qué le prometieron? Cálmese, por favor.

Que el culto no sería tocado. Ya bastante hemos sufrido por eso.

No lo decidimos nosotros. Ni siquiera sabemos si la Casona seguirá abierta. La orden es que evacuemos a todos, luego ya se verá.

No puede ser. No me puedo ir de aquí. Me mintieron.

El Comandante ordenó a Peláez que arrestara al Tullido. El Tullido quiso resistirse pero un empujón lo hizo caer. Peláez pidió a un especial que se lo llevara. El Comandante le preguntó a Peláez si le había prometido algo al delegado. Sí, respondió, una mentira piadosa para tenerlo de nuestro lado. El Comandante le dijo que no lo volviera a hacer. Peláez asintió. No, no, no. Yo no mentí, fue él. Te lo prometo, estoy tratando de hacer todo bien. Que mis hombres te falten es su culpa.

¿Algo más, Peláez?

Es un edificio enorme, no se acaba nunca. Me sorprendió el cuarto patio. Allá hay un guardia encerrado en una celda que dice tener pruebas de torturas. Todos dicen cualquier cosa para que los dejemos salir. Al que le hice más caso es a Antuan, el carpintero. Está en un cuarto en el tercer patio y se resiste al arresto.

Denle una buena pateadura y adentro.

Me ha vendido muchas cosas. Dice que a usted también. Dice que es su amigo y solo se rendirá ante usted.

El Comandante suspiró. Así que Antuan. Muy buena mano, pero ¿amigo? Comprarle cosas a un preso era un gesto caritativo, lo hacía porque todos en el pueblo lo hacían.

Lléveme donde él, se resignó. Que sea rápido.

El Comandante acompañó a Peláez al taller de Antuan en el tercer patio. Más cuerpos desperdigados. Más olor mareante. Unos presos lo llamaron a chillidos desde una celda y él los ignoró. ¿Habría sido una buena idea, tomar el edificio? Te lo juro, sí. La doctora le había metido la insidia. No, no, no. Mejor no pensar en eso, no todavía. Me voy ya nomás, Ma. Pero no había salido muy bien. Tan ordenado que se veía todo cuando planearon el ataque. ¿Qué diría la Casona? Gases y sangre en sus paredes. Me perseguirá. Mi hermano te quiere mucho. Cada mes trae donaciones a los presos. Yo haré lo mismo, te lo juro.

Rezó en silencio al ver a la Innombrable en los murales de colores vibrantes en las paredes del edificio. Una frase garabateada a los pies de una imagen: sus palabras y excrementos son estrellas. Una lagartija jaspeada se deslizó furtiva por sobre las palabras. Ya nos estamos yendo.

La presencia del virus en la Casona lo volvió a inquietar. ¿Y si se lo llevaba a casa? Una bomba dormida durante algunos días, hasta que, de pronto, se activaba y ya, se llevaba todo por delante. Voy a aprender los nombres. Más de cincuenta son, ¿no? Te lo prometo reinita.

Mejor no pensar. Hacer su deber, y ya.

Encontraron a Antuan trabajando en silencio. En un rincón del cuarto se hallaban su mujer y sus dos hijos. Los niños lo miraron y se aferraron a las piernas de su madre. La trenza de ella le llegaba a la cintura y le brillaban los ojos. El Comandante pensó que era la persona más despierta que había visto en la Casona.

Una parte del cuerpo de la Innombrable asomaba de la madera. El rostro era de rasgos dulces, con las mejillas redondeadas de una virgen de las iglesias de pueblo, pero el detalle del cuchillo entre los dientes intimidaba. Antuan había tallado en los pies de la diosa los nombres de algunos muertos a causa del virus. Lya y Carito. La Jovera.

Yandira, leyó en voz alta el Comandante. Tiralíneas.

Un error ese nombre, Antuan inclinó la cabeza. Me han dicho que lo vieron muy mal pero de ahí a esto... Quedará más feo corregirlo.

Antuan, dijo el Comandante, le pido que se rinda a nombre del Gobierno.

Déjeme terminar, por favor. Por lo que más quiera. Es lo único que le pido.

¿Cuánto le falta?

El trabajo en bruto podría estar mañana. Afinarla es otra cosa.

Lo siento, pero no.

¿Siempre no?

Antuan se hincó y se puso a rezar la plegaria de los cincuenta y ocho nombres. Me la voy a aprender, te lo juro. Mil disculpas reina. Tu casa aquí bien es. Los gases eso fue un error.

Peláez esposó a Antuan, levántese, por favor.

Por favor no la toquen, Antuan señaló a la estatua. Adonde me lleven, traigánmela para que continúe. Porque si no...

Si no, ¿qué?, dijo Quisber. Ya ha pasado lo peor.

Esto no es nada, respondió Antuan.

Cuando salieron del taller Quisber notó a Antuan algo pálido y tembloroso. Le susurró si estaba bien. Antuan asintió con la cabeza.

El Comandante no respondió. Al salir se preguntó quién ganaría, si el virus o la Innombrable.

NOTA DEL AUTOR

Varios de los poemas que «recibe» Rigo están extraídos —algunos con modificaciones— de *El libro del haiku*, de Alberto Silva (Buenos Aires: Bajo la luna, 2010); uno nace de *Nierika: cantos de visión de la contra-montaña*, de Serge Pey (México: CONACULTA-UNAM, 2012) y otros provienen de *El cielo a medio hacer*, de Tomas Tranströmer (Madrid: Nórdica, 2010). La Exégesis está compuesta por fragmentos de *Cartas biológicas a una dama*, de Jakob von Uexküll (Buenos Aires: Cactus, 2014); hay también una frase de *El país del silencio*, de Jesús Urzagasti. En el monólogo de El loco de las bolsas se han colado frases de *El padre Mío*, de Diamela Eltit.

AGRADECIMIENTOS

Comencé a escribir *Los días de la peste* a principios del 2014, en Rio de Janeiro, y terminé la última revisión tres años después en Buenos Aires. Liliana Colanzi leyó el manuscrito tres veces (¡lo siento!), y fue exigente como siempre; Francisco Díaz Klaassen y Luis Jorge Boone me ayudaron mucho con su lectura y sugerencias, al igual que Gustavo Guerrero. Cristóbal Pera ha sido no solo un gran lector sino también el mejor defensor de la novela, junto a Jessica Henderson y Julia Sanches en The Wylie Agency. Malcolm Otero Barral, mi editor en Malpaso, creyó en *Los días de la peste* y en mi obra. A todos ellos mi agradecimiento.